麦《むぎ》本《もと》三《さん》歩《ぽ》の好きなもの

第二集
Sampo

住野よる
Yoru Sumino

幻冬舎

麦本三歩の好きなもの

第二集

目次

麦本三歩は寝るのが好き

麦本三歩《むぎもとさんぽ》は生きている。だから食事で栄養を取り、睡眠で体を休めなければ日々を乗り越えることが出来ない。

「んんん」

呻き声をあげる三歩。彼女は暗い部屋でベッドの上、紺色水玉ロンTと灰色スウェットズボンを身に着け眠りについている。寝返りをうった際、枕の横に落ちてきていた目覚まし時計が顔にめり込み、呻いた。逆方向に転がり、ことなきを得る。

現在は、三歩と暮らしを共にする人間も動物もいない。部屋の中に聞こえる音は三歩の寝息と衣擦れだけ。たまに外から、マンションの前を車が通る音や、猫の喧嘩が聞こえはするが、そんなことで安眠を邪魔されるような三歩ではない。隣人が夜中にうるさくするということもなく、もう住み始めて三年目のこの部屋は、三歩に穏やかな睡眠をもたらしてくれる。

だから三歩の眠りを妨害するものがあるとすれば、基本的には夏や冬の気温と、あと、三歩自身のみである。

なんの夢を見ているのか、三歩はロンTの中に手を入れお腹をしきりにさする。どうせ食べ物の夢でも見てお腹を空かせているのだろうと、三歩を知る人であれば彼女の食欲の旺盛さからそんなことを思うかもしれない。

しかし、今夜はどうやら違うようだ。

「やめてべたべたする…………ん？」

自分の寝言で、三歩は目を覚ました。しかしそれも一瞬のことで、すぐさま三歩はまた夢の中へと戻っていく。

しばらく静かに眠っていたかと思うと、再び「ううう」と、お腹をさすりだす。また、何かしらごにょごにょと言っている。

「ビッグカツならまだ……」

この時点ではわけが分からない。後に三歩は「エステ体験みたいなのに行ったらお姉さんがお腹に蒲焼《かばやき》さん太郎をぺたぺた貼ってくる夢を見た」と職場の先輩方に語る。夢の話なんて他人にとっても現実にいる当人にとってもどうでもいいことなのだが、職場にいる三歩に優しい先輩はその夢の暗示するところはなんだろうと考えてくれさえする。なんのことはなく、三歩が久しぶりに蒲焼さん太郎を食べた記憶と、福引きで当たったエステの記憶が混ざっただけのことだ。

しばらくすると、どうやらその妙な夢から抜け出すことが出来たようで、仰向けになった三歩は穏やかな表情を浮かべる。布団の中で八の字に開かれ投げ出された足もどこか満足気。

その状態で、今度は口をパクパクさせる。三歩は寝ている時、よく口をパクパクさせる。まるで池で餌を待ちわびる鯉のように。友人にその様を動画に撮られ辱められたこともある。と、三歩は自分が一方的な被害者であるように主張するが、三歩もその女友達が居眠りをしてよだれを垂らしているところを写真に撮ったことがあり、喧嘩両成敗ではある。

さて今日も三歩は性懲りもなくまた口をパクパクとさせる。今度こそ正真正銘、その食欲故に何か食べる夢を見ている。何を食べているのかは夢の中にいる三歩にしか分からない。あまりに日常的に食べ物の夢を見るので三歩自身も次の日になれば覚えていない。翌朝急に何かしらを食べたくなる衝動が湧き起こる日は、その夢を見たのかもしれない。

「んひひ」

どうやら満足したようだ。

仰向けのまましばらく動かなかった三歩は、やがて横に寝返りをうつ。しかしそちらには目覚まし時計があり、またも三歩の頬にめり込む。「んんん」と唸《うな》って眉間にしわをきゅっと寄せた三歩だったが、今回はそのままの姿勢で落ち着いたのかさしたる対策も取らずに眠り続けた。

すうすう呼吸の音と、しゃりしゃり衣擦れの音が三歩の睡眠を守るように鳴る。やがて寝返りをうって跡のついた頬を暗闇に見せつけながら、何事もなく三歩は数時間を過ごす。

とても穏やかな寝姿の三歩。

この姿だけを見て知る由もないことなのだが、実は昨日、仕事で嫌なことがあった。あまりにもやもやとしてしまい、そのことで今日眠れないのではと本人は心配していたが、このざまである。

眠れなくなるというようなことが三歩にはほぼない。しかし眠れば全てを忘れてしまえるわけでもない。三歩は自分で思うよりはるかに鈍感だが、周囲から思われているより少しだけ繊細なのだ。

今は幸せに眠っている三歩も、朝になり、目覚めて数分もすれば出勤に思いを馳せ、行きたくないなと思う。そうしてすぐに昨日あった嫌なことを連想し、いっそう億劫になる。これまでに何度もあったことだ。

しかしながら、三歩は、定期的にやってくるそういった戦いにおいて、真の意味ではまだ負けたことがない。寝坊や遅刻やずる休みはあろうと、一度とて一生出勤しないでいることをよしとしていない。三歩はそんな自分を本当にすごいと思っている。前にそのことを先輩に話すと、みんなそうなんだよと言われたけれど、それならみんながすごいってことだろうと三歩は思う。三歩はそんな自分とみんなを褒めてあげたいと思う。

やがて、カーテンの隙間からうっすらと光が差し込んでくる。もうすぐ夜明けだ。まだ三歩が目覚めるまでには数時間ある。

「うんっ」

陽光に体が反応したのか、三歩は眠ったまま掛け布団を蹴り上げる。ぽんっと浮いた掛け布団は半分がベッドからずり落ち、三歩もそれに引きずられるようにベッドのふちまで転がったものの、すんでのところで止まり、落ちずに済んだ。

バイクの音や、鳥達の鳴き声が聞こえる。三歩より早起きなお隣さんが家事をする音もうっすらとだが聞こえてくる。

いつも当たり前にそうであるように時間は経過する。そろそろだ。
三歩の顔を攻撃していた目覚まし時計が鳴る五分前。
今日の戦いにもきっと三歩は勝利する。辛勝かもしれないが、きっと勝利する。
そうして自分を誇らしく思う。
勝った三歩に与えられるのは自分自身からの祝福だけではない。
嫌なこともしんどいことも問題にならないほど大切な、世界からのご褒美が贈られる。
それは、数えきれないほどの、好きなもの。

麦本三歩は焼売が好き

麦本三歩にも春が来た。というのがフリなことくらい、三歩の性質を知っている人であるならば察しがつくだろう。彼女が生活している日本の季節がまた春になった。それだけだ。

それだけ、とはいえ、三歩ももう同じ大学図書館に勤めて三年目になるわけだ。そろそろ新人面《づら》でミスを許してもらうのも難しくなってくる。次はどんな面で許してもらえばいいのだろうかと日々考え、まあ最年少であるうちはお姉さま達が私を優しく丁重に扱ってくれるはず、くれるだろう、くれるべきだ、と毎日油断して過ごしているうちに、甘くない現実が三歩を襲おうとしていた。

「新人ちゃん入ってくるんだってねー」

「え？」

三歩がお弁当に入れたプチトマトの光沢を愛でている真っ最中だった。最高に油断したその時間に、優しい先輩はその鉄槌を振り下ろした。三歩はトマトをミートボールの池に落とす。

「三歩ちゃんもついに先輩だねー」

「お、わ、私の天下が」

そんなものいつの時代にも来てはいない。

「二十二歳の女の子だってー」

「しかも、ちゃんと年下」

新人と言いつつも、図書館スタッフ経験を積みに積んだ人生の先輩が入ってきて、自分はまだ後輩顔をしてられる可能性に期待した三歩だったが、はかなくも散った。平常心を保つため、ミートボールソースのついたプチトマトを口に放り込む。綺麗なだけじゃなくこんなに美味しいなんてお利口さんだ。

「そんで中国人の子らしいよ！」

「……て、テコ入れ新キャラ」

「へ？」

「い、いいえ、情報量がすごくて、打ち切り間際の漫画に新キャラが出てきたみたいだと思い……」

余計なことを言って、三歩は午後の紅茶をくぴりといく。おにぎりに合う紅茶、という宣伝文句に惹かれて今朝買ったのだが、よく考えれば今日のお弁当におにぎりは入っていなかった。この紅茶とおにぎりの仲人はまた日を改めて引き受けさせていただければと存じます。

「中国から来る新人さん、に、日本語は通じるのでしょうくゎ」

「三歩より上手いよ」

三歩が噛んでアヒルになっている隙にお手洗いから帰ってきた怖い先輩は、ニヒルな笑みを浮かべて攻撃をくゎえてきた。

「そんな殺生な」

三歩も三年目、怖い先輩相手でもこれくらいの反撃は出来るようになった。

「まあ三歩がどうかは抜きにして、その子、日本で働けるくらいまで勉強してるんだから、私らよりよっぽど正しい日本語知ってるんじゃない？」

「確かにそれはそうかも」

英語なんかだって、実は英語圏じゃない国に住む人の方が文法を理解してるって話を聞いたことがある。

怖い先輩は、控室備え付けの冷蔵庫からヘルシア緑茶とパスタサラダを取り出し、優しい先輩の横の席に腰かけた。いやしい三歩がじっと見ていると、怖い先輩は何も言わずにパスタの蓋を開けるや、割り箸でトマトを三歩が作ったサンドウィッチの隣に運んでくれた。餌付けされている。

「すごいしっかりしてる子っぽかったし、怒鳴らなくても済みそうだからよかったよ。もう一人増えたら私の喉から血が出る」

「ご、ご自愛ください」

怖い先輩の嫌味に対する三歩渾身の自虐ギャグに、優しい先輩がウハッと笑ってくれた。怖い先輩も「うるせえよっ」と言いつつ笑ってくれたので、三歩はとても良い気持ちで貰ったトマトを食べる。今日の午前中に怖い先輩の喉を使わせてしまったこともなんのその。

「あ、っていうかその子に会ったんだねー」

「うん、この前見学に来てた時にたまたま。あー、あなた多分タイプだと思う」

怖い先輩は、同い年の優しい先輩のことをたまにあなたと言う。

「おっ、ほんとに?」

「眼鏡かけてたから」

「いいねー」

タイプが医療器具って。とはツッコむ勇気のない三歩だったが、今度伊達眼鏡でもかけてきて優しい先輩の寵愛を受けようと、ひそかに心の中でメモした。

「それにしても、三歩ちゃんもついに先輩だね。時が経つのは早いなあ」

「う」

「後輩から何か訊かれたら、覚えてるかどうか微妙なことは私達に訊けよ」

「うう」

早くも甘やかされ最年少キャラの座がはく奪されようとしているのを感じ、三歩は自分の肩をそっと抱いて身を守る。そんなことしても「寒いの?」と優しい先輩に気遣われるだけ。

いつかとは思っていたが、こんなにも早くその時が来てしまうとは。

先輩としてちょっとくらい準備をしといた方がいいだろうか。一体自分はどんな先輩だと思われるのだろうか。先輩面の仕方と先輩風の吹かせ方を練習しとかなきゃ。

のんきな危機感を持って毎日を過ごしていたから、出来ればもっと先にしてほしいと願っていた新人さんとの初対面の日は、あっという間にやってきた。

明日の午前中、新人さんが初出勤、と聞かされてその緊張で眠れなくなる、ような三歩では決してなかったが、そこそこ緊張はしていた。しかしそのせいで食が細ることももちろんなく、私の欲望を舐めるなよ、と緊張にメンチを切りながら朝ご飯をたっぷり食べた。

実は三歩の緊張がそこそこなのには一つ理由があった。

もし今日自分がお昼頃からの出勤であれば、既に図書館には新人さんがいるという事実と、自分以外の皆とは打ち解けているかもという可能性にびびりながら、三歩はその通勤速度を時速にして一キロほど落としてしまっただろう。

しかし今日、三歩は朝一開館作業からというシフトなのだった。味方である先輩達もたくさんいるし、こちらが待ち構えてればいいのだから、精々そちらは単身乗り込んでくるがいいさ、と変な余裕を見せられているのである。

大体こういう時の三歩に何が起こるのか、彼女のことを知っている人間であるならば察しがつくだろう。例えば、三歩が愛するあの麗しの友人なんかはこう言うはずだ。

フリなの？

新キャラに先手を取られてはならぬ、といつもより一本だけ早い電車に乗って図書館に辿《たど》り着き、まだ動いていない自動ドアを手で動かして無事に入館。暗い図書館の中にこもった本の匂いと、かすかに聞こえる先輩達の話し声。今日も一日始まったぜーと片手サイズのやる気を握りしめ、いざ颯爽《さつそう》と控室の扉を開ける。

まもなく、三歩は驚いた。

「どぅおあらっ」

「きゃあ！」

こういうことが起こるべくして起こる。

三歩の言葉が何由来かは不明だが、今まさに控室から出ようとしていた人物の方は一般的な悲鳴をあげた。

後ろに飛びのいた三歩は、暴れまわる心臓をなだめるため自分の左胸に手を当てる。

そして出くわした人物の顔を確認する前に絶対必要のないことを思う。

なんて由緒正しき悲鳴だ。

じゃねえ。

「す、しゅみ、すみません！」

とりあえず相手が誰だか分かる前にともかく謝る。怒られたくないし、申し訳ないと思っているし、怒られたくないから謝る。

「い、いえ、こちらこそ、大丈夫でしたか？」

かしこまった様子の相手の顔を、三歩はこの段になってようやくきちんと見た。先輩達の誰かではない。女の子、背が高くて、黒髪で、眼鏡。ん、眼鏡？

「わ、わた、わたたたたた」

「拳法か」

せっかく、私は大丈夫、と喋ろうとしたのに。いつの間にか眼鏡の女性の後ろに立っていた怖い先輩の声で止められた。ひょっとしたら最初からいたのかもしれない。眼鏡の女性が控室から出てくるのに合わせ、怖い先輩も一緒に出てくる。二人との距離が縮まって、三歩が後ずさったのでプラマイゼロ。

「新人を驚かさないように」

その声はいつもより少しだけ優しい気がした。それより。

「や、やはりこの方が」

よもや先制攻撃を食らうとは。

「あ、はい、はじめまして！　今日から働かせていただきますっ」

快活な声で、眼鏡の女性は頭を下げて挨拶をしてくれた。

「ご、ご丁寧にありがとうございますぅ」

三歩がつられて頭を下げると、続いて彼女は名乗ってもくれたので、またつられて自らのちょっと珍しい名前を伝えようとしたのだけれど先を越された。

「この子は三歩」

「ちょま」

「苗字は麦本」

おっと危ないもう少しでナチュラルにちょ待てよって言いそうになった。怖い先輩が喰い気味に言ってくれなきゃまずかった。

「麦本三歩さんですか、初めてお会いする名前です」

眼鏡の新人さんは表情豊かにその新鮮さを表してくれる。かたや三歩はと言えば覚悟が決まっていないところにいきなり自己紹介まで済まされてしまって、へへっへと口元だけで笑いながらゆらゆらゆらして「私もですー」とよく分からない返事をするほか余裕がなかった。

「ま、後でちゃんと自己紹介してもらうとして、開館作業一緒にしてくるから、三歩は着替えといで」

「は、はい」

やっぱなんかいつもより優しい。

「うるせえよ」

まずい、声に出てしまってたか。

「お前はサトラレか」

「違います」

「知ってるよ」

えへへへへと笑いで誤魔化し、三歩はそそくさとロッカールームに逃げ込む。

中には誰もおらず、緊張する必要のなくなった空間で「はあ」と息をつき、鞄を下ろす。エプロンを取り出し身につけていると、昨日まで空いていた隣のロッカーに、名前が書かれたシールが貼られていた。先ほど聞いた、眼鏡の新人さんの名前だ。

本当にいるんだー、と希少生物に対するような感想を三歩が口開きっぱのあほ面で抱いていると、視界の端にぬっと手が現れ、三歩は思わず「とうっ」と声をあげて横に飛びのいた。

「仮面ライダーか」

「違います」

「知ってるよん」

見ると、おかしな先輩がにやにやしながら新人さんのロッカーを撫でさすっていた。なんの用だ、なんかエロいぞ。

「今日から一番後輩じゃなくなっちゃうね、三歩」

「は、はい」

なんだ、後輩の方がしっかりしてるね攻撃で私をいじめる気かこの意地悪さんめ。もし本当にその気ならやめてくれ。

「いやはや、最年少可愛がられポジションで得してきた三歩の未来やいかに」

もっと嫌なこと言ってきた。

「べ、べべ、別にそんなつもりは」

つもりはあった。だから三歩は、私の天下が、とか思ったのだし、おかしな先輩の嫌な言葉を一笑に付すことが出来なかった。

「まあ精々頑張って先輩しなさーい」

言うと、特に何をするでもなくおかしな先輩は図書館閲覧室へと出ていった。わざわざ意地悪を言う為だけに来るとは。応援の可能性もあるのだが、おかしな先輩とのっぴきならない仲である三歩は意地悪だと決めつけた。

はて、先輩ってどんな風にやるんだったっけか。

三歩は大学にいた後輩達のことを思い出しながら、エプロンをんしょんしょ身につける。特別に仲が悪かったわけでもないが、良かったわけでもない彼らと三歩。三歩のキャラクターであれば後輩達から舐められつつも慕われ、親しい関係を築くことも出来ただろうが、そうはならなかった。理由の大半は三歩にある。人見知りが距離感を摑めないのは子ども相手だけではない。広くは、年下全員なのだ。いや、年上もだけれど。

名札を首から下げ、最近買った水色の水筒から麦茶を一口飲んで、三歩は閲覧室の方へと出た。

いい人そうでよかったけどね。

眼鏡の彼女の顔を思い出し、三歩は少しだけほっとし、かけて、余計な考えが頭をよぎった。

いや、待て、こういうのって漫画や小説なら、なついて得する先輩達の前では低姿勢だけど、私のような雑魚《ざこ》のことはただただ馬鹿にしてくる後輩パターンか。もしくは私だけが彼女の秘密を知ってしまってそれをばらさないように脅されるパターンだってあるかも。どちらにせよ、そういう場合、真正面からぶつかって最後は心を開き合うものな気がするけれど。果たして私に真正面からぶつかるなんてこと出来るだろうか、握力二十三しかないぞ。

プロレスで言うところの手四つ力比べを想像し、三歩はハンドグリップの購入を検討する。もちろん明日にはすっかり忘れて無駄な出費は防がれるが、少なくとも今現在は本気である。

スタッフ達で諸々の作業を終え、今日も無事に図書館開館。土曜日である本日は朝一からの利用者は少なく、大学院生らしき男性が一人、レポート提出でも迫っているのかオープンするや駆け込んできたのみで、後はいわゆる無観客。三歩達図書館スタッフはカウンター内で輪になって、新人さんへの自己紹介タイムとあいなった。

改めて対峙した眼鏡の彼女は背すじをピンと伸ばし、ニコニコと笑っていた。彼女の堂々とした態度に、毎日を及び腰で過ごす三歩は、感心すると共に軽く怯《おび》えた。

まずは新人さんが自らの名前、出身地や現在住んでいる場所、図書館でのバイト歴などを教えてくれた。次にこの場にいる先輩達の自己紹介が始まる。並び順で最後になるであろう三歩は先輩達の口上をろくに聞かず、何かここで一発ナイスな自己紹介をかまして新人の心を摑もうと考えていた。もちろん都合よくは思いつかなかった。

次は三歩、と怖い先輩に促され、分かっていただろうにとりあえず生くらいの感じで挨拶程度ビクッと飛び上がる。

「へいっ」

これはこれで普段の三歩を紹介しているようなものだ。生まれや育ちが江戸なわけではない。

「えっと、えっと、私は麦本三歩っていいます。三年目です。ヒラスタッフです」

何かないだろうか、少しでも友好的に思ってもらえる何か。

「す、好きな中華料理は焼売《シューマイ》です！」

怖い先輩が声を出さずに噴き出すのが見えた。こちとら後輩に気に入られようと必死なんだぞと視線で抗議する前に、新人さんが予想外に大きな笑顔を見せてくれた。

「私も、とても好きです、焼売っ」

「で、ですよね！　餃子よりも焼売が好きで、あの何が違うかって形もなんですけど、私的なポイントは焼売には隙間がないんですよね」

ここぞとばかり早口になる三歩。

「隙間？」

おかしな先輩からの疑問符に、三歩は鼻息荒く頷く。

「焼売って、まあものにもよりますけど基本むちむちじゃないですか？　皮と肉の間に隙間がなくて頬張ると口の中全部焼売って感じなんです。もちろん餃子も好きですけど！」

餃子嫌いだと勘違いされては困るので、そこはきちんと新人さんに申し伝える。彼女は更に笑みを深くして、「はい、私もですっ」と答えてくれる。そんなことで、先ほどまで新人とのバトルを想定していた三歩は軽くほだされる。

なんだ、先輩達と違ってナチュラルにいい人そうだなあ。

「ふーん、みんな今日から三歩に優しくすんのやめよー」

また声に出ていた。

「す、すみませんっ」

「んーん、いいんだよ、いい人じゃないから気にして三歩にだけ辛く当たっちゃうかも。それにミスっても助けないいし、ナチュラルにいい人じゃないから」

にやにやするおかしな先輩に「そ、そこを何卒」とすがっている最中、横からは「楽しそうな職場でよかったです」と聞こえてきていた。


その日から新たなメンバー編成でのお仕事ライフが幕を開けた。

新人さんは三歩達とは少し違った勤務形態での契約らしく、週に三日か四日出勤してくることになっていた。お昼は働いて夜は大学院で勉強していると聞き、三歩はたいそう感心したものだ。仕事についても、彼女はとても真面目に業務を学びそのどれもを的確にこなしていった。

そう、真面目。彼女の真面目さは凄まじいもので、自称真面目に生きてきた三歩も目を見張っていた。あくまでも自称なので誰かから否定されても困る。

新人さんをめぐって、こんな出来事があった。

三歩達スタッフの休憩は一日一時間。シフトごとの時刻to時刻が決められているが、もし利用者対応や各々の作業をキリの良いところまで終わらせ休憩開始時間を過ぎていた場合、休憩終了時間も延ばしてよいことになっている。

ある時、利用者対応にも慣れてきた様子の新人さんを三歩がよしよしと遠巻きに見守っていてふと、もう彼女の休憩開始時間を過ぎていることに気がついた。しかも利用者の波も途切れていたのに、彼女は溜まっていた返却本の処理作業を始めようとしていたのである。ははーんさては休憩の入り時間を間違えているな仕方ありませんね、と謎の上から目線で三歩は彼女に近づき「きゅ、休憩時間ですよ～」と、気さくな先輩を装って話しかけた。三歩はてっきり彼女が自らの勘違いに驚くものだとばかり思っていたのだけれど、違った。

「はいっ、でも、一緒の休憩時間の皆さんがまだ働いているのでっ」

ドヤ顔も、計算高い様子もなく、曇りなき眼でそう言われ、三歩は一瞬意味が分からず、分かってから新人さんの放つ清い光に照らされて、ゾンビのように溶けるかと思った。もちろん三歩の中のイメージの話だ。

なるほど、どうりで休憩が一緒の時、同時に控室に行くことが多いわけだと気づいた三歩は、「誰も気にしないから休憩に入っていいですよ～」と、自分の経験をもとに後輩に教えた。彼女は元気に「分かりました！」と返事をしてくれて、これで一件落着。と、思いきや、おかしな先輩が休憩に入るタイミングで三歩がたまたま控室に書類を取りに行けば、新人さんはすぐさま立ち上がり「お先に休憩させてもらってますっ」などと先輩に頭を下げたりしたので、三歩はまた溶けないように足を踏ん張った。踏ん張れば溶けないのかはともかく。

その場はどうにか固体状態を保った三歩だったが、溶解危機は同じ日のうちにもう一度訪れた。しかもほんの数十分後、控室で見た時は白ワイシャツ姿だった新人さんが、エプロンをつけてカウンターに現れた。あれ？　もう一時間経った？　と思って時計を見ると、まだ彼女が働き始めなければならない時間までは十五分ほどあった。まさか、と、もう流石《さすが》に予想がついた。

「ご飯食べ終わりました！　少しでも早く図書館の仕事に慣れなきゃいけないのでっ」

頭頂部から口のあたりまで溶けかける恐怖を感じた三歩は「せんせ〜あの子が〜」と優しい先輩に言いつけるように新人さんの所業を説明し、時給とは仕事とは、というお話で説得してもらったのだった。

その後も様々な真面目エピソードに曝され（スタッフの趣味までメモしてるとか）、いつか本当に全身溶かされる恐怖に怯えながらも、三歩は新人さんの真面目さに尊敬の念を抱いていった。畏敬ってこういう時に使うのかーと思った。

自分の過去をふり返れば、真面目だと他人から思ってもらえるように見せる、ということをした経験が小狡《こずる》い三歩にはあった。だからこそ、彼女の真面目さは嘘ではないように感じていた。

二ヶ月ほどが経って、三歩は彼女に教えることよりも見習うべきことの方が多いような気さえしてきていた。一緒に働いていても、一緒にご飯を食べていても、今のところ馬鹿にされてる様子も激突する予兆もないし。新人さんについて心配することは何一つないように思えていた。しかし。

「真面目すぎるにゃあ」

静かな書庫で因縁ある彼女と二人きり。あーいう漫画や小説ならそーいう展開になるのではと三歩が不真面目に考えながら作業していると、背後のおかしな先輩が突然呟《つぶや》いた。

「はい?」

「彼女は焼売だね」

いきなり焼売の話をしだしてなんだこの人は頭おかしいのか。いつかの自分を棚に上げ三歩が黙りこくっていると、先輩は「新人ちゃんのこと」と付け加えてくれた。

「三歩言ってたでしょ、焼売には隙間がないって」

「ああ、はい。そこが好きです」

して、それが新人さんとなんの関係が。

「二ヶ月、一緒に働いてきたけど、めちゃくちゃ真面目で真剣で、まるで隙間がない焼売みたいだって思わない？」

なるほど、それは言いえて妙かもしれない。

「え、まさか美味しそうって話じゃ……」

いやしかし優しい先輩じゃあるまいし。

「何言ってんの？」

「い、いえ、なんでもありません」

馬鹿なことを言ってしまった。これ以上掘り下げるとあーいう漫画のそーいうシーンとかいう考えもばれてしまうかもしれないので、三歩はさっと身を引く。

「す、隙間ですか」

「うん、そう。知ってる？　あの子、休憩中もずっと働いてる時と同じ姿勢でいるの。ピンと背すじ伸ばして」

「私もわりと一緒なんじゃないかなと思いまふが」

噛んだ。

「三歩も働いてる時と休憩中で同じ姿勢だね。だらっとした」

「いや、あはは」

「それはそれで問題あるけどね」

先輩からの苦言に、ひとまず背中を伸ばす三歩。しかしすぐに辛くなって猫背になる。

「気にすんなよー。焼売はね、隙間がなくてもいいんだけど、人間はずっとそうだと疲れちゃうからさ。三歩みたいなースカスカのーえびせんの方がー力が抜けてていいことだってあるよー」

間延びした言い方に、この人慰めてるんじゃなくて喧嘩売ってるだけだと気がつく。いつかもし一緒に王将行ってもえびせんあげないぞ。

「まあ三歩のことはともかくね」

「ともかく」

「そういうのって近しい先輩から教わるのがいいんだなあ」

言って、おかしな先輩は本を抱えどこかに行ってしまった。いや、書庫内にはいるんだろうけど。

あ、そゆことね。

色々と合点《がてん》がいった三歩は、納得しながらも一体何をどうすればいいのか、その場で「えー」と途方にくれた。

今日も決してあっという間に過ぎ去らない就業時間を終え、三歩はぽてぽてした足音をたてて新人さんに近づいた。

「お、お疲れ様ですぅ」

「三歩さんっ、お疲れ様ですっ」

控室。背後からの消極的な挨拶にも、新人さんはしっかり振り向き、深くお辞儀をしてくれる。毎度のことながらきちんとしている。しすぎている、とおかしな先輩は言っているのだろう。

「きょ、今日っていつもと同じ帰り道ですか?」

会話が下手な三歩。ついなんのクッションも置かず、しかも何やらストーカーチックに本題に入ってしまった。もう少し何かきちんとフリみたいなものを利かせればよかったと思ってもやや遅い。何も気にしてない様子の新人さんが、ニコニコ笑顔で「はいっ」と元気に頷いてくれた。

「じ、実は私も今日、しゅわっち」

噛んだ。

「そ、そっちの路線に乗るのでよかったら一緒に帰りませんか？　いえ、無理強いはしません邪魔なら、ぽいってしてくだされぱいいんで」

自らの提案をゴミにたとえる卑屈な三歩を、新人さんは飛び立つウルトラマンのように吹き飛ばす。しゅわっち。

「全く邪魔じゃないですっ、ぜひ一緒に帰りましょうっ」

彼女は三歩と違って噛みもしない。一体、どれだけ勉強すれば他国の言葉をこれほど流暢に話せるのだろうかと、三歩は改めて感心する。

しかし噛もうが噛むまいが、何はともあれ一歩前進した。三歩はんしょんしょとエプロンを外して、ロッカーから黄色いリュックを取り出しえいやっと背負う。最近リュックにはまっているのだが、真夏になれば背中がむれるのでこの初夏までのお楽しみだ。

「可愛いリュックですね」

「でそ。おぅ」

連れ添って歩く相手を前に緊張があるとはいえ、でしょ、を噛んだ。改めて自分自身にびびる。思わずohも出てしまう。

新人さんの着替えが終わるのを待ってから、二人仲良く控室を出た。図書館入り口の自動ドアが開くのを待つ一瞬になにげなく閲覧室の方を見ると、おかしな先輩が親指を立てていた。そしてそれを逆さにした。え、どういう意味？

真似してみて挑発し合いみたいになったのを、入館してきた学生に見られてしまったのでそそくさと退散する。殺伐とした図書館だと思われてはいけない。

夕方、天気は晴れ。

三歩は、まあそう気を張らず楽にしてください、と自分に言い聞かせる意味も込めて、雑談から仕掛けてみることにした。

「こ、この時期が一番気持ちいいですよねー」

無難、我ながら、無難。

「そうですねっ。お散歩したくなりますねっ」

歩きながら答えてくれる新人さんは、にっこにこで眼鏡はぴっかぴか。背すじもピンと伸びて、その上会話にちょっとした冗談まで織り交ぜてきて、冗談はたまたまかもしれないけど、おおよそパーフェクト。これ別に私が何か言う必要ないのでは、と三歩は早くも逃げる言い訳を見つけようとする。

しかしそこは腐っても溶けても先輩なのだ。三歩も虚勢で胸を張ってみせる。頭がおかしいとはいえ先輩から任せられたのだから、逃げるのはもうちょっと後でもいい。

「も、もも、もう二ヶ月ですね、どうですか？　図書館」

「楽しいですっ。皆さんもとても優しくてっ、仕事にはやりがいを感じています」

模範解答みたいだ。三歩が採点者なら百点だ。すぐ合格だ。

「それは、よかったです」

「三歩さんも優しくしてくださいますし」

真面目で可愛らしい年下女子からの熱いレスに、推せる、と思いかけた三歩はばれないよう首を小さく横に振る。あぶねえ、一発で落とされるところだったぜ。

後輩のあまりの攻撃力を目の当たりにし、どうにか正気を保っているうちに任務を遂行しなければならない、と三歩は身を引き締める。拳を軽く握り二の腕をぷるんとゆらす。

そう、自分に委ねられた任務だ。後輩に気の抜き方を教えるのだ。

この問題のどこに解決の糸口があるのか。三歩は自分なりにではあるが、仕事中に思案してきていた。

三歩が出した解答は一つ、まずは私の前でだけでもかしこまるのをやめてもらおう作戦。七つも八つも年上の先輩達の前では気を張ってしまったとしても、まずは年齢が近い相手に気を許せれば、彼女も適度に疲れが取れるのではないかと、三歩なりに考えたのだ。だからいつまでも後輩に気を遣わせて、あまつさえ簡単に落とされていては先輩としての名折れなのだ。

「本当に、年齢が近い三歩さんがいてくださるのが、心強くて嬉しいです」

えー、推せるぅ。

「え?」

声に出ていた。

「や、いや、なんでもないです」

「推せる? どういう意味の言葉ですか?」

説明したくないと思いつつ、しかし自らまいた種なので、三歩はお縄につかざるを得なかった。

おすすめするって意味の推す、何か対象物や人を、誰かにおすすめしたいほど好きになるきっかけを見つけた時、〇〇を推せるって言う、人もいる。三歩は言う。

「私をおすすめ出来るって意味ですか？」

「は、はい」

なんだこの私史上に残りかねない恥ずかしいやりとりは、と三歩は脳内で身をよじる。

「嬉しいです。私も三歩さんを推せます」

ニッカリ綺麗な歯を見せた素敵な笑顔。

背の高い後輩ちゃんを見上げて、三歩は推せるも溶けるも通り越して、なんか少し落ち込んできた。

なんと、しっかりとしていて社交的でいい子なのだろうか。私先輩なのに完全に負けている。今まで図書館にいた中で味わうことのなかった種類の落ち込みだった。

「いえ、私なんて、ほんとなんも出来なくて、いつも怒られてますし。図書館に入ってかなり早い段階から怒鳴られてましたし、推してもらえる人間なんかではないのです。そりゃもう、ええ」

「そうなんですか？」

「はい、あれはもう二年前のこと」

三歩は無意味に遠い目をする。

「そんな過去が。でも、それとても羨ましいです」

滑らかに皮肉まで言えるの？　と三歩は驚異の新人さんの目を見たが、彼女は嘘や冗談を言っている様子ではなかった。いつもの真っすぐな目をしている。

「私だと、多分、三歩さんと同じミスをしても怒鳴られたりしないと思います」

そうならただ羨ましい、けど、それより彼女がどういう意味でそんなことを言っているのだろうというのが、ひっかかった。これまでの彼女から、嫌味ではないと思えた。

え、怒鳴られたいってこと？　この子そっち？　と馬鹿なことを三歩は思う。

「あの優しい皆さんに怒鳴られるなんて、きっと三歩さんは皆さんと良い関係を作ってるんだと思います」

「い、いやそういうことでは」

優しくない人もいるし。

「憧れます」

「い、いやぁ、そんな」

「私もそうなりたいです」

その言葉で、唐突に、ぴこーん、と三歩の頭の中で音が鳴った。

「んあ」

たまにある現象、今回はその音が少々大きすぎたのか、変な声を出して少々瞬きを多めにする。

褒め言葉でまた無残にも後輩に落とされたわけではない。そんな何度も何度も、軽い女と思わないでよねっ、と三歩は無駄な思考の一工程を挟む。

後輩の言葉に思うところがあったのだ。

それ故の、ぴこーん。クイズの解答権を得る為のあれでも想像してほしい。

羨ましい、憧れる、は、会話の流れから一見、不自然に思える言葉だ。

しかし決して日本語を間違えたわけではないのだと、彼女の表情が知らせてくれていた。

いや、知らせてくれていた、というのも正確ではない。

三歩には当たり前に透視能力なんてない。しかしなぜか今、職場の後輩の笑顔をぺりっと剝げば、そこに苦笑する彼女がいる気がした。

こんな感覚を彼女に対して持ったのは初めてだった。

たった一つ、先輩としての新しい経験を重ねただけ。

それだけなのだが三歩が持っていた土台の一つは、簡単に崩されてしまった。いつもへにゃっとしてるだろとか、そういうことでなく。

ひょっとして、いや、ひょっとしなくても。

おかしな先輩と自分は、彼女に対して間違えた印象を持っていたのかも。

ちょっと考えをまとめるために一度地面を見てから、改めて、背の高い後輩ちゃんの全体像を確認する。

ニコニコとした笑顔は崩さない。背すじだってピンとしたまま。丁寧な言葉を使い、明日からも絶対に遅刻なんかしないで出勤し、一生懸命に働くんだろうなんの問題もなさそうな彼女。

本当は彼女、そんな自身の性質に、悩んでたりするのではっと三歩は思っ、ぴこーん。

「……あの」

後輩ちゃんに何を伝えたいのか、一応は考えてきていた。

真面目すぎたら、オンオフが出来なくてきっと疲れちゃいますよ。

もうちょっと適当なくらいがちょうどいいですよ。

だから気を抜いていいんですよ。

頭の中にはあったから、呼びかけの続きに言おうと思えば、言えた。

その為に、今日わざわざ違う路線の駅に向かっているのだから。

でも、ロッカールームで後輩を誘った時点の三歩と、今の三歩では考えが変わってしまっていた。

職場で後輩が出来るのは初めてだ。

初めてだから、想像だけでは予想しえないことも起こる。

三歩は、慣れないながら、後輩についてきちんと考える。

彼女が、真面目すぎて力が抜けなくて、人との距離の詰め方が分からないことを、他人に言われるまでもなく自覚していたとしたら。

それで、精一杯、悩んでいたとしたら。

けれど真面目さは捨てられなくて、だから、ゼロ距離で怒鳴られる三歩を羨ましいと言うんだったら。いや別に代わってくれるなら代わってほしいけれど。

もしそうだったら、言うべきことは、用意してきた言葉の中にはなかった。

もっと、別の。

「大丈夫だよ」

言って、何故だか。三歩は何故だか、ちょっとだけ泣きそうになった。悩んでる彼女が可哀想とか、そんなんじゃない。

頑張ってって、気持ちだった。全力で味方でいてあげたいって気持ち。それらが三歩の顔の筋肉を全体的に一瞬だけ震わせた。

これも推せると似ているかも。

ついタメ口になってしまったことも三歩は忘れる。

「もっと一緒にいれば、きっと、うーん、なんていうか、皆とは言わないけど、私のこと嫌ってる人いたりとかもするんですけど、でも、相性が良ければ良い距離を作れたりするものだと思います」

「そうですかね?」

「そう思います。た、多分いつか、二人してあの鬼教官に怒鳴られる日が来ますよ」

不本意だけど、と付け加えると、彼女は誰のことを言っているのかすぐに分かったようで楽しそうに笑ってくれる。

「それに、私は一緒に楽しく働ける後輩が出来て良かったです」

「本当ですか?」

「うん。自分なりにやっていけばきっと、大丈夫ですよ」

いつかどっかの意地悪さんに言われた自覚の話を思い出した。

今なら頷いてやってもいい。

自覚してないなら、ちょっとアドバイスしてあげるべきなのかもしれない。

でも本人が知っているなら、真面目でいること、ついつい肩肘張ってしまうこと。それの何が悪い、と三歩は考えを改めた。

それは彼女が選んだことで、もし生まれつきだとしても彼女の個性だ。欠点でもなんでもない。もし彼女が疲れたら? その時全力で応援してあげる、それでいいじゃないか。

「三歩さんにそう言っていただけてとても嬉しいです」

「お、推せます?」

「もちろん」

三歩の決死の冗談に彼女はまた満点の笑顔で応えてくれる。

この日から三歩は、職場の推しへの敬意と愛情を込め、心の中で彼女を真面目な後輩と呼ぶことに決めた。

「ところで三歩さん誰に嫌われてるんですか？」

「それは話せば長くなる」

図書館の人間関係を説明するには時間がかかるので、初めて一緒に帰路についた二人は、カフェに寄り道をすることにした。

麦本三歩は蟹が好き

麦本三歩はアイドルについて詳しくない。なのに三歩が、推す、コールなどの言葉を使うのは、アイドルオタクの女友達がいる故である。その友人から、聴いたことのない曲や名前も知らないアイドルの話を熱弁され、いつの間にか三歩の頭にも、友達が使う言葉が刷り込まれていたのだ。ということで、三歩はその彼女をドルオタな友達と呼んでいるかというと、違う。

その友人は大学を卒業してからアパレル関係の仕事についた。仕事中の服装については図書館よりも出版社よりも自由らしく、学生時代から彼女のオシャレに圧倒され「そういう服ってどこで売ってるの?」と訊き続けてきた三歩は、友人が本領を発揮できる職場に行けてよかったと喜んだものである。それなら三歩は、その彼女のことをオシャレな友達と分類しているかと言えば、それも違う。

他にも、三歩の大学時代の同級生である彼女は、料理上手だったり、演劇をやってたり、気がついたら彼氏が変わってたり、誕生日には必ず一番に電話してきてくれたりするのだが、そのどれも彼女を一言で形容するに不十分だと三歩は考える。

三歩が彼女に何か形容詞をつけるなら、こうなる。

うるさい友達。

夜ご飯を食べ終わり片付けも終わって、三歩がじゃがりこから塩分をちゅぱちゅぱ吸い出す遊びをしている大事なとこで、電話がかかってきた。

『三歩！　合コン行こう！』

誰からかかってきたかはもちろん分かっていたので、三歩は事前にスマホと耳の距離を十分に取っていた。相変わらず声がでかい。改めてスマホの音量を下げ、耳に当てる。

「やっほ。合コン？　行きませんけど？」

『日程なんだけどさ』

「おいおい」

挨拶もなしに突っ走るうるさい友達に三歩はツッコミを入れる。

遅刻は一切せず、授業でのグループ作業ではいつも場を仕切り、飲み会では完璧に幹事をこなす友人。三歩と彼女が一緒にいると学友達は三歩の方を非常識人みたいに言っていたけれど、心外だ。大体そういうのって常識人ぶってる方がやべー奴なのだ。

その証拠に三歩が「おいおいおいおいおいおいおい」と言い続けている間にも、友人からは矢継ぎ早に候補日と大体の場所と合コン相手の方達の情報が発表されていった。おい。

『やなの？』

「やだよ」

三歩は気を遣わない。

『いいじゃん！』

声でっか。

『三歩あれから彼氏いないんでしょ？』

「いないよ」

『好きな人は？』

「飯室大吾」

『誰？』

「ラジオパーソナリティ」

『問題ないじゃん？』

「好きな人いるって言ったけど？」

『ガチ恋なめんなよしばくぞ』

「こわ」

三歩は、塩気がなくなり湿気《しけ》たじゃがりこを口に放り込む。

「ヤンキー」

『誰がだっ。いやいや真面目な話ね、参加予定だった子に彼氏出来て来れなくなっちゃったから、三歩どうかなって。図書館で出会いないいって言ってたからさ、自分から世界を広げに行くのもたまにはありなんじゃないかなって思うのよ。だから、ね！』

一応、彼女なりに自分のことを気にかけてくれた上でのお誘いらしい。その心遣いには三歩も感謝することに吝《やぶさ》かではない。しかし友人である彼女は三歩という人間の人見知りもテンパりもそういうのに慣れてない感も知っているはずなのだ。三歩が恋愛に奥手だってことも恥ずかしながらもちろん知られている。

「汝に問う」

三歩は息をたくさん吸って胸を張り、出来るだけ低い声を電話口に吹き込んだ。イメージはなんか映画に出てくる巨人とかそんなの。

『おう、何々?』

「汝の心中に、合コンに三歩連れて行ったらなんか面白そうじゃね? あたふたするの見てそれを肴に酒でも飲もう、という気持ちはいかほど存在するのか」

『そんな悪い気持ちあるわけないじゃん!』

「ほんとは?」

『ま、まあ十パーセントくらいはあるかもしれないけど』

「実のところ?」

『えっと、四十パーって感じ』

「もう一声」

『ほぼそんなつもりで誘ってるけど?』

でっへっへと、電話の向こうから笑い声が聞こえる。さてはちょっと酔ってる。

「出直して来やがれ」

『待って待って三歩ー。うそうそ! 全くないことはないけど、それはおまけ! 行こうよー』

友達の正直さを愛おしく感じる三歩だったが、しかしそれだけで行くと決断するにはまだまだ障壁が多く存在する。

「お金ないもーん」

事実だ。しかし三歩がそれを無敵の楯のようにし、今までにも気乗りしない行事をパスしてきたと知っている友達に、この手はあまり有効ではない。

『大丈夫！』

声でっか。

「まさか男性にお金を出させるとか言うんじゃあるまいな」

世の中にはそんなことをいけしゃあしゃあとやってのけるふてーやろーがいると三歩は聞いたことがある。

『違う違う。ご飯は私が作るから。食材費は先輩が出してくれるし』

「んん？　え、家飲みするの？」

『そんなやらしー合コンしないよー』

家がいやらしいと言うのなら、家という場所について埋めがたい認識の違いがある。大丈夫かこの子。といって詳しく訊こうとも思わない。家とは住む場所だという説明は省いて、彼女から続きの言葉を待つことにした。その隙にじゃがりこポリポリ。

『ま、実は合コンつってもそんなガツガツしたやつじゃなくてさ。みんなでピクニックに行って公園でお酒飲みながら美味しいお弁当食べて超健全なやつ』

「あー、しょうゆうこと」

ベタすぎる噛み方をしてしまった恥ずかしい。

噛んだくらいではもうツッコミもしてくれない友人から、かくかくしかじかを聞いていく。なんでも彼女が仲のいい同業他社の先輩に自分は料理が上手だとかましているうち、じゃあ弁当を食べてみたいということになったのだとか。そこからはとんとん拍子でじゃあ男女集めて飲みましょ、全部作ってくから材料費お願いします、などという流れに持っていったという。ちゃっかりしてるぜ。

『参加費は飲み物代千五百円でいいよ』

「おお」

まずいそれでは出せてしまう。

『三歩も私の料理久しぶりに食べたいでしょ？』

有無を言わせない自信に満ちた友人の言葉に、素直に頷いてしまうのは少々悔しい。が、正直なところ三歩は彼女の手料理に唸らされてきた経験が幾度となくある。その記憶が三歩の喉を鳴らす。

『ほらほら素直になれよお』

「う、うぐぅ、くそぉ」

『口ではそう言っても体は正直なもんだぜ』

「ちょっと何言ってるか分からないです」

この流れを三歩は知っていた。学生時代からそうだったのだけれど、自分がこの声の大きな友人から何かしらに誘われた時、結局は丸め込まれて参加してしまうのだ。彼女は三歩が心から拒絶したくはならない絶妙な計画を立てて誘ってくる。

今回もどうせ最後には行ってしまうのだろう。そうとは知りつつ、友達から執拗に誘われて愛を感じたい、それだけの為に素直じゃない態度をとってしまう三歩は、めんどくさい女なのだった。

ということでなんだかんだあーだこーだ言いながら、三歩はきちんと開催日の正午に待ち合わせ場所である公園に到着した。遠くからでもめちゃくちゃに目立つ友達を噴水の近くに見つけて、三歩はてててっと駆け寄る。

「へい、カノジョー」

「あ！　三歩！　久しぶり！」

声でっか。

「久しぶりー。いい天気でピクニック日和だねー」

そんなことを言って、余裕なふりをする三歩。その実、体は正直だった。さっきから緊張で脈拍が速くなっている。お昼ご飯の為とはいえとんでもないところに来てしまったと、早速後悔している。しかしお腹もぐうと鳴っていたりする。

ところで。

「相変わらずそんな服どこで買ってるの？」

季節は春の終わり、天気は晴れ、ちなみに三歩が真面目な後輩ちゃんと初めて帰り道を共にする少し前。友人のコーディネートが、三歩を威圧する。

「いっつも言うけど普通に売ってるもんばっかだよ！」

そんな真っ赤なシャーロック・ホームズみたいなサロペットや、同じ柄のスニーカーを、三歩は店頭でもネットでも見たことない。しかし実際に売ってる場所を知りたいわけじゃないので追及はしない。膝のちょっと上のところで生地が切り離されててちらりと見える白い太ももがまあやらしい。

「肩さあ、片方しか紐かけてなくて突然脱げたりしないよね？」

「脱げて見えても誰にも迷惑かかんないでしょ？」

「友達として私に迷惑かかるわっ」

首から上もベレー帽に赤い口紅でなかなか派手に飾っている友人は、カッカカッカとどこかの殿様のように笑う。前に見た時は黒かったはずの、今は赤に近い茶髪が彼女の動作で踊る。

「っていうかぐだぐだ言ってたくせに、三歩もちゃんとオシャレしてきたじゃん。出会う気満々じゃん」

満々では断じてない。そこは強く主張したい。確かにいつもよりきちんと化粧をして自分が持ってる中でも綺麗めなシャツを選び、ついでにこの機会にと美容室に行ったけれども。ちょっと色入れたりもしてもらったけれども。

「そ、それはこう、陰口言われたりしないようにと思って」

繊細な乙女心なのだから、いじらないでくれ恥ずかしい。しかしそんなことを彼女に説明しても仕方がないとは三歩も分かっている。この友人は三歩とはまるで違う考え方で生きている。

その証拠を今から見せてくれる。

三歩の言葉を受けた彼女は、にっこり笑ってから横に並び肩に手を回してきた。

「可愛いよ！」

声でっか！

「やめやめやめやめてやめて」

「ほら、私は可愛いって言ってみ」

「やだやだやだやだ」

横を通り過ぎていく人達がなんだなんだと目を向けてくる。顔が真っ赤になる三歩。逃げようとじたばたするがうるさい友人の腕はがっちりと三歩に絡みついている。放せばかやろう！

しかし抵抗もむなしく、もう一度、すうっと息を吸う音が聞こえ、三歩はくそ迷惑な奴から周囲の人々の耳と自分の羞恥心を守るため、仕方なくおちょぼ口を作った。

「わ、わたすは可愛い」

噛んだんじゃない、心にもないことを言うには口の開きが小さすぎた。

「そう、自信は自分で作らなきゃ。今日のおめかしもその為でしょ。皆に見せつけてやれよ」

「もう帰りたい……」

ようやく解放された三歩はぐったりして両手の平で顔を覆う。休日にこんな辱めを受けるなんて私は一体どんな罪を犯したのでしょうかと神様に問う。もちろん初詣と観光でしか神社に行かない三歩に返事が来ることはない。

「まあまあ、お弁当、腕によりをかけたから」

「お弁当だけお土産に持たせて……」

「三歩の大好物の蟹クリームコロッケも作ったよ」

「ううう、卑怯な」

あのトロトロのやつを楯にされたらそれを食べるまでは帰れないじゃないか。まさか本気で弁当だけ貰って帰ろうだなんて思ってるわけでもなし。

「三個食べるぅ」

「うんうん、好きなだけ食べていいよー」

美味しいもので簡単に手懐けられる三歩。もちろん友人からの辱めをしぶしぶ許すのは、ご飯をくれるからというだけじゃない。自信は自分で作るという部分は間違いではないと思っているし、彼女自身がそれを実践して魅力的になっている人だと知っているからなんだけれど、もちろんそんなことを言えばこの友人がよりうるさくなること必至なので、納得する姿勢を三歩は見せないようにしている。

代わりに、話が恥ずかしい方に戻らないよう話材を提供する。日本の未来を担う若者として最近の日本経済に関し「消費税やばいよねー」「やばーい」「財布死ぬよねー」「死ぬー」とディスカッションしながら待っていると、女性が二人こちらに手を振りながらやってきた。彼女達も今日の参加者で、実は三歩も面識があった。以前に友人から「働いてる私を見に来て！」とわけの分からない誘いを受けた時のこと、のうのうと誘いにのった三歩を職場でもてなしてくれたのがこのお二人だったのだ。「その節はー」と三歩がうやうやしく頭を下げると、明るいお二人も丁寧に再会の挨拶を返してくれた。誰かと違い、声量や動作がとてもちょうどよくて好印象のお二人。

「それじゃあ揃ったところで！」

ちょうどよくない声量の幹事に先導され、三歩達は公園内へと足を踏み入れる。

どこから現れるともしれない敵、つまるところ男性陣からの奇襲を受けないよう、三歩はうるさい友達の背後に身を隠す。楯と考えれば彼女の騒音も防御に使うのに有効かもしれない。こんな時は親しき中に礼儀のかけらも持ってられない。

友人と明るい同僚さん達の会話で、飲み物やお弁当は既にもう一人の主催者である先輩に預けてきたということを知る。食べ終わったらその先輩がお弁当箱を洗って後日返してくれるという。ほんとに何もしなくていいんだなと、三歩は勝手にＶＩＰな気分になった。どう考えてもベリーインポータントではない。なんとかパーソンではある。

堂々たる三人と、早々に帰りたいだなんてことをのうのうと考える三歩は連れ立って歩く。やがてうるさい友達が大きく手を振った。それを見た同僚さん達があたりをキョロキョロするが、三歩は彼女達が視線を送る先を微妙に間違えていると知っている。職場での付き合いじゃ気がつきようがないかもしれない。うるさい友人は声だけじゃなくとにかくその行動の射程距離が長い。服装のこともあるだろうが、存在が目につくから相手に気づかれやすく、普通の行動の届く距離というのを勘違いして人生を送っている。

三歩は前方、かなり距離のある木陰に、アウトドア用の椅子とテーブルを立てている一群を見つける。ほんと遠いな。その遠い場所から一人、見るからに背の高い男性がこちらに手を振っていた。この距離じゃ表情は分からないが、「遠いよ」と言いながら笑っていると思う。この友人を待ち受けたことが何度もある三歩にはその気持ちが分かる。

うおーいよいよかーと三歩の腰は本格的に引けた。うるさい友人がそんな三歩を慮《おもんぱか》って歩みの速度を緩めるかと言えば、むしろそんな三歩を知れば引きずって男性陣の前に差し出そうとすることは明白なので、弱みは見せられない。案ずるより産むがやすしをモットーとする友人って思ったより厄介なんだという認識が世に広まってほしい三歩だが、今のところその事実はかの麗しい友人くらいにしか伝わっていない。

そりゃ、本の内容の半分以上はコピーしちゃ駄目ってルール、図書館利用者に広まんないわーと、三歩が日々の仕事の苦労に目をそらそうとしたところで、いよいよ男性陣の姿がくっきり見える距離にまで来てしまった。うるさい友達の知り合いというからファッションモンスターの集まりかと思いきや、彼らは普通に淡い色のシャツだったり、ラフにジーンズをはいていたりして三歩は少しだけ安心する。しかしそれを差し引いたところで、三歩の頭の中に響く声はひええ。顔を硬直させたまま、三歩は脳内で悲鳴をあげる。友人のことは未だ楯に使っている。

というのに、男性陣の目の前まで来たところで、うるさい友人は右足をさっと引いて半身になり三歩の全身を皆の前にあらわにした。こら楯が逃げるな。

「はじめましてー」

もちろんこんな流暢な挨拶が三歩の言葉なわけがない。先ほどいち早くうるさい友人に気がつき手を振ってくれていた男性が、爽やかな笑顔と共に発したものだ。三歩はと言えばそもそも自分以外の誰かが挨拶をしてくれるだろうと決めつけて、思った通り友人の同僚さんお二人が「はじめましてー」と言ってくれるのに合わせて会釈をし、ただ口をパクパクさせた。どうせいつかは声を出さなければならないのに往生際が悪いし見ようによっては気味も悪い。

しかし都合がいいのか悪いのか、三歩がひきつった笑顔で出来るだけ長く乗り切ろうとしているうちに、あれよあれよとことは進む。立ち話もなんですしまずは座りましょうってなって、背もたれのないアウトドア用プラスチック椅子に促された。断るのもあれなので座ってみると、今度は目の前のテーブルに風呂敷に包まれた重箱が載せられる。うるさい友人へ皆からの感謝の声があがり、合わせて三歩も小さく「いぇー」と発したが誰にも聞かれはしなかった。

木漏れ日の下、爽やかな風が吹く中で、三歩がようやく会話らしい会話をしたのは、準備が進められていくのを邪魔しないよう静かに座っている時だった。男性陣の中の一人、物腰の柔らかいお兄さんが遠慮がちに「飲み物は、何がいいですか？」と訊いてきてくれた。なんでもと言おうとして「まんだむ」と言うわけの分からない噛み方をしたが伝わったようで、テーブル上にいくつか飲み物が置かれ、三歩は氷結レモンを手に取る。

お兄さんはご丁寧にプラカップもくれた。三歩もご丁寧に噛みながら「あざしゅー」と礼を言ったが、これも伝わったようだった。お兄さんは選ばれなかった缶達を笑顔でクーラーボックスに戻す。何もしてないが、三歩、ファーストステージをクリアした気分になる。

さて全員の手元に飲み物が行きわたり簡単に乾杯をしたところで、早速お弁当開封の儀に突入か口もお腹も準備万端だぜという三歩の勇ましい食欲は、先に自己紹介をしましょうという流れによって待ったをかけられた。当然ありうるイベントなのに三歩は目を白黒させる。

といっても実はこれ、混乱しているふりにすぎない。三歩は自らの心を出来る限り平穏に保つ為、事前に極度の緊張が自らを襲うだろうと分かっている場合には、心中で混乱するふりをして状況認識が出来てない状態を装い、自分自身を騙《だま》そうとするのである。これは三歩にとってはごく自然な処世術であるので、誰かから詳細な説明を求められても無理なのだが、三歩はこの方法によって何度も最悪の状態を避けることに成功している。

ただ、三歩の思う最悪とは混乱しすぎて奇声をあげながら初対面の人の首筋にモンゴリアンチョップを食らわせるというレベルのものなので、いつも無事に済んでいるわけでは決してない。

今日も混乱するふりをしているうちに、自己紹介の順番が三歩に回ってきてしまう。脳内疑似カオスの弊害として他の人の自己紹介をまたまるで聞いていなかった三歩は、皆の視線が自分に集まっていることに気がつき、せめて何かを喋ろうとしてベロが硬口蓋《こうこうがい》に張り付く。

「ぬ」

果たしてせっかくの処世術も無駄に終わり、真っ白な状態になる。春ってなんでこう自己紹介の機会が多いのかねそういうとこだけ苦手だぜーと季節をディスったところでどうにもならない。結局ここには自分の足で来ているのだから。

ここでせっつかれれば噛みまくってでも自分の名前を言えるのだが、今日の皆さん予想以上に大人なご様子。適度な笑顔で三歩のことを待ってくれている。その優しさが三歩を追い詰める。え、この子、大丈夫？　と皆さんがそろそろ三歩の異変に気づき始めたらしき頃、その状態が異変でもなんでもないと知っている彼女が、ビッと三歩を指さした。

「この子は三歩」

持つべきものは友である。たとえ普段うるさくとも、羞恥プレイをさせられようとも。

「さんぽって、あだ名？」

恐らくこの人が件《くだん》の先輩だろうと三歩が思っている男性が、親し気にうるさい友達に訊く。てっきり代わりに答えてくれると思っていたのに、友人は人差し指を再び三歩に向けた。注目というボールを渡してきたからこのやろと思いつつ、友人の優しさには応えねばならぬだろうと仕方なくグッと心に力を込める。

「い、いいいいえ、麦本三歩という、名前でして、はい、そうです、すみません」

ちなみに三歩以外の誰も喋ってはいない。最後のすみませんは、こんなわたくしめの名前なんて気にさせてしまいすみません、のすみません。

男性陣からの、珍しい名前ーというもう三歩がこれまでの人生で何度聞いたか分からないなと思う反応（悪口ではない）を出来る限り自然に受け流し、働いてるのが図書館ということや、うるさい友達とは大学からの付き合いだということをどうにか説明した。三歩としては、どうせ自分なんてものに男性諸君は興味もございませんでしょうしさっさと流してくれてもいいいんですのよ早く他のレディ達をエスコートしてさしあげなさい、と後半なんのキャラなのか分からない卑屈を振りかざしていたのだが、やはり今日の皆さん予想以上に大人なご様子で、三歩のプロフィールにも興味を示す態度を見せてくれるのだから困った困った。こういうのは自分のこと訊かれたくて仕方ないそこのオシャレ番長にでも任せておいてほしい。

なんとか誰に暴力をふるうこともなく自己紹介を終えると、順番は先ほど三歩にドリンクをくれたお兄さんのものになった。どうやら後には彼しか残っていなかったようで、三歩がきちんと名前や職業を聞くことが出来た男性は一人ということになってしまったのだが、ひとまず必要な儀式は終えたしいよいよお弁当開封タイムということで、三歩は気持ちを自分勝手に切り替えることにした。どうせ名前なんて知っていても呼びかける勇気なんてないのだから同じだ。

「すごーい！」

風呂敷が解かれ、重箱が開けられるや否や、テーブルを中心とした八人のうち六人から異口同音にすごいの声がこだまする。静かなのはドヤ顔になった本日のシェフと、そしてこちらもドヤ顔の三歩。おにぎりの一つも握っていないくせに、むしろシェフよりも皆の反応に満足気だ。もちろんオーディエンスの反応と共にお弁当の中身を確認することも忘れない。蟹クリームコロッケ、エビフライ、里芋の煮物、マカロニサラダなどなど、和洋折衷フルコース、大好物のオーケストラ。

「三歩ちゃんは、このお弁当に慣れてるの？」

獲物を目の前にして無意識に唇をペロリと舐めていた三歩は、突然名前を呼ばれ慌ててそちらに向く。三歩ちゃんなんて呼んでくる男性は父方のおじいちゃんくらいだぞ、と思いながら見ると、そこにいたうるさい友人の先輩らしき人は目を見開いていた。三歩はすぐさま飛び出していた舌をしまう。恥ずかしいところを見られてしまった。しかし流石相手は大人のお兄さんだ、すぐに微笑《ほほえ》みかけてくれた。見て見ぬふりをしてくれてる感じがまた恥ずかしい。

「あんまりびっくりしてないみたいだから、結構彼女のお弁当食べてるのかなって」

「いえいえいえい」

い、が一回多かった。ノッてるみたいになってしまった。

「だ、大学時代はよく、家飲みしたりして、ご飯作ってもらってまひたが、あ、最近は久しぶりです」

噛んだが絶妙な位置だったから大丈夫なはず。それにそんな些細なことを相手が気にする前に、友達が大声で割って入ってきてくれた。

「三歩は私の手料理に目がないの、ねっ」

私を褒めろという声も眼差しも清々しい。

「う、あ、はい。悔しいことにめっちゃ美味しいです」

まあ三歩とてシェフのご機嫌を取るくらいの手間は惜しまない。何より本当のことだし。

「へー、本人以外からの評価聞いてがぜん楽しみになってきたよ」

「先輩、私のこと信じてなかったの？」

先輩と呼ぶ相手に何故タメ口なのかは知らないが、やはりこの背の高い人が友達の先輩で合っていたようだ。この人がお金を出してくれて今日のお弁当が出来上がったのだから ありがたやーと心の中で手を合わせる。自己紹介で手に入れ損ねた情報の獲得にふむふむし、なにげなく、プラカップから氷結をこくりと飲んでテーブルに置く。

その時、突然横からすっと何かが視界に入ってきたものだから、三歩は思わずのけぞり、勢い余って椅子から落ちそうになった。

あわや、というところだったが、大したことない腹筋でふんばり、テレビゲームでゲームオーバーになりそうな時にボタンを連打する要領で「たたたたたたた」と舌を連打する技によってなんとかずっこけるのを免れた。

心臓をばくばくさせながら、一体自分は何に倒されそうになったのかと警戒心を見せる。犯人はすぐ見つかった。そこにはさっき飲み物をくれたお兄さんが目を丸くして三歩のプラカップの上らへんで氷結の缶を持っており、どうやら減っていた飲み物を注《つ》ぎ足そうとしてくれていたようだった。恥ずかしさが爆発する前に、三歩は一応周りを見回してみた。ワンチャン当事者のお兄さん以外は、酒が注がれるのにびびってこけそうになった奴のことなんて見てないのではと思ったけど、全員と目が合い、なるほどなるほどとふむふむする。やがて恥ずかしさが爆発するのと同時に、噴き出す声が聞こえてきた。

「たはははははは！　何してんの三歩！」

笑ってもらった方が心配されるよりよほど救われるものがある。もちろんこけそうになった人を思い切り笑えるのは友達だからなわけで、大人な皆さまはきちんと心配をしてくれた。あまつさえ三歩を追い詰めるのは、気を遣ってくれた物腰の柔らかいお兄さんが「お前気をつけろよー」なんて、本気ではないにせよ注意されたりしていること。しかしこの流れをぶった切って、私が悪いんです！　と言える度胸も声量も三歩にはなく、お兄さんが謝ってくれてるのに対してただ「す、すみましぇん」と謝罪を続けるのみであった。

三歩の無事が確認され、和やかな空気が本人の心中以外に流れると、いよいよお弁当を味わいましょうタイムとなった。自己嫌悪中ながらせめてこの場の雰囲気を壊さぬように、顔を上げて紙皿や箸を受け取る。そうして皆と一緒のタイミングで、重箱からいくつかのおかずを取った。うるさい友達がわざと三歩の近くに蟹クリームコロッケの詰まった重箱の角を配置してくれている。三歩はコロッケを宣言通り三つ取って、それからエビフライや玉子焼きも取って、ついでにタルタルソースの小袋もいただいた。紙皿に並ぶ大好物達。しかしいくらこんなに美味しそうでも、こんな落ち込んでるんだから、喉を通らないかもしれな、美味い。

久しぶりに食べた友人手作りの蟹クリームコロッケ、あまりに美味しくて、マイナスの気持ち達を一旦脇にどけ三歩は料理人の顔を見てしまう。

「うっま」

正直な気持ちを多少乱暴な言葉で伝えると、友人がいっそうのドヤ顔をしてきた。三歩が先ほど感じた羞恥はどこに行ったと思う人もいるかもしれないが、そもそも三歩は日ごろからミスを繰り返して生きているのだから、立ち直りが遅ければどこかで悶死している。三歩以外の人達も料理を早速味わいだし、思い思いに称賛の声をあげる。声がかかる度に友人の鼻が高くなっていくのがまるで目に見えるようだった。

先ほど迷惑をかけてしまった物腰の柔らかいお兄さんを盗み見てみる。どうやら料理を気に入られているご様子で、三歩は安心する。これでどうにか先ほどの失態を許してほしいと、三歩は友達の料理に尻拭いを頼む。唯一プロフィールを聞くことが出来た彼は通信系企業で働いてるらしい。このＩＴの時代にさぞやお忙しいでしょうし、我が友人の美味しいご飯は感情も豊かにしてくれることでしょう。

適当なことを思いながら、三歩は続いて玉子焼きを食べる。うまいー。こりゃあ胃袋を摑まれる男性もいるのではないかと三歩は友人の合コン成功の可能性を見る。あとは摑んだ胃袋を大声で突き飛ばさなければ大丈夫なのでは。いやしかしそこも愛してくれる人でなければ意味はない。一体どうすれば。

ふぬぬっと人の心配をしているうちに三歩はお皿の上のものを平らげ、第二陣を奪取にかかる。何やら他の方達はお弁当そっちのけでそれぞれのお仕事の話に花を咲かせていて手元ががら空きだ。早く食べないと食べつくしちゃうぞと三歩は心配し、皆さん自分と違って食事メインで来たわけではないからいいんだろうとすぐに勝手な解釈をする。なので、この隙に好きなおかずを奪い去る。一応、突然ツッコまれては恥ずかしいので会話の様子を見て隙間を縫うように箸を伸ばす。こういうことだけちょっと得意だったりする三歩。

おかげさまで無事、誰かに見咎められることもなくミッションをクリア。しかし基本的にはタイミングが悪いので、大口を開けて里芋を一個まるまる口に放り込んだところで話をふられた。口に入れたまま喋るべきか、今すぐ飲み込むべきか迷って、咄嗟《とっさ》に両手を使ってTの字を作ったところ、「オッケー、タイムねタイム！」と長身の先輩が意を汲《く》んでくれて笑いが起こり助かった。ある程度馴れ馴れしい人ってよく人見知りの窮地を救ってくれる。きちんと飲み込んで、先ほど質問された「図書館って女性ばっかり働いてるイメージがあるけどどんな感じですか？」に答える。

「そうですね、ひょとんど女性です。だ、男性は二人しかいません」

「へー、ハーレムなんだ、いいなあ」

長身の先輩がくれたお約束のような反応を訂正すべきか迷ったけれど、代わりに他の女性陣が「女ばっかりの職場の男性、絶対大変～」と言ってくれたので三歩の役割はなくなった。そう、あくまで三歩のイメージだけれど、あれはハーレムでもなんでもない。なんていうか、サーカスの団長というか、サバンナに放たれたうさぎというか、女子グループに使われている気弱な男子というか。やめよう、全員に失礼だ。

三歩の発言により話題は職場での出会いみたいな方に移行したようだった。これ幸いと三歩は再びお食事タイムにうつる。しかし今回はふいに話をふられてもタイムをかける必要のないように、きちんと会話に参加してる風にふむふむしながら箸と口を動かす。唐揚げうっま、ふふふふふふふ。

しかしこんなに美味いものを前にして食事の手を止めていられるなんて、もしかして来る前に牛丼でも食べてきたのか？　と、今日のために肌より髪より胃のコンディションを整えてきた三歩は邪推する。

シェフとしてももっとお弁当のことで盛り上がってほしいんじゃないだろうか、食事はボディブローのように男性陣に効かせておいてまずはトークで心を掴む気なんだろうか。それにしてはさっきから先輩を何度か肩パンしてるけどそれはいいのか。ボディタッチか？

友人の男性陣への心証を気にしながら二匹目のエビフライを齧《かじ》っていると、ふと三歩の目の前に配置された蟹クリームコロッケに箸が伸びてくるのを見つけた。意地汚い三歩はまだ自分の分もあることを確認してから、それマジ美味いよ、という意味を込めて箸の行方を目で追った。

行きついた先は、先ほど三歩が謝らせてしまった物腰の柔らかいお兄さんの口だった。

そもそも人の箸の行く末を追うなというのはともかく、よりによって一番気まずい相手の箸だとは。慌てて目をそらそうとするが、タッチの差でお兄さんが三歩に気がつき、二人の視線が交差する。この時点で知らんぷりをするのは失礼だということくらい三歩にも分かり、しかしながら次のアクションが思いつかないままジッと彼の目を見てしまった。見つめ合いではない。焦りで瞳孔が開き口元だけ何故か笑ってる女性と、それに驚いている男性を見つめ合っているとは言わない。

流石の三歩も自分がいやしく箸を追いかけたのだから、こっちから何かしら彼に投げかけるべきだろうとは思った。大人として、ここの輪にまがりなりにも参加したものとして。コマ送りのような一秒の間に考え出した三歩の最適解がこれ。

「ほ、本日のおすすめです」

何様だ。しかし事態もたまには三歩の都合の良い方に転がってくれたりする。バキバキ三歩と目が合い戸惑っていた様子のお兄さんは、三歩の一言にくすりと笑ってくれた。

「すごく美味しいです」

その一言の直後、お兄さんは他の諸兄が繰り広げていた大きな話題の中に取り込まれていった。三歩は思い切り胸を撫で下ろす。よかったー切り抜けたーよかったー。

精神的疲労によって肩で息をし、三歩はプラカップに口をつける。気の利いたこと言えた(はずの)自分と、詮索をしないでくれたお兄さんに勝手に乾杯をする。心の広いお兄さん、きっとお仕事でも成功することでしょう。

美味しいお弁当を囲んだ会はつつがなく進んでいった。三歩の合コンに対するイメージは席替えとポッキーゲームだったのだけれど、事前に健全と聞いていたように、特にポッキーゲームのようなあほなイベントは起こりそうもなく、三歩はふられた会話にだけ参加し、他の面々がこの出会いを大切なものに出来るようにと偉そうに願っていた。その間ずっともぐもぐしていた。たまにくぴりとしていた。

やがて少しずつお弁当の中身が減っていき、皆がお腹いっぱいの様相を呈してきた。残ったら是非持ち帰らせてほしいと三歩がエコなことを思っている最中《さなか》、皆が趣味の話をし始めた。三歩もご趣味は何かと訊かれ、「読書です」というなんともいじりがたい答えをした為に追撃を受けた。

「他には？」

「お、音楽も聴きます」

「へー、どんなの？」

自分なんかの話題を広げようとしてくれていることに優しさを感じ、適当な答えではよくないと考える三歩。

「ら、ラップが好きで、ＲＨＹＭＥＳＴＥＲとか好きです。今日はここに来るまで韻踏合組合聴いてました」

聴いてた曲のタイトルが『一網打尽』だというのは、なんかすごい意気込みでここに来てる感が出てしまうかもと思ったので伝えなかった。とはいえそれらアーティストの名前に反応を示してくれたのは、失礼ながらお名前もご職業も聞き逃してしまったお兄さんお一人だけで、それですら「ＲＨＹＭＥＳＴＥＲ懐かしいねえ」という様子だったので、特に曲名に会話が広がることもなかった。「新しいアルバムかっこいいですよ」と小声で一応言ってみたが、伝わってほしいと思って言ったわけではないので伝わらなかった。

「この子の趣味は、アイドルだから」

今度はうるさい友人に矛先が向いた。背の高い先輩に指し示されて胸を張る友人は「ジャニーズとか？」という他の男性陣からの質問に大きく大きく首を振る。動作がうるさい。

「女の子のアイドルですね」

「あ、なるほど、じゃあその恰好も何かアイドルの？」

「これは違います！　私の好きな服！」

大きな声での反論に、ひどく悪いことを言ってしまったと思ったのか、三歩がお名前もご職業も知らない彼は「ご、ごめん」と苦笑して謝る。そんなに気にしなくてもいつものモードだから大丈夫ですよと三歩は思い、しかしちょっとくらい友達のフォローでもしてやろうかと重い腰を上げかけたところで、もっと早く行動にうつしてくれた人がいた。長身の先輩だ。

「この子、服装のバラエティすごいから」

ただ行動が早いことと、その助け船が安全かどうかっていうのは、また別の問題なのだ。

「本当はもっと男受けするファッションも作れるのに今日に限ってこれなだけ」

多分、友人の作ったわずかな間に気づいたのなんて、三歩だけだったろう。

「私は私の為にしか服着ないからね」

だから絶対、笑いながら先輩の肩を殴る彼女の体温が下がったような気がしたのなんて、三歩だけだ。

先ほどまでと何も変わらぬ皆の様子を見ながら、三歩は一人、ごめん、と思った。もっと早く私が助けに入っていればと。それが間違いであることにもすぐに気がつく。その部分まで知った上でなければならなかったのだと。ふむむむむ。

三歩が友人の心中を案じているうちに、今日の合コン、というのが正しいのかどうかはともかく、楽しいお食事会はお開きになろうとしていた。

三歩の合コンに対するイメージのもう一つであったお持ち帰りというのもこの太陽の下では起こりそうになく、お片付けをしてからお礼を言い合って、また飲み会をしましょうと社交辞令の約束をして、開始時と同じように男女別のグループになって別れた。

きっと最初からそういうことになっていたのだろうけれど、うるさい友人から、もし気になった男性がいたら間をとりもつから言ってねと告げられた。もちろん、この合コンの幹事の思惑らしきものを知ってしまった三歩としては、もし仮に誰かをいいなと思っていたとしても言い出す無情さはなかった。そもそも勇気がないのは棚に上げとこう。

駅まで歩いてから、女子四人でちょっとしたお茶会をした。男性陣への感想を他の三人が話していたので三歩も加わったが、なにせきちんと情報を知っている人物が一人しかいなかったので、蟹クリームコロッケを美味しそうに食べてたということだけ伝えたら、なんだそれと笑われた。

やがてその会も解散することになった。家が近いのでタクシーに相乗りするという友人の職場のお二人と再会を約束してから別れ、二人になった。

そこで三歩はほうっと息をついた。

「お疲れ、三歩ー」

「うんー。ちょっと疲れたなー」

気の抜けた返事を一つ、しながら考え事を一つ。

三歩は完全に抜きかけた力を心に一つ込めた。

「ねえねえ」

「ん?」

決して、余計なことを言おうとしたわけではなかった。

強がっていたい子だと知っているし、武装していたい子だと知っているから。人間はそうして自信をつけかっこよくなると信じている子で、それを三歩は実際にかっこいいと思っているから。

余計じゃないことを言う。

「まだちょっと早いし、全身かたくなっちゃったから、力抜きにさ」

声が大きなことも、豪快な性格も、人より心の膜が薄いからなんだろうと、感づいている。だから、たった一言で心の温度が下がったなんてこと、ばれてしまうんだろう。

「カラオケ行こうぜっ」

大きな声で言ってみた。言外に、伝えたいことがあったのだ。

ただ全身全霊を声に詰め込みすぎて、思ったよりもだいぶ大きな声を出してしまったので、相手をびびらせてしまったのではと気遣う三歩だったのだが。

「いいねー！」

必要なかった。びびるとかを超え空気がビリビリと震える大声に、一瞬、時間が狂ったかのように周囲の人々が足を止めた。

「うるせー！」

「なんだよ三歩怒んないでよー。さては今日良い男いなかったからだなー」

「……まあそれもあるかな」

あまり大きな声ではなかったのだけれど、今度は友人をきょとんとさせられた。三歩は一矢報いた気になる。やられっぱなしは、友達と言えどつまらない。もちろん、彼らが良い男かどうかなんてそもそもあんな短時間で分かるわけない。結局名前すら分からなかった人もいる。でもちょっとだけ、良い男じゃないな、と思った瞬間があったから嘘じゃない。

「そっかーごめんね、ま、料理は美味しかったでしょ？」

「めちゃくちゃ美味かった」

「よっしゃ」

かっこいいガッツポーズを掲げる友人の二の腕を、三歩はなんとなく摑んでむにむにと揉んだ。こっちの行動に意味はなかった。

最初で最後の参加だろう合コンはそんな感じで終わりを迎えた。


かに見えた。

「蟹？」

『は？　何言ってんの三歩』

電話がかかってきたのは、数日後の夜、三歩が家でアルフォートのビスケット部分を前歯で削りとる遊びをしている時だった。

「いや……聞き間違えかと思って」

『自分の滑舌の悪さで耳までやられ始めた？』

「しばふぞ」

噛んだんじゃない。アルフォートを口に放り込んだ。

先ほど電話口で聞いた話、聞き間違えだとしか思えない。チョコレートを胃に送り込み、糖を脳に送り込む。そして今一度先ほどの会話を回想してみる。うん、やっぱ蟹じゃないにしても多分何かの聞き間違えだろう。

『あのね、もう一回言ってあげるから、心して聞け』

「おう」

とても滑舌のいい友人の言葉を、今度は聞き漏らさぬように構えた。

『三歩にまた会いたいんだって、あの三歩を転ばしそうになった彼』

どうやら、聞き間違えじゃなかったようだ。

「そんな馬鹿な」

一体、何がどうなってそうなるのか。出来る限り頑張って、理由みたいなものを考えても考えても考えても分からなかった三歩は、一旦電話を切って床に仰向けになり考えるのをやめてみた。いつの間にか寝ていた。

いくつかの飲み物の中から好きなものを選ぶ、そんな夢を見た。

麦本三歩はプリンヘアが好き

麦本三歩はちょっと小さい。器の話ではない。ひょっとしたら器もそうかもしれないが、今回は身長の話だ。小さいと言ってもちょっとだ。今年の健康診断ではかったところ、百五十三センチ。平均身長より数センチ低いくらいなので、特に小さすぎて苦労したという覚えはない。それでも図書館メンバーの中では一番低く、立っている先輩達を見下ろすような機会は、階段を下りている時と、脚立を使って作業をしている時だけだ。脚立に乗ったまま離れた本棚の本を取ろうとした際、脚立ごと倒れてしばらく使わせてもらえてないというのは余談だ。ちなみに三歩の怪我を心配してくれる人がいるとするなら大丈夫、その時の三歩は普段なら見せない妙な俊敏さを見せた。倒れゆく脚立から飛び降り着地、よろけたものの膝をつくこともなく、体操選手のようにバンザイをしてポーズを決め採点を待っているところを見つかり怒られた。０点。

さてそんなことはいい。ようは三歩の身長が低く、日常の中で自分よりも背の低い大人に会う機会はあまりないが、思い浮かべろと言われればすぐに浮かぶ人物が一人いる、ということだけ知っていただければ結構だ。

「あ、きょ、こ、んにちは」

三歩の住むマンションは一つの階に五つの部屋が設けられているタイプ。エレベーターを出ると左手にえんじ色のドアが等間隔で五つ並んでいる。三歩の部屋は手前から四つ目。たった今、お夕飯の買い物に出かけようと部屋を出たところ、ちょうど角部屋の住人が鍵を回していたので、三歩なりにほがらかに友好的に挨拶をしたのだ。

三歩の声に気がついた女性はこちらを向くと、小さな顔についた目をカッと開き微笑を浮かべて「こんにちは」と言うや、その体がすっぽりと入ってしまいそうなキャリーバッグと一緒にドアのあっちへ姿を消した。隣人の彼女の様子はいつも通りなので、三歩は特に気にしないようにしながら鍵をかけ、エレベーターの方に歩いた。乗り込んで一階のボタンを押し、扉を閉めるボタンを押すが一向に閉まらないので連打、八回目でそれが開くボタンだったことに気がつくという遊びをしながら、三歩は隣人のお姉さんの変化について考えていた。

銀色になってたな。

三歩はエレベーターを降り、エントランスを出て夕焼けの下をてくてくと歩く。

バンドマンか？

隣人の彼女の職業に三歩は思いを巡らす。

隣の部屋に住むのが同年代の女性だと気がついたのは、今年に入ってからのことだった。気がつかなかっただけか、もしくはその時期に引っ越してきたのかは、調べようもないし別に大切なことではないので三歩もそこは本当に気にしていない。

最初に見たのも、今日のようにキャリーバッグを持った姿だった。三歩より幾分か小さい、恐らくは身長百五十センチに満たないであろう体で、彼女は中身の詰まっていそうなキャリーバッグを引いていた。その時にも今日と同じ、目をバキバキにかっぴらいた上でローテンションの「こんにちは」を貰った。二人は同じ階でエレベーターを降り、お隣さんの方が少しだけ長く歩いた。それからというものお隣さんは会う度に目を見開くし、結構な確率で手にはキャリーバッグを持っている。

最初は旅行会社の人なのかもと三歩は思っていた。あまり家にいないようだし、各国を飛び回っているのなら、いつもキャリーバッグを持っているのも納得がいく。少し変わった笑顔が気にならないでもないが、と、三歩が勝手な心配をしていた頃、また三歩は彼女と対面した。その時、彼女のショートヘアが金髪になっていて驚いた。旅行会社の規則は知らないけど突然金髪にして許されそうではない。じゃあなんの職業なのだろうかと考えていて、今日久しぶりに見ると銀髪になっていたのだ。そして三歩がたてた仮説が、隣人さんバンドマン説である。あのキャリーバッグでツアーを回っていたりするのかもしれない。パートはどこなのだろう。CD出してたりするのかな、聴いてみたい。でもただ単に髪型に拘《こだわ》る旅行好きな居酒屋店員さんの可能性もあるかもしれない。居酒屋かあ。居酒屋ならもちろん看板娘だろう。笑顔が少し変わっているけど、目のくりっとした美人さんであることに疑いの余地はない。看板娘ってお店の外で目印になってなくても看板娘っていうよな。その意味じゃ看板料理ってのもそうだ。もちろんお客さんを呼び込むって意味なんだろうけれど、一見《いちげん》のお客さんへの看板ではない。ということは看板という言葉より適切な言葉がありそうな気がする。思えば娘って言葉も古風でいいっちゃいいけど、もうちょっと今時の表現でも良さそう。例えば、うーん、自慢ガール？　当店の自慢ガールです。駄目だな。めっちゃ偉そうな女の子な感じもするし、そこはかとなくエロい感じもするぞ。偉そうなのはともかく、エロい感じはどこから来てる？　自慢って言葉で胸元のざっくりと開いた巨乳お姉さんを想像させるのかもしれない。どうぞ目を見張るがいいと言わんばかりにおっぱいを曝したお姉さんたまにいる。もうちょっと隠した方が色気があるんじゃないかなとか思うけど。いや、ひがみじゃない、ひがみじゃないから。私は関係ないから、今。そういえばあのお隣のお姉さんはすらりとしている。体重は何キロくらいか、明らかに五十キロはないはずだ。健康診断以来自分の体重は知らないけれど、体感的に増えたとは思わない。二の腕もお尻もぷにぷにだがずっとその状態で生きているのでこれからもそうでしょう。先輩達から、三十を超えたら今の食事量は危ないと言われるが本当にそうなのだろうか。好きなものをたくさん食べて不健康になるのも嫌だけど、自然に食べる量が減るのもちょっと嫌だ。少しずつ内側から外側から体を鍛えていけばいいかもしれない。胃腸を強くする食べ物を取り入れて、ジムにも通うとか。でも、重いもの持ち上げるのはとても苦手。お隣のお姉さんのあのキャリーバッグを私はあんなに軽々持てるだろうか。一体何が入っているんだろう。バンドマンなら衣装やツアー中の着替え、居酒屋店員さんなら、なんだ？　もしも何に使うでもなくぬいぐるみがぎゅうぎゅうに詰まってたらどうしよう。別に人の趣味なんだからいいんだけど、ちょっと怖いぞ。ぬいぐるみ達も窮屈だろうし。そういえばそろそろシロクマを洗ってやらなくちゃ。一緒に暮らしてもう二年くらいになる。長く続いているもんだ。最近は糸のほつれもあるけど、まだまだ元気にベッドの上に転がっているなあいつは。たまに私に蹴り落とされてる時どう思ってるんだろう。洗ってやるから恨まないでくれ、シロクマ。ということはあの出版美人のとこのペンギンももう二年だ。訊くの忘れちゃった、名前はつけたのかな。今年もあの子は忙しそうだ。まあ出版業界もアパレル業界も……って、あ！　そうか！　自慢ガールってうるさいあいつのことだ！　あの子が看板娘かどうかは、どうなんだろう。仕事場の外にもあの子の存在感は溢《あふ》れ出してそうだから、ある意味本当の意味での看板娘なのかもしれない。じゃあ、部屋の外に存在感をまるで出してないうちのお隣さんは逆看板娘？　いや、それじゃ悪口みたいだ。ごめんなさい。

とりとめのない思考とは、日常を過ごしている最中の三歩の脳内のことをこそ言う。辞書に書いておいてほしいくらいだと、三歩自身も思う。偉そうに。

脳内でぐるぐるとどうでもいいことを回転させている間に、三歩はスーパーに辿り着き、買い物を終えていた。今は買った品々をトートバッグに重い方から詰め込んでいる。手慣れたもので、次々と食べ物がバッグに吸い込まれていく、その途中で気がついた、今日は麻婆豆腐を作る予定なのにひき肉を買っていない。危ない危ない。一体何をしに来たんだと、三歩はスーパーを出る前にもう一度精肉売り場に行く。豚のひき肉にしようか鶏のひき肉にしようか迷って、安い鶏肉の方にした。さっきジムのことを考えていたので、筋肉がつきそうな気がしたのも理由の一つだった。

もう忘れているものはないよな、と立ち止まり、天井を眺めて考える。ここの天井は、あの怖い先輩んちから近いスーパーほど高くない。けど、ここはここで、昔ながらのスーパーという感じがして好きだ。自分が子どもの頃、お母さんに連れて行ってもらった近所のスーパーを思い出す。鬼とエンカウントすることもないしな！

ああそうだ、芋けんぴが食べたいと思っていたんだ。三歩はお財布的には余計なことを思い出し、お菓子コーナーに行くことにする。先ほども通りかかってたけのこの里をカゴに入れた場所に辿り着くと、そこの狭い通路ではおばさま二人が談笑していた。しかも芋けんぴはちょうど彼女達のお腹のあたりに陳列してある。くっ、これは神様が今日はやめとけって言っているのか、いや、神様は乗り越えられるものだけに試練を与えるって聞いた。ならばここはやはり芋けんぴを手に入れなければ、と、三歩は謎スペクタクル感を出すがもちろん、「すみません」と一言いえばおばさま達は一歩脇にずれてくれた。簡単すぎるクエストをクリアし、三歩は何故かその場で他のお菓子も物色し始める。せっかくこの場所をゆっくり見られるようになったのだから同コーナーの別のものも買っていいでしょう、と、自分の成果に甘すぎる三歩。

さてなんにしよう。芋けんぴはカリカリしゃくしゃくあまーいお菓子。ならばパリッとしてたりふわっとしてたりむちっとしているしょっぱいお菓子がいい。んー。

三歩が値札に前髪と鼻がつきそうな距離で袋入りお菓子の数々を吟味していると、「時代ねえ」というため息交じりの声が横に避《よ》けてくれたおばさま達の方から聞こえてきた。実際立って聞こえたのは、おばさま達が一瞬空いた間を埋める為に発した言葉だったからにすぎないのだが、三歩は「ダイエットもせずにお菓子ばかり食べるなんてこらえ性のない現代っ子ね」とせせら笑われたのかとショックを受け、思わずおばさま達の方を見た。もちろん勘違いであるので、おばさま達は三歩の方を見てたりなんてしない。三歩は安心してもう一度お菓子と向かい合う。あ、えびせん。

「うちの旦那なんてお隣さんの顔も知らないんじゃない。まあ私もたまに挨拶する程度なんだけどさ」

「うちのもそうだと思うよ。子どもの頃は近所の家に勝手にあがったりしたもんだったけどねえ」

「この年でやったら犯罪だけど」

顔ほどもある大判えびせんを三歩が手に取る横で、おばさま達が笑い合う。

「田舎と都会の差もあるんじゃない？」

「実際は都会の方が防犯って意味で近所の皆とは仲良くした方がいいって聞くけど」

なかなかねえ、という声を最後に聞いて、三歩はお菓子コーナーを立ち去ることにした。肩にトートバッグ。手にはひき肉とお菓子達。心には久しぶりに食べる麻婆豆腐への大きな期待が膨らみ、頭の中には、みんなお隣さんとの距離感を考えてるんだなあというしみじみとした思いがあった。

レジを通り抜け、もちろんお金を払って、食品をトートバッグにぶちこむ。帰り道、お隣さんと交流がないことを自分はどう思っているのだろうかと、三歩は考えた。


三歩の生まれたところは田舎か都会か、と言われるとちょっと微妙な場所にある。三歩が現在住んでいる地域と比べればかなり田舎だが、田舎出身だと胸を張れるような風景の中に生まれたわけでもない。最寄りの駅まで歩こうとすれば四十分ほど。ちょっと坂が多いふつーの町に、ふつーの家が建っていて、そこで三歩は生まれた。

故に自らが田舎生まれであるとか都会生まれであるとかいうアイデンティティーを三歩は持たない。都会生まれの人々にはのどかそうだと言われ、田舎生まれの人々には便利な場所じゃないかと言われてきた。隣人との関わり合いはどうだったかというと、これまた昔ながらの家族ぐるみの付き合い、ということもなく、かといって現在のように隣人は見たことがあるというレベル、ということもなく。挨拶はするし話もするし名前も知ってる。回覧板もある。けれど、それ以上の関わりを持ったことはない、という、なんのエピソードも作りようがないありさまだった。

だから三歩は今の隣人さんとの距離感をいつと比べて良いとか、どこと比べて悪いとか、そういう風に考えることが出来ない。

今まではそれを特になんとも思ったことはなかった。でもおばさま達の言うことも一理あると思った。防犯についてはどこまでその意味があるのか分からないが、仲良く出来るならした方がいいのかもしれない。

一体、どうやって。

お隣さんと仲良くなる方法とは、考えていると三歩は家に着いていた。オートロックエントランスの自動ドアを鍵で開け中に入り、左手にある郵便受けに近づいて手を伸ばす。

ダイヤルをくるくる回す時のカチャチャカチャチャって音が三歩は好き。外側からしか投函出来ないタイプの郵便受けなのも相まって、スパイになって金庫を開けようとする自分を想像する。奴らに感づかれる前にディスクを手に入れ脱出するんだ！　って感じ。

現在、例の小さなお隣さん部屋とは逆方向の、三歩の部屋番号から1引いた数字を持たされたそこは、空き部屋となっている。なので郵便受けの中も空っぽのはずだ。ひょっとするとあのお姉さんの方はかなり広告類が溜まっているかもしれない。バンドマンってそういうとこルーズなイメージ。余計なお世話も甚だしいことを考え、なんとはなしにお隣さんの郵便受けを見ながら自分のに手を伸ばし、郵便物を摑む。

いつも入っている広告類とは違う感触がした。手に持ったものを見る。

それはハガキだった。どうやら眼鏡屋さんから、誕生日祝いで割引にするよって内容のもの。誕生日なんだから十パーセント引きなんて言わずプレゼントしてくれよ、と、三歩はそのお店に行ったこともないくせに図々しいことを思う。

三歩は眼鏡をかけない。目は悪くない。伊達も邪魔い。だからこのハガキが三歩に届くのはおかしかった。三歩はハガキを裏返して見てみる。そこには、見たことのない苗字と名前が書いてあった。はて？

流石の三歩も、そこでおろおろとその謎のハガキの正体について悩んだりはしない。解決方法は知っている、宛先を見るのだ。我ながら素早く出た解決策にへへーんと胸を張りながら住所を見てみる。ふむふむ、マンション名まで合ってる。部屋番号は、あれ？　うちの番号で合ってる？　あ、違う、プラス1されてる。

住所を見ることを思いついた代わりに自分の家の部屋番号を忘れていた。このハガキはお隣のお姉さんのだ。意図せずして名前を知ってしまった。可愛い名前だ。

さてどうするか、と、考え、すぐに外側から投函しなおすしかないことに思い至る。再びへへーんと胸を張ってエントランスの自動ドアの方へと足を向ける。

「あ」

「べあっ」

熊？

妙な奇声をあげた三歩。生きる上で非常に間の悪い三歩のことを知っている人々ならば、郵便受けにハガキが入っていた時点でこのことに思い至っていたとしてもおかしくない。

なんの意外性もなく、エントランスからちょうど入ってきていたのは、お隣の小さな銀髪お姉さんだった。

「え？」

三歩のあげた声に明らかに怪訝《けげん》そうな顔をするお姉さんは、手にコンビニ袋を提げている。自分の背後で何かあったと思ったのか、お姉さんはその場で振り返る。三歩にもお姉さんの背後は見えているが誰もいないし何も起こっていない。

「す、すみませっ、ちょっと、あの、驚いて」

「ああ、それは、すみません」

お姉さんはぺこりと頭を下げて、こちらに歩みを進め何事もなかったように三歩の横を通り過ぎようとした。事実何事もなかったからいいのだけれど、三歩の手元には今、何事かがある。そのまま黙っていることも、出来たけれど。

「あ、あぬお」

一世一代の勇気を出した。三歩には一世一代が週に二度ほどある。命がいくつあっても足りない。

三歩はいつも通り噛んだが、お姉さんは振り向いてくれた。だらりとしたその様子に、だるっという意思がこもっていそうで、三歩は呼び止めたのを後悔した。

「えっと、こり、うちの郵便受けに入ってました」

また噛んだけどぎり言えたし、きちんと差し出せた。力を込めすぎてまるでお隣さんを刺すみたいな勢いで前に出してしまったが、お隣さんは身をスウェーしてからすぐ手に取ってくれた。

「あ、どうも、ありがとうございます」

お隣さんはいつも挨拶する時と同じように、口角をミリ単位で上げ、目をくわっと開いた笑顔でこちらを見た。間近で見ると怖い笑顔。笑顔、だよな？

二人がした会話はそれだけだった。あとは一緒にエレベーターに乗って、廊下を歩き、各々の部屋へと帰った。自分の緊張感が相手に伝わって、それを不快感だと勘違いされたらどうしようという心配を三歩はしていたが、杞憂とも言い切れない確認しようのない心配だった。

家に帰ってから三歩は手を洗い、うがいをし、ひとまず大判えびせんを袋から取り出して一口サイズに割ったりせずそのままに齧りついた。お隣さんとのやりとりでカロリーを使ったからだった。両手で持ってアグッパリッ。美味い。普段はかっぱえびせんを買うけれど、こういうえびせんはまた別の美味しさがある。

さあ、仲良くなる糸口はまるで掴めなかった。どうしたものか。

その日から思案し始めた三歩だったが、お隣さんと会うことはしばらくなかった。仲良く出来るものならという気持ちは持ちつつ、会わないのなら仕方がないという安心に似た気持ちもあった。仲良くならないのは自分が原因ではなくタイミングの問題だというある種の責任転嫁が三歩の心をほっとさせた。

次にお隣さんと会えたのは、ある日三歩が仕事から帰ってきた時のこと。今日も怒られちまったぜへっへっへと自嘲し、帰ったらコーヒーゼリーを食べてやるんだと企んでいたら、二人はまたエントランスで出くわした。お隣さんは髪がちょっと銀色プリンになっていた。可愛い。

「あ、こんぬちは」

「こんにちは」

三歩はまた噛んだし、お隣さんはまたいつものちょっと怖い笑みを浮かべていた。今回はあちらが郵便受けをいじっていた。彼女は今日もキャリーバッグを引いていて、上には紙袋も載っている。帰宅のタイミングがたまたま合ってしまった二人はまた一緒にエレベーターに乗り込んだ。

三歩が奥に、お隣さんが扉の前に立ち、またなんとも言えない時間が流れる。話しかけた方がいいんだろうかと三歩は悩んだ。この機会を逃せば次はいつになるか分からない。ならば今週四回目の一世一代を使うべきではないだろうか。繰り返すが命がいくつあっても足りない。

　しかし結局三歩がその一世一代を使うことはなかった。用もないのに話しかける勇気がなかった。話しかけ方は色々考えた。本日はお日柄も良く、とか、可愛い服ですね、とか、おうちでは眼鏡なんですか？　とか。まあどれをとってもいきなりは変質者なので勇気を持てなくてよかったとも言えるかもしれない。

　二人が住む階にエレベーターが着いて扉が開く。お隣さんが降りて道を先んじるので三歩もそれについていく。先に立ち止まったのは後ろについた三歩の方だ。勇気の出なかった自分を多少情けなく思いながら、尻ポケットに入った鍵を取り出す。

「あの」

「でぃあっ」

　鹿？

　突然話しかけられた声がお隣さんのものだと判断するのに時がいった。顔を向けると、お隣さんは、自分の家のドアの前ではっきりこっちを向いていた。

「す、すみません、なんでしょう？」

　お隣のお姉さんはいつもの顔をしていた。うん、いつも通りちょっと怖い。その表情のままお隣さんはキャリーバッグの上に載っていた紙袋に手をつっこむ。え、武器？

「甘いもの好きですか？」

「え、あ、好き、です」

「じゃあこれ貰いものなんですけど」

　お姉さんから差し出されたのは、武器ではなく何やら小さな袋だった。その中には黄色くて丸いもの。爆弾？　いや違う！　萩の月だ！　好きなやつー。

「な、え、いただけるという、そういう？」

「あ、はい」

　間合いを読み合う侍同士のようにじりじりと距離を詰める二人。客観的に見れば小動物然とした二人が何をしているのだろうと思うが、三歩は真剣だ。これまで人との距離感を真剣に考え度々間違えながら生きてきた。

　警戒心の強いハムスターよろしくお隣さんから個包装の萩の月を受け取り、三歩はほうっと息をついて、ぺこりと頭を下げる。

「ありがとうございます」

「いえ」

お隣さんは短くそれだけ言うと、笑顔を引っ込めてキャリーバッグと一緒に自分自身も部屋に引っ込んでいった。

三歩はそれを見つつ、呆然と立ち尽くした。

まさかお隣さんからコミュニケーションをとってくれるなんて思ってもいなかったからだ。放心して三歩はその場で貰った萩の月の袋をぴりっと開け、齧る。ふわっ、ぷるとろっ、甘ぇ。

プレゼントを平らげてから三歩はようやく鍵を開けた。手洗いうがいをして、考える。なんだったんだろう、あの萩の月は。

考えても答えが出なかったので、あちらからコミュニケーションをはかってくれたからには次会った時も何かあるかもしれないと、他力本願な期待だけしておいた。

しかし、願いは叶わなかった。

その後も度々、お隣さんと顔を合わせることはあったのだが、あの笑顔で挨拶をしてくれる以外、特に何か話したりとか、そういうことはない。あの萩の月は仲良くなりたいとか、コミュニケーションをとろうとか、そういうことではなかったのだろうか。そう思うのなら三歩の方から何かアクションを起こせばいいのにしなかった。怖かったからだ。一回お菓子貰ったくらいで友人面しないでよね、って思われるんじゃないかと。

しかし彼女との関係を曖昧にしとくのもちょっと気持ちが悪くて、一体私達の関係ってなんなのよ、と、隣人に秋波を送ること数週間。特になんの進展もなく、二人はそれぞれの生活を過ごしていった。

「もっとはっきりした態度をとってほしいものだ」

「何？　彼氏？」

「あ、いえ、お隣さんでふ」

噛んだ。仕事終わりのお着替え中、考えていたことを特に考えもせず口にすると、横で着替えていた怖い先輩が絡んでくれた。なのできちんと答えたのだが、先輩はもちろん首を傾《かし》げる。

「ご近所トラブルってこと？」

「いえ、トラブルっていうほど何もないというか、何もないのが問題というか。先輩お隣さんと仲良いですか？」

「別に」

「えりかさま」

なんでもない。本当になんでもない。

「懐かしいな」

そこに食いつかなくていい。

「三歩のとこがどうかは知らないけど、お隣さんなんてうちと同じ二人暮らしだっての知ってるくらいで、ほとんど話したこともないよ。実家にいた頃は、ど田舎で人少なかったから近所のことはなんでも知ってるって感じだったけど、あれすごい嫌だったな」

「あー、プライバシーが」

田舎出身の人は大抵それを好んでいるか嫌っているように思う。どちらでもないって人と三歩は会ったことがない。

「そうそう。だから、今の隣人は隣人でしかないって距離感すごい居心地いい」

「隣人は隣人でしかない」

なるほど、私も前はそう思っていたような、と三歩は考えた。少しドライな感じもしたが、先輩の言い方には、互いを尊重してるというニュアンスがあるようにも思えた。

「何か隣人に問題あるようだったらちゃんと大家さんに言った方がいいよ」

「全然全然。ご心配ありがとうございまぬ」

「そうだそうだ、バイク乗せてこうか」

「わーい」

三歩は怖い先輩の彼女面をしてヘルメットを借り、マンションの前まで送ってもらった。途中、隣を走る車の中にいたワンちゃんに手を振っていたことについて危ないから腕を出すなと子どものような注意を受け、きちんとお礼を言って別れた。

エントランスに入って、郵便受けを確認し、広告類を足元のゴミ箱に捨てる。エレベーターに乗って部屋の前まで歩き、ドアを開け、靴を脱いで、荷物を下ろし手洗いうがいを済ませる。静かな一人暮らしの部屋、リビングの窓を開けると、お隣から掃除機をかける音が聞こえるのに気がついた。いるんだ。

お隣さんの生活音が聞こえたことで、三歩は何故か無性に安心する自分を感じた。もちろん詳細に彼女のことが分かるなんてことはないが、これまでにも、掃除機の音、布団を叩く音、洗濯機の音、くしゃみの音、近くで人が生活している気配は、三歩の中にどことなく存在する孤独感を削っていってくれていた気がした。

孤独感、という言葉を思い浮かべてから、それとはまたちょっと違うかもしれないと三歩は考え直す。

どちらかというと、そう、世界への不安、の方が近いような気がする。

何故そんな漠然とした不安を抱くのか、何故お隣さんの存在が削ってくれるのか、窓を開けたまま三歩は世界に思いを馳せた。

三歩は時折、静かな家の中にいると、まるでこの世界と自分が一対一で戦わなければならないような気持ちになり怖くなることがある。

それと似ていて、自分が気を許せる家族や友達とだけ接していると、この世界で自分はこの限られた場所にしかいてはいけないんじゃないかと恐ろしくなることがある。

そんな恐怖のある世界で、お隣さんは他人なのに三歩がここに住むことに文句を言わず、自らの生活を送ってくれている。

同時に自分はお隣さんである彼女の存在を許して、自らの生活を送っている。

そして互いが生きていることを知りながら、救わず、役に立たず、放っておいている。

なるほど、きっとそこに共犯関係がある。相互依存がある。この世界に存在することを、自分一人で抱え込まなくてもいいという安心がある。だって私のこと何も知らない他人が、生きてていいって思ってくれてるんだって、胸を張れる。

お隣さんが、生きている責任をさりげなく共有してくれている。

三歩は、深呼吸をする。世界とつながる自分を感じる。

隣人は隣人でしかない。

先輩の言葉の意味とは違うかもしれないが、夕方のお掃除の音と共にその言葉がとても素晴らしい意味であるように思えてきた。

三歩はふと、一方的でなければいいなと思った。萩の月を貰って以来、何も物は返せていないけれど、せめてこの安心感は分け合えていればいいなと思った。お隣さんがとにかく他人を鬱陶しいと思っていて、全く存在を許してくれてない可能性もあるだろうけど、それだったら流石にお菓子をくれたりしないだろう。

自分がするべきことは話しかけたり無理矢理仲良くするようなことではない気がした。仲良くなったらなった時だろうが、それまでは、自分も隣人として彼女が一人でここにいていい世界を作り出そう。無論、三歩のお隣さんがそんなしちめんどくさいことを考えて生きているかは、確認のしようがないが。

三歩が頭のすみっこでたてていた、今日はスーパーの特売お惣菜祭りという予定は変更されることとなった。代わりに、生活感の出る料理を作ろうと決めたのだ。包丁とまな板のぶつかる音や洗い物の音が、お隣に届くかもしれないものにしよう。それから明日晴れてたら布団を干そう。ひょっとしてお隣さんも同じタイミングで外に出てきたら、萩の月のお礼に最近はまっている大判えびせんを一枚あげよう。

何も届かなくてもいい、ちょっとだけ生きる責任を持ってあげられたらいい。

それが、家族とも友人とも違う、大切な隣人との関係性だと、三歩はそう決めた。これからは田舎も都会も時代も関係ない、もっといい関係をお隣さんと築けそうだ。

そんなことを思いつつ、三歩はお隣さんをあまりに意識し感謝の気持ちを温めていた為、次に顔を合わせた時にめちゃくちゃにやにやとした。

その結果、たった今家から出てきた様子だったお隣さんは見るからに怪訝な顔をして家に引っ込んでしまった。はい、0点。

麦本三歩は辻村深月が好き

麦本三歩は流行りもののことが一応気になる。本も音楽も売れているものを知ればネットで検索してみるし、ファッションにおける今年流行りのカラーやアイテムなんかも調べてみる。暇な時には話題のYouTuber動画を見たりもするし、タピオカドリンクも飲みたい。

もちろん、気になる、と、流行を取り入れる、の、間には大きな溝があって、積読は溜まるし、CDは聴きされていないし、ファッションも去年と変わらないし、YouTuberの名前はすぐ忘れるし、未タピ。でも興味がないわけではない。一歩踏み出したい。好きの幅を広げたい。だから三歩は例えばSNSでも友達がやっていると聞いたり、流行ってると知ればー応は始めてみるのだ。一応は。

「三歩、ツイッターやってる？」

カウンター受付業務中、利用者が来なくなった間に、いきなりおかしな先輩から問われて、三歩の警戒心がアラートを鳴らした。

「え……どうでしょう」

特定されて嫌がらせをされはしないだろうか心配して曖昧に答えたのだけれど、流石にそんなこと大の大人がしやしないだろうと思い直して、三歩は頷く。

「やっ、てますけど、好きな人フォローして見てるだけですね」

「ツイートはしないんだ？」

「はい」

始めた当初、試しに仕事の愚痴をツイートしてみたら全然知らない人から「それはあなたが悪い」とリプライが来て、マジで怖かったのですぐツイートを消した。それ以来アカウント維持の為の発信しかしていない。インスタグラムもフェイスブックも登録はしているけれど、友達の写真を見てにやにやしているだけだ。三歩と違って友人達は定期的にツイートをしたりネットに写真をアップしたりする。

「本名でやってる？」

「あ、いえ」

「ハンネ？　ちなみに？」

検索する気か？　とまた警戒したが、されて見られてもなんのツイートもしていないのだから問題なかった。

「はい。麦チョコって名前で」

麦本と踏んでるってところをちょっと評価してほしい気持ちもあった。

「あざと」

すぐ後悔した。このやろう。

「しぇ、先輩はやってるんですか？」

噛みかけた。

「やってなーい」

嘘っぽい。

「だから三歩に訊いたの。今度さ、うちの図書館のオフィシャルアカウント作るんだけど、誰か普段からSNS慣れしてる奴にやらせようと思って」

「SNS慣れ……、さ、寒さに、慣れたら、正月だ。へ、へへ」

「は？」

ダジャレを無下にされると心が折れてしまう。季節感が合ってなかったのがよくなかったということにしておく。

「なんでもないです。ほう、オフィシャルアカウントを」

「うん。今時あのキラキラブログだけじゃ広報にもなんないからねー」

キラキラブログ、そのワードの意味を考え気づいてすぐ「えふっ」と三歩は控えめに噴き出した。頭の中に、この図書館のオフィシャルブログと、それを今なお更新し続けている人物の顔が思い浮かぶ。

「最近読んでる？　いやー今回も見事にキラキラしてたわー。あんな顔して家はぬいぐるみだらけだったりするのかねー」

「あ、いや、そんなことは」

ひょっとすると一人暮らしの頃はそうだったのかもしれないが。

「行ったことあるの？　ブログだけってのもそれはそれで闇が深いぞ、あれ」

「後輩に妙なこと吹き込まないでください」

振り向くと、そこには呆れた顔のキラキラブロガー、もとい、怖い先輩がいた。三歩は反射的に怒られると思って返却されてきていた本を開き、落書きを探すふりをする。この期に及んで無関係を装うあさましさ。

「書かせ始めたの誰ですか」

おかしな先輩は怖い先輩の先輩にあたる。二人の関係性を三歩も詳しくは知らない。実のところ仲が良いのか悪いのかも分からない。ビジネスライクでもあるし、下手したら元カノっぽくもある。

「でもあんな絵文字たっぷりテンションアゲアゲキラキラブログにしろって言ってないよーん。おっと仕事だ」

そんなことを言うなり、おかしな先輩はカウンターを出て閲覧室の本棚の間に姿を消した。逃げるな！　と三歩が横目で睨《にら》みつけるも時すでに遅し。怖い先輩は軽く溜息をついてこっちを見た。まずい！　目が合った！

「何言われてたの？」

「ぶ、ブログだけキラキラなのは闇が深いって」

「いや、そこじゃなくて」

間違えた。

「あ、えっと、ツイッターをこの図書館で始めるらしくて、普段ツイッターやってるかどうか訊かれました」

「やってんの？」

「見るだけでひゅが」

噛んだ。いくら三年目でも緊張感ある場面では相変わらず余計に噛んでしまう。

「しぇんぱいはやってます？」

「うん、やってる」

「え」

まさかツイッターもキラキラしてるのか？

「鍵アカだけど」

「そっちかー」

「なんだそっちって」

「あ、いえ、なんか、はい」

つい口をついて出た言葉だったので説明するのは難しい。まさか鍵アカで悪口言われたりしてないだろうなと気にはなったが、訊いてもし誤魔化すのが下手な女だった場合完全に藪蛇だ。三歩は大人の判断で、それ以上怖い先輩のツイッターに踏み込むのをやめた。

「ＳＮＳをちゃんと分かってそうなの誰かいるかな」

「わ、分かってますよ。ＳＮＳ、志賀、直哉は、白樺派《しらかばは》。へ、へへ」

「うん、そうだな」

いやさ、だから、ダジャレはさ。

「なんでもないです」

「最近の若い子みたいにやれるかって言ったら、なかなかなあ」

「そうですねえ。若い子、あ」

「あ」

かくして大して年齢の違わない年下を若い子認定して自分達とは違う感性を期待する、という大人の悪いところをいかんなく発揮した二人に標的として定められたのは、もちろん職場の最若手、今年入って来たばかりの新人ちゃんである。

「やってますよっ」

お昼休みに入り、閲覧室での作業を終えて帰ってきた真面目な後輩ちゃんに声をかけると、彼女は三歩の問いに胸を張った。

「ツイッターとフェイスブックとインスタやってますっ。あとウェイボーっていう中国のＳＮＳも」

「へえ、呟いたり写真アップしたりしてる?」

最近三歩は後輩ちゃんにようやくタメ口で話せるようになった。

「はいっ! アメリカやヨーロッパに行ってる友達もいるので日常報告は頻繁にっ」

「グローバルぅ」

そういう鳴き声の鳥みたいな調子で感心した三歩に、後輩ちゃんは「そんなそんな」と謙遜した。日本人の謙遜の仕方を身につけてるなんてすげえなあという思いが「アカデミックぅ」とまた三歩鳥を鳴かせた。多分スズメ科。

「三歩さんもツイッターとかやってるんですか?」

「あ、うん、登録してるだけだけど」

「よかったらフォローさせてくださいっ!」

まるで弟子にしてくださいとでもいうような後輩ちゃんの前のめりな姿勢。三歩は思わず、私についてこれるかな? と偉そうなことを言いそうになったが、どうにか踏み留まった。三歩にだって、後輩に馬鹿みたいなところを見られたくないという意地くらいあるのだ。毎日のように見られてるだろ、とあのキラキラブロガーは言うかもしれないが。それでも諦めない姿勢を評価してほしい。

「あ、うん、いいけど。麦チョコって名前でやってる」

「探しますっ」

あざといと思われたらどうしようか心配したけれど、真面目な後輩ちゃんはそんな様子一つ見せずにスマホで検索を開始した。若い子はどっかの先輩と違って心が汚れてなくていいよねえと、三歩は目を細める。

「麦チョコさん、結構いるんですけど、どれですか？」

スマホ画面を見せてもらう。確かにツイッター上で同じハンドルネームを使ってる人がかなりいる。三歩は自らのオリジナリティのなさを憂いながら、後輩ちゃんのスマホを勝手にスワイプする。

「あ、いた、これ」

アイコンは、登録した時わざわざ買ってきて撮影した麦チョコのパッケージ、ヘッダーはたい焼きのドアップ、ユーザー名は「@mugimugi_lib3」。もちろん麦チョコもたい焼きも撮影後は三歩が美味しくいただきました。

「フォローしましたっ」

「どれどれ」

三歩師匠も遅ればせながらスマホを出して確認する。フォロワー数がしっかり一つ増えていた。ツイートしないアカウントのフォロワーなんて文字通り数えるほどの知り合いしかいないので、一発で分かる。すぐにフォローしかえした。

後輩ちゃんのツイッターアカウントは見ていてとても楽しくて、三歩はお弁当を一緒に食べながら気になるツイートや写真を見つける度、話題に出した。これまでにもなんとなく話は聞いていたのだが、図書館の最年少真面目な後輩ちゃんの日常は非常にアクティブ。タイムラインには山登りをした時の山頂からの景色や、コミティア会場を散策する後ろ姿の写真などが並んでいる。撮影者は友人だったり家族だったりするらしい。

嫌な顔一つせず三歩からの質問攻めに答えてくれる後輩ちゃんと仲良く過ごしていると、お昼休みの時間はすぐに終わってしまった。三歩はエプロンをつけ、充実した時間を過ごせたことに満足しルンルンと仕事に戻る。

「後輩にきちんと説明出来た?」

おかしな先輩からそう問われるまで、ツイッターの話題を出した理由を本当に完全に完膚なきまでに忘れていた。

「あ」

その一音を聞いただけなのに、おかしな先輩は眉間にしわを寄せ両口角を下げて、きっと心が汚れてる大人にしか出来ないんだそうに違いないと三歩に思わせる溜息をついた。感情を表すのが上手すぎて拍手してやろうかと思ったが、流石にやめる。心が汚れてないから。

その代わりいつかしばくと決めておかしな先輩に背を向け、三歩は後ろにいた後輩ちゃんにかくかくしかじか説明をした。

「なるほどっ、それを私にっ」

「そ、一年目なのに飲み込みが早いねー。三歩とは違うねー」

「イラッ」

後輩の前でいいかっこしたい三歩の中で打ち鳴らされた、つい声に出てしまうくらい大音量のイラッ。

「おっと失礼、先輩、続けておくんなせえ」

「慇懃無礼のつもり？　出来てないよ？　まあいいや、ツイートしてほしいのはイベントのことが主なんだけどー」

ああ、いずれこの女とは決着をつけねばなるまい。決戦の日を思いつつ、三歩は後輩ちゃんに説明するおかしな先輩を邪魔しないように一度ひっこんだ。世の中にはひっこみがつかなくなる大人もたくさんいるというのに偉いぞ私。

さあどうやってこの先輩をやっつけようか、経験値を得て町で武器を買いダンジョンで宝箱を開けなければならない。そういえばスマホで始めたロマンシング サガを放置してしまっていることを三歩が思い出していると、いつの間にか目の前からあの厄介な女はいなくなっていた。横を見れば、目をキラキラとさせた後輩が一人。

「三歩さん、一緒に頑張りましょうねっ」

一緒に？　まずい聞いてなかった。ごめんもっかい。

今受けた指示を再確認のため後輩に復唱させるという狡い手で三歩が得た情報によると、どうやら基本的にはこの図書館の最若手チームがツイッターの更新をして、たまにおかしな先輩もチェックするとのこと。アカウントは今日中に先輩が作ってくれる。本以外のツイートもたまにしていい、きちんとネットリテラシーを守って、という次第だった。

「なるほそ」

噛んだし、多分その一言で聞いてなかったのが後輩にばれた。無念。

三歩の無駄な見栄はともかく、次の日、三歩や後輩ちゃんを含む早番メンバーが揃ったところで、おかしな先輩からツイッターアカウント開設が発表された。当然のようにおかしな先輩から三歩を煽《あお》る発言があったので、煽られ耐性のない三歩はヤンキー気分で低い位置からメンチを切っていたのだが、触れられることなく朝礼はお開きとなった。さ、仕事仕事。

朝やるべきことをいくつか片付け、早速三歩と真面目な後輩ちゃんはツイッターでアカウント開設の挨拶を投稿してみることにした。普段は行事の様子を撮影したりする為に置いてあるデジカメで、利用者が写らないよう閲覧室を撮影し、ツイートに貼りつける。

「こんなんでいいかな？」

「あ、ここ、誤字です」

後輩ちゃんに文面のミスを指摘され、後ろからは「文章でも噛むのかよ」と聞こえてきたが、後輩にはお礼を言って後者は無視した。意地悪の相手をする暇があったら文章を直せと先輩もお思いのことでしょうとも、ええ。

誤字を直して無事初ツイート成功。もちろんフォロワーは０なのですぐに反応があるわけもない。今後図書館のホームページにＵＲＬを載せるし、大学側にも連絡してオフィシャルに宣伝してもらうとは聞いたが、それ以外の方法は自分達で考えてフォロワーを増やさなくてはならない。

「まずは他の大学図書館のアカウントをフォローして相互フォローしてもらいましょうか」

「なるほど」

「あとはうちの大学図書館のことをツイートしてくれてる人を見つけてリツイートするとか」

「なるほど」

「あとは、作家さんや本出してる学者さんのアカウントをフォローしたら、ひょっとしたらフォロー返してくれたりするかも」

「なるほど」

後輩の意見に頷きながら「見どころのある奴だ」という顔をするだけの簡単なお仕事を三歩がしていると、凸凹姉妹のところに別の仕事が舞い込み、ひとまずツイッターの話は中断された。

再びツイッターの話が出たのは、優しい先輩と真面目な後輩、それから三歩の三人でお昼をいただこうとした時だった。お弁当のご飯にすき焼きふりかけをまぶしながら、そういえばお茶も持ってこなきゃ、とふりかけの袋を逆さに持った状態で立ち上がり、中身のほとんどをテーブルにぶちまけるというわけの分からないミスをした三歩。それを見ていた優しい先輩が、慰めついでという感じでツイッターの話をふってくれたのだ。

「確かに、作家さんによっては本関係のアカウントをリフォローしてる人いる気がするね」

「先輩ツイッターやってるんですか？」

三歩は無駄死にしたふりかけ達をティッシュで集める。さすがにかけ直すのは衛生的にあれだろうか。

「うん、やってるよー」

教えてくれと言う前に先輩はスマホを出し、アプリを開いて三歩と真面目な後輩ちゃんの眼前に曝した。その迷いなき行動からだけでも優しい先輩がＳＮＳとの距離感をこじらせてないことがよく分かった。どういったのがこじらせているかは各人に判断を任せる。

三歩は自らのスマホで優しい先輩のアカウントを見つけ出し、一応フォローしてもいいか訊いて了承を貰った。アイコンは可愛くデフォルメされた、どうやら優しい先輩の似顔絵、ヘッダーは可愛い猫の画像。

そのアカウントのフォロワー数に三歩は驚いた。

「な、何故、フォロー数の五倍も……」

「本の感想ツイートとかしてるとフォローしてくれる人いるんだよー」

サラダチキンを齧りながら何の気なさそうに言う先輩のツイートを確認する。確かに彼女は読んだ本の感想を優しい言葉遣いで呟いていた。が、正直なところその感想よりも三歩の目にとまったのは、感想ツイートに添付された画像だった。テーブルの上に置かれた可愛い小物と一緒に写っている本の表紙、太陽に照らされた木製ベンチの上で可愛い帽子と一緒に写っている本の表紙、などなど、それら全ての画像に何故か、いや何故かじゃないと思うが、全ての画像にきちんと色白の綺麗な手が本に添えられるように写り込んでいるのだ。柔らかそうな二の腕くらいまで写ってるものもある。

「この女……」

「え？」

「いや、いぇ、しゅみましぇん」

危ない、つい優しい先輩を邪推する悪い三歩が顔を出してしまった。よくないよくない。気を取り直して、今度はきちんと本の感想を読むことにする。手のチラ見せはともかく、感想ツイートは図書館のツイッターでもありかもしれない。真面目な後輩ちゃんも三歩の隣でおにぎりを食べながらスマホを見ていた。まだ三歩以外の先輩相手だと緊張するのか、昼食時に三人以上だと大人しくなりがちだ。私にもそんな時があったあった、と三歩はぬるい目で後輩を盗み見つつ、先輩として話題作りに一役買うことにした。

「あ、恩田陸さんの新しいの面白かったんですね」

「うんー、良かったよ」

三歩は後輩ちゃんがぴくっと動くのを見逃さなかった。計画通り、と内心浮かべた薄ら笑いが顔に出てしまったのですかさず唐揚げを頬張って隠す。うめえ。

優しい先輩は唐揚げもぐもぐ女の計画も内心も知ったことではなかっただろう。しかし流石の優しさで、嬉しいことに三歩の思惑通りの言葉を真面目な後輩ちゃんに向けて続けてくれた。

「恩田陸さん好きだったよね?」

「あ、はい!」

「まだ読んでなかったらよかったら貸すよー」

「わー、いいんですか?」

「もちろん！」

座ったままだけれどしっかり頭を下げてお礼を言う後輩ちゃん。先輩と後輩の交流をはかった三歩のおおむね計画通り。

好きなことに関してはしっかりと記憶力を発揮する三歩は、以前に後輩ちゃんが「恩田陸さんが好き」と言っていたのをきちんと覚えていて口に出したのだ。たまには良いことをする、三歩。

「そういえば三歩ちゃんにも辻村さんの新刊貸そうか？」

「え！　じぇひ！」

自画自賛してたら噛んだ。

「ありがとうございますー」

良いことをしたら自分に返ってきた。三歩はほくほく、再び唐揚げをもぐもぐする。

辻村さん、というのは何を隠そう辻村深月のことである。三歩が特に好きな小説家の一人、それを優しい先輩が覚えていてくれた。

好きな作家は？　というテーマについては、先輩や後輩、その他にも色んな場面で話す機会がこれまであった。いつもただただ楽しい話題に思えて、これがけっこー難しい。気の多い三歩には好きな人なんて数多《あまた》いるという理由が一つ、出来れば訊いてくれたその人が知っている方がいいよなというのが一つ。相手が図書館員でもあればつらつら並べてもいいかもしれないけど、偶然本の話題を出してくれた相手にあまり多くの情報を与えるのも気が引けるので、厳選しなければならない。

様々な事情を鑑みて、三歩は自分なりの答えを近頃見つけた。「有名な作家さんなら、辻村深月さん、とか」だ。この、とか、には三歩が捨てきれない、たくさんいる好きな作家達への愛が詰まっていて、有名な作家さんなら、には推し作家が持つネームバリューへの信頼が詰まっている。

もちろん辻村深月という小説家への愛も、答えの為の愛ではない。ドラえもん映画の脚本を彼女が書くという大ニュース、それを路上の学生達の会話で知った三歩は「マジで⁉」と大声をあげそこにいたカップルを怯えさせた。すぐに謝ってその場を立ち去り、改めてニュースをスマホで見て三歩は一人涙ぐんだ。

それなら新刊が出たら全部買えよ、と思う人もいるかもしれない。しかしそこには図書館スタッフとしてのあまり多くないお給料と、好きな作家がめっちゃいるのも本当という事情がある。故に、こうやって先輩達と貸し借りしたりしつつ、三歩は誰に恥じる必要もない文庫メインの読書生活を謳歌《おうか》している。

「三歩ちゃんツイートしてないんだねー」

昨日買った特売のアスパラ、そのバター炒めをうさぎのように端っこからじゃくじゃくしていると、スマホを見ていた優しい先輩からそんな指摘があった。

「はい、好きな人のツイート見る用ですね」

「あ、一つだけしてる。マイクチェックワンツーって、ふふ」

「うぉ、消すの忘れてました……、な、何もツイートしないとアカウント消されるって聞いて、たまにそれだけ、今朝」

あ、後輩ちゃんからいいねついてる。

「食べ物の写真とかいっぱい載せてるのかと思った」

「それは、写真撮る前に食べちゃうので」

「うふふふふっ」

特に面白いことを言ったつもりはなかったが、三歩の言葉を聞いた優しい先輩はせきを切ったように笑いだした。どうしたのかと思っていると、以前に三歩と優しい先輩、それから怖い先輩で食堂に行った時のことを思い出しただけと、まだ笑いながら言った。

エピソードを聞けば、三歩も覚えていた。その時、たまたま大学の食堂がとあるキャラクターとのコラボをやっていたのだ。三歩が期間限定につられそのコラボカレーを頼むと、やたら可愛いキャラクターデコレーションをされたカレーが出てきた。そのカレーをテーブルに持っていき椅子に座るや、それを見た優しい先輩がスマホを出しながら「写真撮っても」いい？　と訊き終わる前に、三歩は自らの持つ銀色のスプーンでその愛らしいキャラクターの顔面をえぐった、ということがあった。

　客観的に聞くと、食い意地しか頭に残らないエピソードだ。

「ごめん、ごめん。急に思い出して」

「い、いえ」

　後輩ちゃんの前で恥ずかしい、と思ったけれど事実だから仕方がない。

「まあ、特にツイートすることもないので」

　知らない人に絡まれるのが怖い、というのも本当だけれど、もっとそもそものことを言えば自分の言葉がそこに残り続けるというのが三歩はちょっと怖いなと思っていた。でも、小説や漫画は大好きなのにな。

　自分勝手かもしれないけれど、ツイッターだって人の残した言葉を読むのは好きなのだ。

あ、でも、なんだろう、なんかそれって、もしかして、ちょっとずるいのか？

かなり前に一人の先輩からえぐられた傷口が、うずっとする。

「三歩さんの写真やツイートも楽しみにしてますね！」

真面目な後輩の笑顔が圧力となって三歩を襲う。優しい先輩は後輩二人のやりとりをうふふふふっと眺めてる。

かくして三歩に二つのツイッター上の悩みが生まれた。


「ということで」

あまりに説明のない語りだしだ。

「今日は空港に来てみました」

誰かに現状を伝えようとしているのが明らかなその文章を、誰も二十代女性が公共の場で放った独り言だとは思わないだろう。

文字で読んだなら、描写されずとも横に誰かいるのだと想像出来るし、たとえ直に声を聞いてしまったとしても、ハンズフリー電話だと勘違いされる線が濃い。

しかし残念ながらベンチに座った三歩は一人で、手には先ほど買った東京ばな奈を持ち、耳には何もついていない。あくまで現状を己の中にしっくりこさせるため独り言を放ったにすぎない。

もちろん三歩とて羞恥心はあるので、周りに誰もいないことをそれとなく確認してはいるのだが、残念ながら背中に目はついておらず、後ろの席でスマホをいじっている男性にはばっちり聞かれている。

知らないところで怪しまれている三歩が、前に萩の月を食べた時から食べたくなっていた東京ばな奈を味わっている隙に、彼女が呟いた「ということで」について説明しておこう。

先日、三歩にはツイッター上での悩みが二つ生まれた。

一つは、図書館アカウントのフォロワーをどう増やすべきなのか、もう一つは、個人アカウントで人のツイートや写真を見てる以上、自分もツイートしたり写真アップしたりするべきなのか。共になかなか三歩の頭を悩ませる問題であった。前者はまだSNS慣れした若者（わずか三歳違い）が一緒に考えてくれるが、後者は自分だけで決めなければならない。

ということで、三歩は今日その問題を解決すべく、空港に来ている。当然、このということでについても説明しなければならない。三歩は空港内を歩いていく人達を見ながら「うめぇ」と羊のように唸っているので時間はある。

あれから数日、今日の休日まで、三歩は特に自身のツイッターアカウントについて考えていた。発信をすべきなのか、しなければ悪いのか、したらしたで止まれなくなってしまうんじゃないか、減るもんじゃないかもしれないけれど万が一何かが減ったら誰がどう責任をとってくれるのか、そもそもなんなんだこのツイッターってやつは人の思考や意見が四六時中流れてるって考えただけで頭パンクしそうな世界観だな人類の手に負えてんのかまったく人というのはこの歴史の中でどれだけの過ちをえーいうるさいやっちまえ。

ということで、三歩は何はともあれひとまずツイートをしてみようかと思い立った。このということでについて三歩、ようは腹をくくって一歩進もうと思った。

人生、踏み出してみなければ始まらない。もし嫌になったらまたやり直せばいい。何もしていなくたって、どっちにしろ一秒前の自分はもういなくなっているのだ。そんなたいそうな思いを抱え、ちょっと意味のあるツイートしたって別に死ぬわけでも病気になるわけでもお腹空くわけでも住所特定されるわけでもないないと自分に何度も言い聞かせ、三歩は決心した。ずるいってもう言われたくなかった。意外と根に持っている。

いざやってみようと思えば、こんな一大決心、記念すべき日を一人で迎えてしまうなんてもったいない。せっかくなら同じタイミングで旅立ちを迎える仲間がいた方がいいし、見送りも欲しいところ。

ということで三歩は電車を乗り継ぎわざわざ空港に来て、今から勇気ある一歩を踏み出し、数少ないフォロワーのタイムラインにツイートを残すつもりなのである。このということでが、空港まで来る手間や電車賃とどう折り合いがついているのかに関してはもう三歩の脳内を詳しく繙《ひもと》かなければならなくなるので説明はしない。ちなみに海の方の港も検討したが今日はあいにくの雨。

通りかかったお土産屋さんで買った東京ばな奈も食べ終わった。四個セットを買ったので本当はまだ三個あるが、これは戦いを終えてから食べる分。

通りを向いたベンチから、行き交う人々を見る。これから旅に向かうのか、終えて帰ってきたのかは分からない。どちらにせよ、彼ら彼女らと同じく自分も旅立つのだと思うと心強く感じる。

元気な声が聞こえ、後ろの席をチラ見すると、三人家族が座っている。小さな男の子の言葉から察するに、単身赴任のお父さんの見送りに来ているらしい。私の見送りもしてくれてありがとう、と三歩は勝手に男の子の気持ちを分けてもらう。

少し緊張して、三歩はポケットからスマホを取り出す。タップしてパスコードを打ち込んで、いつも見ているツイッターの画面を呼び出す。

最初にトラウマを抱えて以来、初めてする意味あるツイートの内容は、もう決めてきていた。まずはフォロワーの皆さんに伝えなくてはならないことがある。

短い一文を打ち込み終え、青いツイートボタンを押すのにまた少し緊張したが、覚悟を決めてワンタップ。タイムラインに自分のツイートが表示されるのを確認する。

まもなく通知が来た。

あまりの速さにびくっとし、以前にツイートした時のことを思い出しながら恐る恐る開く。画面には、口元をスタンプで隠した女性の写真のアイコン、自分のあだ名にどのアイドルグループファンであるかを表す記号をつけたハンネのアカウントから来た、リプライが表示される。

『こえーよｗｗｗｗ』

あのうるさい友人だ。

「え」

思わず声に出た。自分のツイートを見返す。素直にツイートしておきたいと思ったことを、初めてだから敬語がよかろうと気を遣い、はしゃぎすぎもよくないだろうと顔文字をなくしたのだが。

たった一言。

『いつも見てます』

いや、言われてみれば確かに見方によってはちょっとサイコホラーちっくに感じられないこともないけれど。せめて句読点はつければよかったかもしれない。更には友人の汚れた心もよくなかったのかもしれないなと思いながら、これ以上誤解が生まれないよう三歩はツイートを一旦消す。改めて、怖く見えないように配慮しツイートしなおした。

『いつもツイート見てます(@_@) ありがとうございますm(_ _)m』

これでよし。すぐに友人の趣味アカからピースマークの絵文字がリプライで届く。ひとまず人を怖がらせる作品ではなくなったようで、三歩はほうっと息をつく。

その呼吸と合わせるように、三歩の体内からとくんと振動が、体表に伝わってきた。心臓が、扉が閉まる間際のエレベーターに駆け込んだ時くらいのリズムで鳴っていた。

自覚すればそれは、緊張でもあったが、興奮でもあった。

気づけば三歩の心を、今、ただならぬ解放感が満たしていた。

満ちた心に浮つきながら、うるさい友人のツイートをなんとなく遡って見ていく。服の画像や、料理の画像、何度も出てくる『推ししか勝たん』。彼女のツイッターアカウントはいつ見てもカラフルでエネルギーに満ちている。

流石にここまでは出来ないな、と思いつつ、三歩はたった一つのツイートをすることに怖気《おじけ》づいていた自分ではもうないと自覚していた。

やってみればなんでもないこと、なんでこんなことを怖がっていたんだと思うことが世界には溢れている。

それを出来た。

ツイートしないという意固地から放たれ、三歩の見る世界は、ツイートする日常とツイートしない日常の二つに広がったのだ。

こんな簡単に世界は伸びていき広がる。なにげなく日々の中でも体験や知識の獲得という形で起こっていることであるのに、自らの意思できちんと広げた世界はまるで広角レンズで撮影したような、自分の視界以上の場所が見えてくる気がした。

この広がった世界のどこへでも飛んで行けるような気分だった。

まさかたった一つのツイートでこんな気持ちになるとは。

いっそ本当にどこかに行ってしまおうかと、三歩は飛行機の行き先を記した大きな電光掲示板の方を確認する。そこで、広がった視界が偶然を見逃さなかった。

「あ」

三歩は立ち上がる。そして今まさにその電光掲示板の下を歩いていたオフィスカジュアルな恰好の女性に、警戒心ゼロの小走りで近づいた。

相手はこちらに気がついてはいなかった。なので、ちゃんと名前を呼ぶ。

「ん？」

振り返ってくれた女性は相変わらず、音がしそうなほどの美しさをその容姿に抱えていた。

「え、ええ！　三歩っ」

麗しき友人が体ごとこちらを向く。今日もその武器は完璧なまでに整備されていて、う、まぶしい。

「え、三歩、え、偶然？　待ち伏せしてた？」

友人にどんな風に見られているのか、三歩。

「してないしてない！　私も急に歩いてくるからびっくりしたー！」

「出発前に会ったってこと？　すごい偶然！　私は今から出張で北海道なんだけど、三歩は？」

「こっちはもう、旅立った後なんだけどねっ」

「じゃあ帰ってきたとこなんだお疲れさまー。どこ行ってたの？」

「いやあ、ここにいただけなんだけど」

「ん？　あ」

美人は腕時計を見るしぐさも美しい。もちろん外すしぐさもつけるしぐさも美しくて、どっちも見たことのある三歩は友人の時間確認のほんの一瞬の間に自慢げになる。

「ごめん三歩、ちょっともう行かなきゃいけなくて、そのなんか面白そうな話、今度聞かせて！」

「あ、呼び止めてごめん！　行ってらっしゃーい」

「せっかくだしお土産買ってくるね！　あとなんか合コンで相手を一撃で捕まえたって話もまた聞かせてね！」

「そんな話はない！　お土産はいる！」

じゃーねー、と友達に手を振りながら、ついに私のプライベート情報が改ざんされ始めたのかと恐怖を感じた三歩は、どうせでかい声で話を飛躍させたのだろうあいつに『第三者委員会設置したろか！』と首を傾げさせる為のラインを送り、さして酸っぱくもない溜飲を下げた。

一瞬のことだったが、結果的に、三歩は旅立ちの出迎えまで友人にしてもらった形となった。やはり空港に来たのは正解だったと一人深く頷く。

北海道に行くくらしい友人を羨ましくも思いつつ、でも仕事だものね、と三歩は改めて友人に『お仕事頑張って！』とラインをしとこうかと考えたが、もうすぐ飛行機に乗る相手に返信の手間をかけさせてしまうかもと思いやめた。代わりに、三歩はさっき広げた世界を早速有効活用することにした。ツイッターを開き、『お仕事頑張ってください（・ｏ・）』と呟く。応援したいのは麗しき友人だけでなく、フォローしてくれてる社会人全員だったので間違いではなかった。

こんなことも出来るようになった。

三歩は改めて頭上にある大きな電光掲示板を見る。少し考え、今日のところは物理的に飛び立つのはやめることにした。自分は世界を広げられる。手段を得られる。それが分かったのだから、どこかに行くのはベストな状態で、きちんと旅行の予定をたててからにしたい。出来れば晴れた日がいい、友達と一緒に行けたらもっといい。ひょっとしたら外国もいいかもしれない、後輩ちゃんにおすすめを訊いてみようかと、三歩は次の旅立ちに思いを馳せる。実は機会がなくてパスポートも取ったことのない三歩。こりゃ大冒険だ。

心の扉を開ける経験をした三歩は、まだ閉じている扉と対峙することにも前向きになれた。ツイッターでただツイートしただけではない収穫を得た。

世界は望めば伸展する。

「あ、ＳＮＳ」

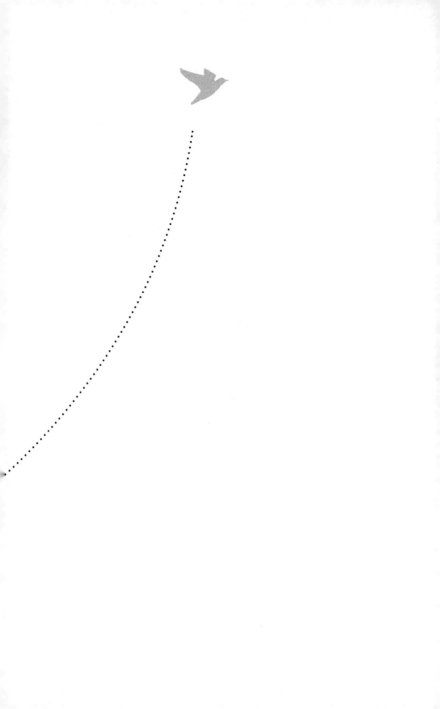

麦本三歩は東京タワーが好き

麦本三歩は語る。

「もう何ヶ月も前のことだけど、一人で東京タワーにのぼったんだ。や、うぇ、いや、本当は何年も前だし、これは好きな曲の歌詞なんですが、東京タワーにせっかく行くので、つい。はい。あ、そうなんです。でゃいがくじ、や、あの、大学時代にですね、ちょっとしちゃ失恋を、しまして。まま、本当にちょっとしたものだったんですけど。その時の私は、かなりショックだったので、部屋で一人で大泣きをしてしまいまして。布団にくるまって、ラジオだけつけてこう、ぐぬぐぬしていたんですよね。ラジオでも聴いて元気出そって思ってから泣き始めたのでついたままでした。はい。それでうぐうぐしてて、ラジオでかかる曲を聴き流すみたいに聴いてたんですけど、ある時に始まった曲が、初めて聴いた曲だったんですけど、歌っていうか台詞みたいだったんです。不思議な曲だな昔の曲かなって思って歌詞を聴きとってたら、私、せっかく落ち着き始めてたのに号泣してしまって。それがさっきぼそっと、呟いた、曲でひゅ。曲名はそのまま、『東京タワー』」

三歩が自身の恥ずかしい失恋話を披露する一時間ほど前、彼女は駅にほど近いスターバックスで一人、ぷるぷると震えていた。その震えは、くわえたストローからミルクのたっぷり入ったアイスティーへと伝わり、波紋を作っていた。

寒いわけじゃない。今は七月だし、スターバックス内は空調により適切な温度に保たれている。むしろ三歩はそんなスターバックス側の配慮を無視するかのごとく全身に汗をかいている。脱水症にならぬよう、大量のミルクと人件費と電気代がぶちこまれたアイスティーを喉に流し込む。ごきゅり、といっても喉の渇きは満たされない。更に一口ごっくといっても体の震えは止まらない。

三歩は怯えている。これから我が身を襲う苦難に、乗り越えねばならぬ試練に、立ちふさがるであろう強大な敵に。いや、敵は失礼だ、何しろそろそろこの場に現れるはずの待ち合わせ相手は、決して三歩に敵意も嫌悪感も抱いていないはずなのである。あくまでも、とあるうるさい悪魔から仕入れた情報によるとだが。

そうは分かっていても、三歩がこれまで人並み弱には苦労してきた人生で培った、卑屈さと人見知りと猜疑心と自信のなさは、縮こまった体を常に細かくゆすり続ける。ぷるぷるぷる。

一体いつぶりであろうかこの種の緊張は。仕事中のものとも、抽選の当落を見る時のとも、好きなお菓子が変な味の新商品を出したので試す時とも違う。強いて言えば、友達に誘われ断り切れず絶叫マシンに乗る列に並んだ時に似ている。今か今かと怯え、まだ引き返せるのではないかとタイミングをうかがうが、逃げ出すことにも勇気がいって、結局乗せられて「うわああ」と口から間抜けな悲鳴を漏らすばかりの、あの時。

そういえば絶叫マシンにだって三歩をノリでいざなうのは声のバカでかいあのやろうなのである。

今回だってあいつの口車に乗せられなければ。蟹クリームコロッケがなければ。

ぼそぼそと口の中で呪詛を唱えるも、大好きなあの蟹クリームコロッケの味を思い出せば、呪詛は口の中でよだれに飲み込まれ喉の奥へと消えていく。どこのお店で食べるのとも違うのだ。なんなのだろうあれは、ウィードでも入ってんのか。

三歩は一度息を吐き出せるだけ吐き、ちゅうっとミルクティーを吸って拳を握った。ここまで来ておいてぐだぐだ言っても仕方がない、と、ようやく決心と諦めのマリアージュを心に置いたのだった。本当に嫌なら断ればよかったのだ。きちんといつもより気合の入った化粧までしてきておいて、文句を言うな。自分も大人なんだから、言動に責任を持たねば。

どこかから「仕事でもそうしてくれ」という空耳が聞こえてきた気がして三歩はあたりをキョロキョロとするが、もちろんそこにあのお姉さまはいない。安堵するも束の間、後ろを向いた視線の先、見覚えのある人がいた。

今日の待ち合わせ相手が視界に入っただけで瞳孔が開く三歩の容態など知らない彼は、三歩に気がつくや否や軽く会釈をして手を上げ、こちらに歩いてきた。

うわああ。

「こんにちは。すみません、待たせちゃったみたいで」

「ううう、いいいえ、いえいえいえ、今来まひた」

嘘つけ。三十分前には来て震えていた。

「じゃあよかった。俺もコーヒー買ってきていい？」

「も、もちろん、良きに」

彼はにこりと口元に笑みを浮かべ、三歩の妙な言葉遣いをツッコみもせずレジへと向かった。三歩は今のたった2ラリーのやりとりの為、肩で息をつく。

夏っぽい水色のシャツと紺色のジーンズ、それからどことなく柔らかい雰囲気を身にまとう彼。そんな今日の待ち合わせ相手がコーヒーを買いに行き、三歩は少しでも息を整えようとアイスティーをごくごくする。

本日、三歩は今しがた現れた男性とのデートに来ている。

違う違う違う違う、と、三歩にデートなのか訊けば首を振り回して否定するだろうが、合コンという設定の会で出会い、もう一度会いたいという彼の誘いにのってここに来ているのだからこれはデートなのだ、と、あのうるさい友人は断言していた。

そう、三歩の視線の先、ドリンクの注文を終え受け取るのを待っている様子のお兄さんは、先日のピクニックに居合わせた彼だ。

三歩だって大人なのだから知っている。友達ではない異性を一対一で誘うのに何かしら意味があることくらい。しかし三歩はデートではないと思っている。正確にはデートということはまだ確定していないと考えている。これが相手の好意を理由にしたデートではない可能性を未だに考えている。罰ゲームか、ただの遊びか、勧誘か、押し売りか、例えばそういった類《たぐい》のものにひっかかりかけてる可能性だってあるわけだ。それらにかかったことはこれまでにないけれ……いや、道端で突然何かの会に勧誘されたことくらい何度かあるけれども。とにかく相手の目的は今日という日が終わるまで確定ではないわけだから、まだデートなんてものじゃない。その決めつけは相手に失礼だとも三歩は思う。

「お待たせしました」

「いえいえいえいえ」

戻ってきた彼は目の前の席に座る。さてどうしたものか。これまでラインのやりとりは何度かしていたけれど、実際に会うのはあの合コンもどき以来初めて、つまり二人きりで会うのも初めてで、会話を何から切り出したものか困る。

しかしそこは目の前のお兄さんが流石は三つ年上ということもあって、まず口火を切ってくれた。

「今日はありがとう。日程も俺に合わせてもらってしまって」

「いえいえ、図書館は、その、シフト申請して休みを決められるので、合わせやすいというか、はい」

何度かのラインのやりとりで、彼は三歩に半分敬語半分タメ口みたいな言葉遣いをするようになった。きっと彼の色々な気遣いが表れているのだろうと三歩は分かっている。

柔らかい雰囲気のお兄さんは朗らかな笑顔のまま一口コーヒーを飲む。

ちょっと待てホットコーヒーだと？　たまにいる、夏場にホットを飲む人。どんなに冷房が効いた店内にいても三歩には彼ら彼女らの気持ちが理解できない。ひょっとして自分が緊張しすぎて気がついてないだけでここは極寒なのだろうか、いや隣の人フラペチーノ飲んでる。

あ、そうだこれは会話にちょうど使えるのでは。

「暑、くない、ですか？」

「ああ、ホットコーヒーが好きで一年中ホット頼んじゃうんですよね」

「へ、へえ」

勇気を出して会話のとっかかりとして訊いてみたが、それで終わった。好みに口出ししてなんかすみません、という気持ちだけが残った。

「どうしましょうか、特に予定も決めずに今日になっちゃったけど」

「そ、そうでひゅねえ」

彼の言う通り、二人は今日特に何を決めることもなく会っていた。一応どこにでも行けるよう大きな駅の近くを待ち合わせ場所にはしたが、その先の案は特にない。そういう事情もあって三歩は今日をデートと名付けるのに抵抗があるのだが、予定は特にないけど一緒にお出かけしてみようということになった、と、件のうるさい友人に伝えれば『一番えろいデートじゃん』とわけ分からん返事が来たので現時点でも既読スルーをしている。

今日までの数週間、三歩がお兄さんからの再会希望を受け取ってこれまで、前述の通り二人はラインでのやりとりを何度か重ね、三歩は自分に会いたいという彼は一体何者なのかというのを出来る限り考察してみていた。もちろんご職業やご年齢、周囲からの評価などはうるさい友人伝いに聞いているが、一回会っただけで（どんな形だとしても）自分にプラスの興味を持ってくれるなんて奇特な人物、一体どこまでが世を忍ぶ仮の姿か分かったものじゃない。下手したらフリーメイソンかもしれない。フリーメイソンのアジトは東京タワーの地下にあるだなんて聞いたことがある。彼の職場は神谷町駅に電車で一本のところだそうだし、ない話ではない。

三歩の考えるフリーメイソンがどうして出勤ついでにアジトに寄る設定なのか、および彼がフリーメイソンだったところで三歩になんの関係があるのか、は、ともかく、彼女はそれくらいには柔らかい雰囲気の彼を不思議に思っていた。そうしてのらりくらりというよりはのろのろと相手の出方をうかがっているうちに、ひとまずどこか行きましょうかという流れになってしまったのである。

「もし、麦本さんが食べたいものとかあれば」

「んぐ」

こちらはまだ相手のことを摑めてないというのに、行きたい場所ではなく食べたいものを先に訊かれるあたり三歩のパーソナリティはばれ始めている。焦る。

食べたいものか、こちとら年中何を食べたいかばっかり考えてるんだからそれを話すと長くなるぜ兄ちゃん、と三歩は心の中だけでひっひっひと笑う。実際にも少しだけ笑いが漏れてしまいミルクティーに三つの気泡を作る。

ひとまず話を促されているのだから、ひとまずの答えを三歩はひとまず用意することにする。それくらいひとまずの社交性はあるつもり。

「な、なんでも、前にあれば、食べたいです」

あるつもりなだけだ。

言ってしまってから、ひょっとして今のはお前を今日食べてやるぜと聞こえただろうかと三歩は心配する。聞こえているわけがない。

お兄さんは自身の雰囲気を口から漏らすように、柔らかくくすりと笑った。

「じゃあもしよかったら、後で俺がたまに行くご飯屋さん行きません？　肉でよかったらちょっと目当てのとこがあって。早く解散した方がよかったら全然また今度でいいんだけど」

「ほえー」

流暢に心遣いをたくさん詰め込んだお誘いを渡されて、ついつい三歩の心の中で響いた言葉でもないオノマトペみたいなものが出てしまった。肉はいい。とてもいい。いつもいい。

一瞬遅れて気がつく、何も決めてないと言っておきながら考えてきてくれていたのかもしれない。ほえー。

「どうかな？」

「ああ、うぇ、え、よければ、是非！」

突然声のトーンを間違うコミュニケーション下手あるある。

「よかった。でも、まだ三時だしお腹空くまでどうしようか」

「うーん」

三歩の唸りには二つの意味があった。一つ目は、自分はいつでも食べられるけど相手がお腹空いてないというなら確かにどうしようかという、うーん。二つ目は、是非とは言ったもののこのお兄さんの金銭感覚が分かってないのに頷いてしまって、お肉料理に自分のお財布が堪えられるだろうかという、うーん。少なくとも後者の問題はここでクリアにしておかなければならないと思った。

「ちょいとすみませんお兄さん」

どう切り出そうかと迷った末、たまに出る妙な時代口調三歩が顔を出した。お兄さんと呼んでしまったのもついだ。ラインなんかでは上の名前にさん付けで呼んでいる。三歩だって社会人だから。

三歩の呼びかけに彼は意地悪さのかけらも見せず、笑みを深めて「はい」と相槌《あいづち》をうってくれた。

「すみません、いや、えっと、申し訳ないことになんというか、その、お肉は大変嬉ひいのですが、そこがリーズナブルなお店ですとありがたいなって実はあまり、その、持ち合わせがありませんでして、おお、お夕飯行くのは問題ないのですが」

お兄さんは当然のように首を横に振る。

「いや、俺から誘ったんだから俺が出すので、気にしないで」

「いい、いえいえいえ、な、なんとなくそんなことを言ってくださるんじゃないかということも、実は思ってますて、あ、いぇ、すみません」

変なところで正直者、三歩。まあ、年上だし。良いところで働いてるそうだし、何より気を遣ってくれているようだし。そんな気がしてた。

「ただ、それは、ちょっとこう、健全じゃないので」

言ってから健全じゃないというのは言葉が違うなと思ったが、三歩がそれを言い換える前に柔らかいお兄さんは、やはり柔らかくもう一度首を横に振った。顔は、先ほどよりも笑み度が増していた。言葉遣いの間違いを笑われてるのかもしれないと三歩は勘ぐったが、お兄さんは「健全かどうかって、いいですね」と言った。

「でも、ううん、本当に気にしないでください。実はそんな高いとこでもないし、俺が行きたいだけだし」

「え、いやあ」

「本当に全然」

「ううーん」

自分から切り出したくせに、正解の着地が分からず三歩は唸る。いっそもう素直にご馳走になりますと言ってしまった方がいいのだろうか、少なくとも相手に食い下がって面倒くさいと思われないで済みそうだ、それとも、あくまで自分の倫理観に従った方がいいのだろうか。悩んでいるのも間が持たず申し訳ないと思いちらりお兄さんを見ると、彼は三歩の視線を受け止め「あ、じゃあ」と何かしらの提案をしてくれようとした。

「もしどうしても気になるようだったら、メニュー全部俺が好きなものだけ頼むってことでどうですか?」

「んえ?」

彼の提案が何故今までの会話のゴールになるか分からず、三歩の頭の中には記号がいっぱい並んだ何が書いてるか分からない計算式が思い浮かぶ。なんかあの、難しい映画でたまに見るやつ。

「俺が好きなものを麦本さんに食べてもらいたいだけっていうそれだったら、俺が出すのも健全かなって」

「………………」

「どうですかね」

「へはは、あ、すみまへん」

せっかくの申し出を笑ってしまった。三歩は謝る。

お兄さんの言ってることがよく分からなく、熟考してみるもやはりわけ分からなくて三歩は笑ってしまったのだった。大人な感じのお兄さんがなんか変なこと言い出したぞ、と。

笑ったことを申し訳ない、とは思ったが、その笑いは結果的に三歩の精神に前向きな影響をもたらした。

「え、な、なんか、そんなんいいんでしょうか」

「もちろん、俺の勝手なんだけど、もしそれでよければ」

「じゃ、じゃあ、今回はそれでよければ」

三歩は胸の前で手を合わせて深々と会釈し、額にグラスから伸びたストローを突き刺した、いてっ。

今の流れを見て、都合よく奢《おご》ってもらうことにしてんじゃねえよ、と思う人もいるかもしれない。三歩、あざといぞ、と。

しかし本当に、一期一会かもしれない相手から理由もなくご馳走になる決心をすることは三歩にとって容易ではなかったのだ。そういう常識が三歩にはない。

出来たのは、お兄さんが楽し気な理由をつけてくれたからだ。三歩に効果的な会話の持っていき方を彼がしてくれた、それが大きかった。故に、素直にストローを額に突き立てることが出来た。

加えて、実は三歩が頷けた理由はそれだけではないのだが、三歩自身が気づいているのかは分からない。

もう一つ、自分自身にきちんと言い訳出来たということも三歩にとって大きかった。三歩は一期一会かもしれないと思っていた相手に「今回は」と言った。そのことに気がついているのかは、分からない。

現在三歩の表層には、あの蟹クリームコロッケを美味しいと言ったお兄さんのおすすめなら信用してもよいでしょう、という、奢ってもらうと決まった途端に上から目線の食いしん坊しかいない。偉そうに。

「それで、話戻すんですけど、お腹空くまで何しようかな」

ああ、そうかそんな話の腰を自分がボキッといったんだった。

「どうしましょう、かね」

「まあ、普通だと映画とか」

映画はちょっとハードル高いのでは、あとなんの普通だろう。

「この近くに書店もあったかな、って麦本さんは休みの日まで本に囲まれたくないかも」

いやいやところがどっこい本屋さんは好き、本屋デートってのはいいかも、いや、デートかどうかまだ分かんないけど。

「麦本さんに、何か、行きたいところとかあれば」

ちょっと待て、もしかしてさっきの普通って、デートとしての普通か？

お兄さんが案を出してくれる中、色々考えて唸っているうちとうとう意見を出す順番が自分に回ってきていた。流石に無視するわけにはいかないので、三歩は真剣に考える。

自分も興味があって、相手も退屈させなそうなところ。今までの会話やラインのやりとりを思い返してみる。そうしていると、ふと一つの単語が頭をよぎった。

「東京タワー……」

言ってしまってから、いやいやそれはこのお兄さんがフリーメイソンの場合に基地があるってだけだろうと三歩は思い直す。三歩の中でそこに基地があることは何故か確定している。

すぐさま、違う案を出そうとしたのだが、お兄さんは予想外、ひょっとしたら予想通りの反応を見せた。

「いいですね、東京タワー」

三歩は驚く。

「やはりフリーメイソン」

「え?」

「いいい、いや、なんでもないです」

つい口をついて出てしまった。もし本当にそうでも教えてはくれないだろうと思い誤魔化した。ただ可能性は高まった、と三歩は身構える。無駄な構えだ。

「ここから近いし、そういえば、俺のぼったことないかも」

「ほう」

メンバーだとしたらすぐ上にあるのに。

「麦本さんは東京タワーが好きなんですか?」

「好き……ですね」

煮え切らなかったのは、確かに嫌いじゃないし、夜見ると綺麗だし、高いところも好きなんだけど、そもそもタワーが好きっていうのは一体どういう状態なんだ? と考えたからである。何メートル以上は好きだけど、それ以下はあまり、とかあるのか？

タワー愛好家についてはっきりとした結論は出なかったけれど、マイナスの感情がない以上、好きと言って誰が困るわけではないと判断し三歩は頷いた。好きの要素が足りないなら後から付け足せばいい。

「え、しかし、本当に東京タワーでいいんでふか？」

もう何度目か分からない。噛んだ。

「うん、麦本さんがよければ」

「わ、私は、はい、よいです」

こっちが言い出したのだし、久しぶりに近くで見るのも楽しかろう。今日はいい天気だ。暑くはあるが。しかしよいのだろうか。

もしこの人がなんのひっかけもなく、本当にデートだと思ってるなら、私の思いつきでもない突発的な発言で初デートの場所を決めてしまっていいのだろうか。

考えてしまってから、三歩は首を小さく横に振る。まだ分からないまだ分からない。

それではひとまず行ってしまおうとなり、お兄さんはまだ半分ほど残していたホットコーヒーを一気に飲み干した。汗の一つもかかない様子に、体に冷却機能でもついてんのかい？　と三歩は頭の中だけで突っかかって、体ではグラスに溶け残った氷を口に入れて噛み砕いた。背中に未だ浮いた汗を感じていたからだが、効果はなかった。

電車の中で、二人は席には座らずなんの意味もないお喋りをした。朝何食べたとか、お酒は何を好むのか、とか。世間一般からなんらずれることのない普通のやりとりだった。東京タワーに行き先が決定したのは、二人が待ち合わせた駅からのアクセスが良好だったこともある。そういう、決定の為の要素なのに明言されなかったものってあるよね、と、全てのラーメン屋さんにチャーシューのプロフィールを書いてほしいと願う三歩は考えていたけれど、会うのが二回目の人にそのことを話す勇気はなかった。

それを躊躇《ちゅうちょ》する判断能力はあったはずなのに、ふと会話が止まった時のこと。

次の駅が表示された電光掲示板を見たタイミングで、本当に意味なく三歩の口をついてそれは出たのだ。鼻歌のような気軽さだった。

「もう何ヶ月も前のことだけど、一人で東京タワーにのぼったんだ」

電車内で鼻歌を歌う気軽さはおかしいだろというのは置いておいて。

小声ではあったけれど、明らかに文章になったその言葉を優しいお兄さんが無視するわけもなかった。当然のように、そこから話をふられ、冒頭の恥ずかしい失恋話となるわけである。

こんなことならチャーシューの方を呟いとけばよかったと、三歩は死ぬほど後悔する。しかも相手は、なんかどうやら、自分のことを気に入って誘ってくれてるというのに、いきなり過去の恋愛の話をするって一体どういうつもりだ自分。

「あ、や、でもそれだけです、忘れてください」

恥ずかしさと申し訳なさで三歩が塩もみした葉野菜のようにしおれていると、お兄さんは、何故だか、本当に何故だか、変わらず笑っていた。秘密だけれど三歩は一瞬、え？寝取られ趣味？　と思ったが、三歩の名誉の為に忘れよう。

「ああ、一瞬気づかなかった。フラカンか」

「へ？」

お兄さんの口から出てきたワードがこちらこそ一瞬なんなのか分からなかった。フラダンスが浮かんで、フラミンゴが浮かんで、そのあと三つ四つあってからようやく三歩の頭の中に、フラワーカンパニーズという言葉が浮かんだ。

「知ってるんですか?」

よくよく考えればこの質問は好きなバンドにすごく失礼だと三歩は後で思うのだが、今までにフラカンの曲と歌詞が分かる知り合いがいたことがなかったので、つい訊いてしまった。

「うん、聴きますよ。『はぐれ者讃歌』が一番好きかな」

「うお! ああ、ややや、すみません」

興奮して大声を出してしまい三歩謝る。周囲にいる人達への謝罪でもある。ぺこりと下げた頭はお兄さんと、近くにいたサラリーマンの方にも少しだけ傾いている。

迷惑をかけてしまい、恥ずかしさもあって一応は落ち込む三歩。しかし持ち前の気楽さですぐ気を取り直せば、フラカン好きなんてポイント高いぞお兄さん! とテンションを上げた。

「私も好きでっ、う」

噛んだんじゃない。お兄さんへの評価を点数で表そうとした自分に気がつきひいた。三歩の心の中は彼女の言動に勝るとも劣らず忙《せわ》しない。

自分がやられて嫌なことを人にしない、と心の中で三回唱え言い聞かせていると、お兄さんはターンを渡されたと思ったのか、「その時実際に東京タワーにのぼったんですか？」と質問を重ねてくれた。色々余計なことを考えがちなくせに不用意なことを口走り、結果コミュニケーションが下手になる三歩のような人間にとって、質問で会話の行き先を示してくれる人ってありがたい。のだけれど、三歩は小憎らしくも、フラカンの話もっとしたいのに東京タワーの方に会話が行ってしまった！　と思った。

「あ、いえ、実際に初めてのぼったのは図書館で働き始めてから、です。働き始めてすぐ、だから、二年前とか。でもフラカンはずっと聴いてました初めてライブハウス行ったのも大学時代にフラカンを見にだったしＣＤもラジオで聴いた次の日すぐＴＳＵＴＡＹＡに借りに行ってててて」

噛みながら句読点も打たず、無理矢理会話の方向を変えようとする、こんな自分本位な三歩に付き合わなくてもいいのだが。

「おお、ライブとかも行くんですねっ。そのライブで『東京タワー』はやってました？」

わーい。

三歩の舌が口の中で小躍りした。

ここぞとばかり、三歩はせっかく同じ趣味の人間に出会えたのだからと、相変わらず噛みながらではあったけれど、好きな音楽の話をしまくった。お兄さんの話も聞くと、フラカン以外にもいくつか好きなバンドがかぶっており、三歩は電車を降りても、東京タワーを見上げても、東京タワーにのぼっても、あげく下りても、音楽の話をしたがった。お兄さんはそれを許してくれた。図書館に勤める三歩にとって、本に関する共通の趣味を持つ出会いは珍しくない。事実、今年から入った真面目な後輩ちゃんとも先日好きな作家の本について語り合ったばかりだ。しかしこれまで音楽の趣味が通じる相手にはほとんど出会ったことがなかった。オフ会に行く勇気なんてものもなく、だから気兼ねなく音楽の話を出来ることは嬉しかった。お兄さんは、彼があまり詳しくないというラップグループについて三歩が熱弁する時にも、興味深げに聞いていてくれた。

これでいいのかなあ、と日が暮れてからではあるけれど、気づけた三歩はだいぶ大人になった。

だから、お兄さんがご馳走してくれるというご飯屋さんに着いてからは、三歩も音楽の話は控え、彼がおすすめしてくれる美味しい料理に全神経を集中させた。

これらがどれも三歩のツボを素晴らしく突いてくる味だったため、きちんと料理と向かい合うことが出来て良かった。向き合いすぎて度々お兄さんの発言を無視してしまったことは反省しなければならない。この店のメニューが意外とリーズナブルだと分かった時には、その値段なら割り勘でも大丈夫だと、三歩は次の機会に食べたいものの品定めも忘れなかった。はっはっは。ちょっと酔っていた。お箸を落としたり、グラスと間違えて卓上の醤油さしを傾けたりもしたがそれは酔ってるのとは関係なかった。

お腹もいっぱいになり、いや本当のことを言えばもう少し入ったが、そこは三歩にだってある微妙な乙女心で遠慮し、最後にデザートだけ頼むことにした。

冷え冷えのアイスを小さなスプーンで食べながら、これで解散という空気を三歩は大人として感じ取っていた。流石にそれくらい分かる。良い日だったなあとアルコール混じりにへらへらする時間の中で、ふと考えた。

そういえば、まだ怪しい勧誘もされてないし、押し売りもされてないし、罰ゲームという話も聞いていないないなあ。

じゃあ、ということは、恐らく、きっと、多分、百歩譲って、大目に見て、だいぶ調子にのって、今日のお出かけは本当に、彼が誘ってくれたデートだったのだということにしておこう。三歩がほぼ初対面のような男子とのお出かけをデートと認めるにはそれくらいの保険が必要だ。

だったとして、だったとしておいて。

もう一度、思う。

これでいいのかなあ。

三歩は、酔いがすうっと、覚めていくのを感じた。

自分の今日の行動をざっと振り返る。

三歩の心情は慌ただしい。

私は今日、わたわたして、自分の好きなことばっかり話して、へらへらして。

一日つまんなかったなと、お兄さんに思わせてないだろうか。

もうこれを食べ終わったらお別れだという段で、急に不安になってきた。

不安の中には、失望されていたら嫌だ、という思いももちろんあった。

でも真に心配したのは自分への評価ではなくて、彼に、今日一日と、それから異性を二人きりで遊びに誘う心の労力を無駄にさせてしまったのではないか、ということだった。

急にアイスが歯に染みたように感じた。

三歩の表情筋に力がこもった。

「いっそフリーメイソン勧誘だったら」

「え？」

「いいやいやいや、なんでもないです」

思ったことをすぐ声に出してしまうこの口め！　え？　声帯？　悪いのはどっち？

三歩が言いたかったのはそう、相手にデートなんていうふわふわしたものじゃない、明確な目的や利益となりうる意味が今日にあったのなら、私がどんだけ面白みに欠けていてもよかろうと思ったのだけれど、それを彼に伝えるにはまず何故お昼からフリーメイソンに固執しているのかを説明せねばならず、もう後はデザートだけということの段にてする話ではなかった。だからやはり口でも声帯でもなく三歩が悪い。

目が合った。相変わらず柔らかい雰囲気のお兄さんは三歩の悪さなんて知らずに、ふふっと笑ってくれた。

「なんで突然フリーメイソン？」

「聞こえてんのかいっごめんなさいっ」

思わずツッコんでしまったので同じテンションで謝った。なんか笑ってくれたのでよかったが、流石に何かしらの説明はせねばならないだろうと思い、三歩は必死でさわりをまとめる。

「あの、今日、フリーメイソンに誘う為に呼ばれたんじゃなかったんだ、と思って、もごもご」

自分自身でも意味の分からない供述であることは分かっていたのでついもごもごと言葉にしてしまった。この口が悪いこの口が！

三歩が自分の歯から舌から唇から叱責している間、お兄さんはスプーンを持ったまま、きょとんとしていた。いや、そりゃそうだ。三歩が妙な納得を首肯で見せていると、やがて彼は今までよりいっそう大きく笑った。それから、「なるほど」とも言った。

三歩は自分を棚に上げて思った。感情がよく分からん。

まあでも笑ってもらえてる部分があるなら、楽しんでくれてるようでよかった。どうぞよければその思い出だけタッパーに入れてテイクアウトしてくださいませ。

「フリーメイソンじゃないよ」

「ええ、それはそう、でしょう」

ただ職場が東京タワーに行きやすい場所にあるという情報から連想しただけだ。

「あのー、前もラインでちょっと言ったんですけど、俺、普段ああいう、合コンって言われるようなのって行かないんですよ。ちょっと苦手で。まあ実際ただのピクニックで楽しかったけど」

そういえば聞いた。聞く前から、ちょっとなんとなくそんな気はしていた。言葉には続きがありそうだったので、三歩は黙っていた。お兄さんの息継ぎの間に、隣の席の会話が聞こえた。

「それで、これは初めて言うんだけど、麦本さんもそうなんじゃないかなと思いました、あの時」

「つ、つまらなそうとか、でした？」

「いや、すごい美味しそうだった。蟹クリームコロッケ食べてる時とかそれしか見えてないって感じで」

恥ずかしいぞ！ でもまあ飯ばっかり食ってたからな！ この口と食欲め！

「いや、合コンとか行かないだろうなっていうのは、そのー、ご飯のこととかもそうなんだけど、あれだけ好きなものに対する反応が露骨だったら、幹事としてはだいぶ呼びにくいだろうなと思って」

お兄さんは申し訳なさそうに「失礼に聞こえたら申し訳ない」と付け加える。

「な、なるほど、意味は分かりゃなくはないですが、ご飯以外に、まああのうるさい子が友達で、あの子の料理が大好きなんですけれども、それ以外に何か、私、露骨なことしました？」

「うん、そんなつもりはなかったのかもしれないですけど」

なんだろう。

「俺の友達が、麦本さんのお友達の服装を、もっと男受け良いのにした方がいいみたいに言った時、麦本さん、すごい怒ってなかった？」

含み笑いをするように、お兄さんは今日一番難しい質問を繰り出してきた。

「えええ」

三歩は表情を固めた。難しい、というのは、答えを見つけるのが難しいという意味ではない。答えは知っている。それを心の中から探し当てるのは、今日のミッションで一番簡単だと言ってもいい。

難しいのは、答えてしまってもいいのか、だ。

「ごめん、変なこと訊いちゃって」

「いえ、あの、何故」

「見ててそう感じて、いやそれも、なんていうかどっちかって言うと、怒りの方が先に伝わってきたわけじゃなくて、あの派手な服装の友達のことが、ほんとに好きなんだろうなと思って」

「それはそうです」

本人以外の誰にも恥じる必要はない。

だから、怒りという言葉が正しいのかは分からないけれど、どんなに悪意がなくても、ほんの少しでも、かすり傷や肩がぶつかった程度でも、友人が傷つけば自らが簡単にそれも極端に贔屓《ひいき》してしまうことは、三歩にも分かっていた。

でも、それ、怒り（仮）を向けた人の友達（お兄さん）の前で肯定出来なくない？（出来なくない？）

「RHYMESTERの話が出た時にも思って。懐かしいって言われた時、最新もいいよってぼそっと言ってて、伝わらなくても麦本さんはちゃんと言っておきたかったんだろうなと」

「き、聞かれている……」

三歩はアイスの最後の一口を、手元も見ず舌の上に載せた。遅ればせながらゆずシャーベットだ。甘酸っぱい。

「うん。好きなものや、一度好きになったもの、これから好きになるものに妥協が出来ない人なのかもしれないと思ったんです。なんていうか、慣れない場で、実は友達に呼ばれただけだったりして、そういう作法がちょっとだけ苦手かもしれなくても、大事にしたい感情をちゃんと自分の中で表してるように見えたっていう感じかな」

そんな良いものじゃない気がする。しかし、もし、そう見えているのなら嬉しいな。

あとこれなんの話だったっけ。

三歩の頭の中で渦巻く思いのある中、お兄さんもアイスの最後の一口を食べ終わった。

これで店員さんを呼びお会計を済ませれば、今日はお別れ。

「で」

「はい」

「話戻っちゃうんだけど、俺も普段ああいうとこに行かなくてわりと苦手で」

やることがなくなり、二人はがっつり向き合う形になる。話の終着点が見えないので、ひとまず三歩は彼の言葉を待った。

「だから」

「はい」

「俺が振り絞った勇気でちゃんと表そうと思ったのは、フリーメイソンに勧誘する為じゃないです」

三歩は、そうそうフリーメイソンの話だった、振り絞った勇気、一体どういうことだろう、とお兄さんの言葉をちゃんと理解する為に頑張った。一度、手元に残っていたハイボールを一口飲んだ。

いつしか、はたと理解して、じゃあ、ということは、恐らく、きっと、多分、百歩譲って、大目に見て、だいぶ調子にのって、いくつもの保険をかけた上で、三歩は、今、自分の心の一番上にあった言葉を口から出した。

「うわああ」

「はははっ」

笑ってんじゃねえ！

「あの、だから、よかったらまたご飯行きましょう。それから、さっき言ってたライブも」

「た、たたた、たー」

確かにさっきライブ行きましょうって話はしたけども。

まさか、いきなり、あの日出会って連絡をくれて今日一緒に遊びに出かけようと言ってくれた理由を渡されるとは思わず、三歩は目を白黒させた。あまり叱りすぎたからか、口はきちんと働いてくれなかった。

いーや、待て待て油断させといてってパターンもあるぞ、ただそういう風に言って相手をいい気持ちにさせるのが上手い奴なのかも、落ち着け、騙されるな、お前が会って数時間で人にそんな感情の予感すら抱かせる人間か考えろばーかばーか。

三歩が混乱し最後には頭の中のミニ三歩達から罵声の大合唱を浴びせられている間に、お兄さんはお会計を済ませ、二人はお礼を言い合い、次も是非という約束をし、お店を出て帰路についていた。

お兄さんとは路線の違う電車に乗り一人きりになってから、三歩はずっと今日一日のことを反芻《はんすう》し続けた。自分は楽しかった。次も誘ってくれたってことは、お兄さんも楽しかったのかもしれない。

どうしよう。本心なのだろうか、本音なのだろうか。

分からないまま考え続け、三歩はまた繰り返し、お昼に会ってからのことを思い出すのだった。

「へはは」

記憶の中、お兄さんが自分の好きなものだけ頼むと言ったシーンが来ると、なんじゃそりゃと思って毎回笑ってしまうことに三歩が気づいているのかは、分からない。

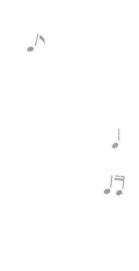

麦本三歩は女の子が好き

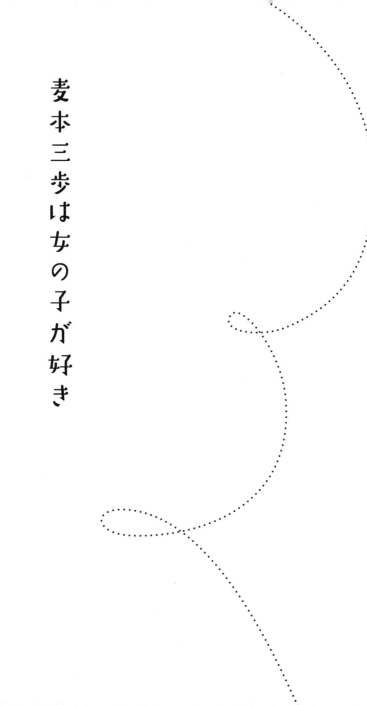

麦本三歩は知らない人をじっと見てしまう。

基本的に悪意は一切なく、ただの癖である。めちゃくちゃ美形な人や、露出の多い人、筋骨隆々な人や、何かのコスプレをしてる人。自分にはない特徴や趣味を持つ人間の存在を知り、こんな人もいるんだーと、目をそらしてから考えればいいのに、じっと見たまま考えてしまうことがある。たまに相手から見返されれば、ごめんなさい！　と思ってさっと目をそらす。あんまりよくないとは知りつつ、癖を直すというのはなかなか難しい。悪気はないのだ。

本当に悪気はないのだが、実は癖が原因ではない時もある。時に三歩は、はっきりとした自身の好みや興味、趣味で意図的に人をじっと見ていることがある。そこには執着がある。

三歩に熱視線を送られる人達の共通点。彼ら彼女らの体には必ず一つ以上の特徴が刻まれている。それはタトゥー。

出会いは好きなラッパーやバンドマンの体を見た時だった。ライブ映像などを見ているうちに、彼らの体に彫り込まれたそのアートを、かっこいい美しいと思う感性が三歩の中に芽生えた。ネットで綺麗なタトゥーを検索したりもするが、やはりリアルでタトゥーが入っている人を見つけた時は興奮度が違う。もちろん出来うる限りじっとではなくチラ見にしているが、あまりに自分好みのものだと視線を留めてしまうこともある。友達の中にタトゥー入れてる人がいたら見放題なのに、と思う三歩は、実際、あのファッション大好きうるさい友人にタトゥーを入れようと思わないのか訊いたこともある。

「ないね！　考え方の問題だけど、私的にタトゥーは取れないメイクで、脱げない服って感覚なんだよなー、私は欲張りだから向いてない！」

だそうだ。相変わらず声は不必要にでかかったが、三歩は彼女の考え方に納得した。もちろん話題を提供したものとして、逆に質問も受けた。

「彫りたいの？」

はっきり言うと、興味はあった。今でもある。人の体に入っているタトゥーを見るのが好きという感情を、自分もやってみたいという欲求と完全に切り離すことが三歩は出来ていなかった。いつか自分専用プロレスマスクが欲しいと思っているのに似ていた。

けれど三歩はその時はっきり「うん」とは答えなかった。きっと今も答えないだろう。

「死ぬまでに、いつかは入れてみたい」

「明日死んじゃったらどうすんのさー」

意地悪を言ううるさい友達に「じゃあお前は毎日毎時間毎分毎秒いつ死んでもいいようにやりたいことやって生きてるんですかー？　ええ？」と反撃してもよかったけど、それはせず、三歩は今やらない一番の理由を返した。

「温泉の方が優先順位が高いんだぜ」

語尾はともかく、真剣だった。当然、三歩だって勤め人をする大人なのだから、それ以外にもまだタトゥーを体に入れられない理由をたくさん持っている。職場で許されるのか、家族や友人がなんと言うのか、これからの長い人生の中で後悔しない覚悟はあるのか。日本でタトゥーに向けられる様々な視線の存在についても情報としては知っている。それら全てを理由に含んだ上で、一番のジレンマは温泉だ。タトゥーがあっても入れる温泉や銭湯は探せば多数あるのだろうが、それでも選択肢が減ってしまう。これから世の中が変わり、全てのお湯場からタトゥー禁止の紙が剝がされる時代だって来るかもしれないけれど、今のところ去年行った温泉宿には貼ってあった。色々な温泉に入りたい欲の方が三歩の中で今は上回っている。

ならば、今のところ入れる気はないと断言してもよさそうなものだが、言えないのは、思い描く未来の自分の姿、出来たらこんな風に見られたいという思いを具体化したようなケースがわりと身近にあって、羨望の気持ちを三歩が定期的にチャージしているからだ。嘘の気持ちを言葉には出来ない。

休日になると三歩は時たまとある文房具屋に出かける。

住宅街の中にぽつんと、まるでその部分だけタイムスリップしたような佇《たたず》まいで立っているその小さな文房具屋は、三歩の家から徒歩三十分ほどのところにある。午後五時にはしまってしまうので、仕事の日はなかなか行きにくいのだが、特に何もない休日、三歩は突発的に文房具屋めがけて出かけたりする。

今日は今日とて、急に折り紙をしたくなった。正直スーパーにも売ってるけれど、小さな文房具屋に行くことにしたのは昨日の帰り道、肩に花のタトゥーが入った女の子を見かけたからだった。暇なのもあった。

てくてく歩いて到着したのは午後一時半。耳にささったイヤホンからはＰＵＮＰＥＥの

『宇宙に行く』が流れていた。

　道路沿い、二畳ほどの錆びた鉄板を踏んだ先にその文房具屋は立っている。耳からイヤホンをスポッと抜いてポケットにおさめ、今時自動じゃない年季満載なスライドドアをガラガラ開けると、建物自体に染みついているようなインクや紙の匂いに迎え入れられる。三歩はこの匂いが好きだ。弱めの灯《あか》りで照らされた薄暗い店内には様々な文房具が所狭しと並んでおり、その奥のカウンターに小さなおばあちゃんが一人座っている。小学生や中学生達が主なお客さんであるので、彼ら彼女らが学校にいるこの時間、小さな店内には三歩とおばあちゃん二人きりだった。

　あ、蛍光灯一つ切れてる。

「こんにちは〜」

　誰もいないのだから挨拶くらいさせていただきましょうと、かなり控えめな声で三歩がかけた言葉に、ｉＰａｄをすいすい操っていたおばあちゃんは視線を上げてくれた。

「ああ、いらっしゃーい」

　とても優しい笑顔と声のおばあちゃんだ。そういう風に説明されれば、三歩は実の祖母に甘やかされていた時のことを思い出し、ぬくみを求めてはるばる三十分かけここに来ているんだな、などと思われるかもしれない。違う。

三歩はこのお店に入ると、まずおばあちゃんの手元を注視する。今は秋だけれど、夏も冬もエアコンによって適切な温度に保たれているこの場所で、長袖を着ているおばあちゃんの、このお店を長年守ってきたのだろうしわしわの手を確認する。

そして毎度ぶちあがる。

今日も雰囲気のまあるいまあるいおばあちゃんの袖口から手の甲にかけて、ツタのタトゥーが見え隠れしている。三歩は半ばそれを見に、このお店に来ている。

一体いつ頃どういう気持ちと決心でタトゥーを入れたのか、おばあちゃんとタトゥーの関係性を想像するだけで三歩はドキドキとする。いつかタトゥーの全体像を見せてもらいたいのだが、お願いする勇気はまだない。

このお店に来る子ども達の間でもタトゥーは話題らしく、おばあちゃんがよくタブレットを操ってる姿なんかとも相まって、実はどこかの暗殺集団の一員、サイバー担当のやばいばばあなんじゃないかなんて男の子達が喋っているのを聞いたことがある。ない話じゃないと思った三歩の心は男子小学生と一緒。

小学生達の目線と違うのは、三歩がそのタトゥーが刻まれた手に憧れているということだ。ついでに言うと、年を取った暁には小学生達から畏敬の念を込めてやばいばばあ呼ばわりされてみたい。じじいやばばあって言葉は、時によって敬称にもなりうる。

また興奮してじっと見入ってしまった。いつまでもおばあちゃんの手をじろじろしてるわけにもいかないので、三歩は折り紙を探すことにした。あんまり見てると暗殺されるかもしれない。一対一で相手に有利なフィールド、逃げ場はない。

文房具屋には魅力的な商品がたくさんある。今日も折り紙探索中可愛い消しゴムに出会った。ついでだからこいつも買おうと、箱にパンパンに詰まっていた中から無理矢理一つを取り出す、と、五つ六つ余計に消しゴムが飛び出してきて床に散乱させてしまった。更には慌てて手を伸ばした拍子に肘を横の消しゴム箱にもぶつけ、床を消しゴムまみれにする。それらを拾おうとしゃがみこんだところで、三歩は膝ほどの高さに並べられた折り紙を見つけた。さいおーがうまさいおーがうまと頭の中で唱えながら三歩はせっせと消しゴムを拾う。

折り紙をやりたいという衝動は突然のものだった。教育番組で見たわけでも、読んでいた小説に出てきたわけでもない。ただ手元にあったティッシュを手癖で色んな方向に折っている時、ふわっと折り紙のことが思い浮かんで「天啓だ」と一人呟き外出の用意をし始めた。天も安く見られたものだ。

消しゴム集め後ようやくお買い物再開。改めていくつかの折り紙商品を見比べて、三歩は迷う。商品によって入っている色が微妙に違うようだ。赤や青や黄色は大体入っているが、金銀や水色は入っているのと入ってないのとがある。いっそ大人なのだから全色入った三百枚入りを買ってやろうか。色々作って置いとけなくなったら図書館に寄贈しよう。いるかどうかは知らないけど。

「こんにちはー」

静かな店内、新たなお客さんの登場をスライドドアの音と挨拶が教えてくれた。かがんで折り紙を物色している三歩からは見えないが、どうやら大人の女性っぽい。お子さんの為に文房具を買いに来た近所のお母さんかしらねホホホ。そんな普段使うことのない少女漫画お嬢様チックな語尾を思考に付けくわえて折り紙を手に取ったからなのか。

「あ、三歩」

「ぎゃっ」

漫画みたいな声が出た。

三歩の耳のすぐそばで誰かが声を発した。いつの間にこんな近くに、まさか暗殺者？

妄想力により本当に少しだけ怖くなってきたところで、ようやく名前を呼ばれたと気がつく。

声がした位置から、自分と似た身長の怖い先輩を思い浮かべ、またあのパターンか？と思ってメンテナンスされてないロボットのようにギギギッと首を動かし、そこでまたようやく自分がかがんでいるのを思い出した。

いたのは、小さな女の子だった。

自分の記憶をざあああああっと波のように遡って、辿り着いたのは約一年前だ。

「あ、あああ、あ！」

三歩は思わず立ち上がる。

何重にも驚いていた。三歩は目の前の女の子のことを知っていた。

まさか、彼女も自分を覚えていてくれるなんて。あまつさえ話しかけてくれるなんて。

三歩が突然立ち上がって大きな声を出したので、女の子も驚いたのだろう。ビクッとして一歩後ずさるその様子に、三歩はすぐ視線を女の子と平行になるよう戻した。

「膝の、上の、女の子」

思わずジブリ作品のタイトルみたいな呼び方をしてしまった。大人としてどうかと思うが、本名を知らないというところは考慮してあげよう。あと、子ども達にどう接していいのか一年経ってもまだ分かっていない、という点も。

「と、図書館の紙芝居の時に、会った、よね」

女の子は無言でこくりと頷いてくれた。

「覚えててぃえくれたんだ」

変な噛み方をしたが、女の子はもう一度頷いてくれた。

一人の大人と、一人の少女の出会いは前述の通り一年ほど前のことだった。

とある図書館の紙芝居読み聞かせボランティアに、かの優しい先輩からデートと称して誘われた三歩、読み聞かせ中、膝の上にちょこんと座り、恐らくは三歩を勇気づけようとしてくれたのが今目の前にいる女の子なのである。

実はあの日から、三歩は何度かプライベートで例の図書館に行っていた。しかしタイミングの問題だろう、一度もこの子と会うことはなかった。この文房具屋でも会ったことはない。それにもかかわらず、この一年の間、三歩の存在だけでなく名前まで覚えていてくれたなんて、大人三歩、ちょっとだけ泣きそうだった。

目がルっとした三歩が大人として紡ぐべき会話の糸を放置している間、気がつけば女の子の横にこちらも見覚えのあるお母さんが立っていた。不思議そうな顔をするお母さん、どうやらあちらは覚えていない様子。怪しまれては声をかけてくれた女の子にも悪い。三歩は立ち上がってぺこりと頭を下げ、自己紹介を試みる。

「お、お嬢さんに、図書館で、ひ、膝に乗られたことがありまして」

絶対に違った。不審者一直線。

眉を顰《ひそ》めるお母さまに、判断を下すのはちょっと待って！　と思うものの何を言えば適切に理解してもらえるのか、通報しないでもらえるのか、正しい言葉の選択が出来ないでいるうちに、助け船がどんぶらこ。

「三歩」

名前さえ名乗り忘れた本人の代わりに、誰かが名前を呼んでくれた。見下ろすと、女の子が三歩を指さし、お母さんに紹介してくれてる。三歩はまたルっとなる。

「さんぽ……」

どうやらお母さんはその響きを名前だとは思わなかったらしい。なるほどあるあるこの名前と付き合ってきて二十余年、その反応は慣れっこである。慣れていたから、三歩はこれの解決策は知っていた。肩掛けのポシェットから財布を出し、中から自らが勤めている図書館が発行してくれた顔写真付きＩＤカードを取り出す。これを使って三歩は図書館から本を借りたりしているわけである。

「こ、こういうものです」

お母さんは三歩が差し出した身分証を受け取ると、「あ、三歩さんってお名前なんですね」と珍し気に数回頷いた。

「以前に、図書館の読み聞かせにボランティアで参加したことがありましへ、その時にお嬢さんとお会いしました」

「ね」と、そのお嬢さんに助けを求めたんだけれど、彼女はちょっと笑って顔をそらしてしまった。仲間を失った三歩だったが、お母さんが「ああ、なるほど」と納得してくれた様子だったのでよかった助かった。

ＩＤカードを返してもらい、「お騒がせしてすみません」「いえいえうちの子がご迷惑でなければ」という大人の挨拶の隙間で句読点をうつかのように、「ねえ」という低い位置からの声が聞こえた。

「なんでいるの？」

同年代に投げかけられれば攻撃力が伴いそうな言葉も、約二十歳の差があればただの質問として受け取れる。三歩は出来る限り真摯に女の子に答えられるよう努める。

「お、折り紙を買いに来たんだ。お仕事が休みで、時間があって、折り紙したくなって、歩きたくて、晴れてたから」

どの答えを女の子が望んでいるのか分からなかったので、ひとまず全部言ってみた。タトゥーのことは一応控えたが、それにしてももう少し情報を整理すべきだったようで、女の子は首を傾げてお母さんの方を見る。黙って待っていたら彼女の心が自分から離れていってしまうかもしれないという今までの人生で何度か経験した恐怖を感じた三歩は慌てて口を開いた。

「がが、学校、幼稚園かな、は休みなの?」

「……そうりつきねんび」

どこまでが一つの単語なのか分かってない様子のイントネーションに三歩はちょっとくらっとする。か、可愛い。普段生活してて出会わない種類の可愛さだ。

三歩が顎先を撃ち抜かれ疑似脳震盪を感じているうちに、今年から小学生になったことや、この近所に住んでいてたまに来ること、あの図書館の近くに親戚の家があるから一年に数回だけ行くのだということをお母さんが話してくれた。なるほどその数回に立ち会えるなんて、三歩はお姫様に偶然会えたことを喜ぶ王国民のような気持ちになってしまった。同時に、そんなお姫様を先ほどの自分の発言が傷つけたのかもしれないと心配になった。

「小学生になったんだね、ま、前よりお姉さんになったと思った～」

用意した台詞を大根芝居で演じるような三歩の下手くそフォローを聞いて、女の子は特に何を言うこともなく、目の前にあった折り紙に手を伸ばした。空振り三歩はなんとなくお母さんと目を合わせ、へへへっと乾いた笑いを放った。女の子の気持ちもなんとなく分かった、三歩も子どものころ人見知りだった。今もだけれど。だから女の子が無視したわけじゃないっていうのを分かってあげられた。

先ほど三歩がやっていたのと同じように、シャイな女の子はいくつかの折り紙セットを見比べている。二人の大人が家臣のように一歩引いてそのさまを見守っていると、姫が一つの商品を手に取り、差し出した。お母さんにではなく、三歩に。買ってほしいということだろうか、いくら薄給といっても三歩、折り紙くらい買ってあげられるが。

「私もやりたい」

え、それって、まさか、一緒に折り紙やろうぜってこと？　なにそれー、なにその言い方ー、姫じゃなくて小悪魔かよー。買ってあげるー。

ちょろい三歩がにやにやしていると、女の子の後ろから「家にまだあるでしょ」という冷静なストップがかかった。そうだそうだ、ご家庭の事情というものがあるのだからここは大人として見本になるような分別ある対応をしてあげないと。

女の子はお母さんに向かって首を横に振った。

「三歩とやる分」

なっ、母親の目の前で年上の女を口説くだと？　この子、なんて恐ろしい。

脳内イメージ的には口から血を吐きよろよろしながら、実際には棒立ちでバキバキの視線を少女に向ける危ない大人三歩は荒い呼吸がばれぬよう唇の端っこで息をする。これまでの人生、何かと異性は年上に、同性は年下に落とされてきた。いやまだあっちは落とされてねーから！　と三歩は踏み留まるかもしれないが。まだとは、あっちとは。

「お姉さんは忙しいんだよ」というお母さんの声をノックアウト寸前で聞きながら、それでもかろうじて残った社会性というやつで「じゃ、じゃあ」と、三歩は一つの提案をしてみることにした。

「私が買うから、好きな色一枚あげるね」

それが解決策になっているとは限らないものである。特に三歩の場合、自身の頭の中だけでのみ文脈が通っていて、会話相手の頭の中に疑問符を浮かべることを特技にしているようなところまである。

しかし小さな瞳のシャイな女の子はそんな三歩にも優しく、言葉をそのまま受け入れ頷いてくれた。

「じゃあ、そうする」

「いえいえ、そんな、お気遣いいただかなくていいんです」

「いえいえいえいえ」

大人同士のいえいえ合戦が続いてしまいそうだと思った三歩は、早い段階で物理攻撃に出ることにした。悩んでいたのだけれど、せっかくきっかけを貰ったのだからと、折り紙三百枚入りを手に取りお母さんの前に差し出す。

「私、これを買うので」

ちょっと顔がドヤすぎただろうかという三歩の心配はまさにその通りだったようで、お母さんは一度たじろぎ、それから娘と突然現れた変な女を見比べた。三歩の後悔も束の間、そこは流石、お子さんもおられる立派な大人である。

「じゃあ、そうしようか、お姉さんにありがとうって言って」

「ありがと……」

小さな声で言ってから、シャイな女の子はお母さんの後ろに隠れてしまった。きっとお礼を言うという行為が恥ずかしいのだろう。でも一年前は確か言葉にするのも憚《はばか》っていた。だからたとえ小さな声だろうと、なんだろうと、三歩は一年越しに貰ったお礼の言葉にたいそう感動した。子どもがいるってこういうことにいちいち感動出来るってことなのかもしれない。

三歩は自分の胸の中心をなんとなくぽんっと触った。本当にただなんとなくだったのだが、多分そこには心の何かのスイッチがあって、この時スイッチを押したことで未来の選択肢が一つ増えたのかもしれないと、後から三歩は思うのだ。

よしそうと決まれば、三歩は早速折り紙を買ってしまうことにした。カウンターでiPadを触っていたおばあちゃんに会計をしてもらう。千円札で払い、お釣りを貰う時、手首から先のタトゥーがちょっとだけ覗くかっけー。シールを貼ってもらった折り紙三百枚パックを持って三歩は小さな女の子のもとへそそくさ帰る。

「何色がいい？」

「……あお」

青が好きなんだー可愛いねー。この場合、何バカになるのか。

「えーと、青もいくつかあるみたい」

三歩はパックの表にある色の早見表を見せた。青系はしっかり青と水色とその中間がある。結構長い時間じっと見つめてから少女はこれぞ青っという青を指さした。早速三歩は折り紙を取り出して、一枚を姫に献上するように差し出す。

「ありがと……」

「どういたしましてぇ、えふん」

またお礼を言われたことが嬉しくてちょっと自分でもひくくらいの猫撫で声が出てしまった。ので、一回咳払いをしておくことで大人らしさの維持を狙った。咳払いが大人っぽいという謎感覚はいつの間にか三歩の手元にあったもので、捨てなければならないほど誰かに迷惑をかけてはいないのでまだ持っている。

折り紙もあげちゃったしこれでお別れか。また、会えるよね？　と戦場で姫を逃がし自分はしんがりとして敵を食い止める（身分の差はあれどかつてはただの幼馴染で親友だった）女性戦士、というややこしい脳内設定で三歩が抱いた思いは、女の子に特に通じることもなく、お母さんの「さ、ノート買わなきゃね」の声にかき消された。これでいいんだ、これが図書館という戦場で生きる私の定め、姫をよろしくお願いします。

戦士三歩が勝手にパラレルワールドでしみじみしていると。

「三歩、待ってて」

必ず助けに来るから、とでも続きそうな姫の言葉に二つの平行世界が交差し夢と現実の区別が三歩の中で曖昧になる。そんな危ない大人を尻目に、シャイな女の子はててててっとお店の中を移動し、まもなくお母さんのもとに戻ってきて一冊のノートを「はいっ」と差し出す。それから、三歩を見た。

「折り紙しよ」

「………今する、ってこと?」

シャイな女の子の言わんとしていることを察し訊いてみると、女の子はこくりと頷く。今までよりも強い意思が感じられた。

なーるほどなるほどなるほど。はてさてどうしたものか。もちろんこちらとしては全くもって微塵も嫌じゃないしむしろ折り紙デートに誘っていただけるなんて光栄の至りなんだけれども、何せ相手はお母さんとご一緒に買い物中だ。都合だってタイムリミットだってあるだろう。それにどこで。おうちにあがりこむわけにも我が家に連れ去るわけにもいくまい。え？　外で？　外でする？　こんな青空の下――。

これ以上一人で考えると変な思考回路に突入しそうだったので、三歩はお母さんに顔を向けた。意識的にどうしましょうという笑みを浮かべて、でもそれが困った顔だと女の子に思われないよう努めた。実際三歩は困ってなんかなかったが、人と対峙するのが下手だと、意図しない表情をしてしまう時があるので気をつけなければならない。

お母さんはなんとなくことを察してくれたようだった。つまりはお母さんの許可さえ出れば大丈夫ですよ、という三歩の気持ちを、だ。それまで「お姉さん忙しいんだよ」と娘に言い聞かせていたのを一転、「もー」とお前には負けたぜという感じで苦笑を浮かべたのだ。ここぞとばかりに三歩は言葉を挟む。

「じゃ、じゃあ、さっきの青い紙で何か折ろうか」

「うん」

「ごめんなさいねぇ、ほらお姉さんにありがとうって言わなきゃ」

大人同士の出来レースであり、ある意味セッション。子どもの頃、自分もきっとこんな風にして希望を叶えてもらっていたのだろう。誰かに叶えてもらった分を今目の前のこの子にあげられることが三歩はとても嬉しかった。折り紙をあげるどころかそんな気持ちを貰ってしまって、女の子とお母さんに感謝だ。リアルなところ、大学図書館のＩＤカードを持っていたのが大きかったと思う。マジでどこの誰とも知れない女と子どもを遊ばせはしないだろう。大人なのでそういう現実も分かる。持っててよかった身分証明書。

さて場所はどうしよう。近くに図書館でもあればいいのだけれどそんなに都合よく存在したりはしない。いっそ公園のベンチでもいいだろうか、スーパーがあればその休憩スペースとか。

三歩が考えつつ場所の提案を親子から募ろうとしていると、思わぬところから声がかかった。

「ここ使っていいよ」

振り返れば、カウンター内にいたはずのおばあちゃんが背中を丸めて立っている。いつの間にか無音で背後を取られた形だ。やはり暗殺者か……もちろんアサシンと三歩は読む。

おばあちゃんが指し示していたのは、お店のすみっこに並んだ三つの丸椅子だった。三歩はわざとらしい動きで目をこする。そんな椅子いつもはないはずだ。このお店の中は、夜ベッドに入ってから想像でも歩き回るから確かに覚えている。自分達がいくつかのやりとりをしている間に素早くおばあちゃんが並べたのだろうか。なんという早業。ひょっとして忍者だろうか、使える術の紋章がタトゥーみたいに浮かび上がっているのかもしれない。三歩そういう漫画読んだことある。頼んだら教えてくれたりしないだろうか、忍術。

単に自分達の会話が静かな店内で全て筒抜けだったことや、店内で何かしたい子の為にすぐ出せる場所に椅子が用意されているのを知らなかっただけ、という可能性を無視して想像を飛躍させる三歩の脳内はほっといて、折り紙やり隊はありがたくその場所を利用させてもらうことにした。

「ありがとうございまふ」

噛んだがおばあちゃんは笑顔で「いえいえ」と言って、シャイな女の子のお母さんの方へと向く。

「見てますから、ちょっとの間お母さんはお買い物に行かれてもいいですよ」

「ああ、いつもすみません。じゃあちょっとお隣に行ってすぐ戻ってきます」

お母さんはそう言うと女の子に声をかけ、それから三歩に「ちょっとの間すみません」と断りを入れた。おばあちゃんとお母さんの会話を聞いて、何だ元から関係性があったのかと察した三歩はドヤ顔で「娘さんはお任せください」と逆に親御さんを不安にさせそうな返事をした。運よく怪しまれることはなく、お母さんは文房具屋を出ていって女の子とのデートスタート。へっへっへ、やっと二人きりになれたね。

「何折る？」

丸椅子にちょこんと座り、青い折り紙を見つめる女の子のご希望を伺ってみる。鶴だろうか、蟹だろうか、かぶとだろうか。小学一年生ってことだったら簡単なものがよさそうだけど。

三歩は自分用に黄色い紙を取り出す。

「くじゃく」

あー、くじゃくね、はいはい、くじゃくって確か最初は。

「く、孔雀？」

そんなのあったっけ。三歩は自分の頭の中にある折り紙ディクショナリーを開き、孔雀を探す。

か行、か行。かえる、じゃない。きつね、じゃない。くじら、じゃない。飛ばしてしまったかと再度、頭の中をようやく探してみるが、孔雀の折り方が、ない。

あ、そうだひょっとしたら。

「孔雀を折るのが好きなんだ？」

彼女が知っている可能性に期待したのだけれど、女の子は控えめに首を横に振って意思を示した。好きじゃない、って意味じゃないだろう。それなら孔雀を指定しない。つまり、知らないって意味だ。折り方を。だけどきっと孔雀が好きで、目の前にいる女は大人だし三百枚入りなんて買うし、きっと折り紙常用者だからなんでも折れるはずと思ったのかもしれない。

どうしよう。え、どうしよう。それは不覚だ。すっごい不覚。三歩はデート相手をお気に入りのスポットに誘って、行く途中で今日がその場所の定休曜日であることを思い出したような気持ちになる。どうしよう、今更やっぱりやめようなんて言い出せるわけがない。しかし相手の期待のグレードをはるか下回る提案をするのもお互い傷つくから避けたい。それにあれだ可愛い子の前だ、見栄を張りたい。孔雀、孔雀、なんとか想像で折れたりしないものだろうかと実物を思い浮かべてみるが、三歩にあの複雑な見た目の生き物をデフォルメし折り紙に落とし込む能力はない。

そうだスマホで検索し、知ってるんだけどねーこうすると見やすいねーお得だねーって言いながら一緒に折ればいいではないか、文明人としてスマホのことを忘れるなんてあるまじき、と思いポケットに手をつっこむ。感触で分かるこれはｉＰｏｄ。では他のポケットだと思って探す。今度はフリスクが出てきて一粒女の子に勧めるが断られる。ならばこっちは、こっちは、とやっているうちに手をつっこむポケットがなくなる。ポシェットも一応見てみるが、スマホをここに入れる習慣が三歩にはない。忘れてきてんじゃねーか。こんなことなら現代人っぽくスマホ依存症になっておけばよかった。彼女の為ならばそれくらい怖くないのに。

マジでどうしよう素直に謝ろうかと、女の子の顔を見ると彼女は首を傾げた。そりゃそうだろうこんなに大人がわたわたしてるの見たことないだろうまいったか。

「ねえ」

微パニックでわけの分からないことを三歩が思っていると、カウンターから声がかかった。

「おばあちゃんもまざっていい？」

動揺により三歩は風でも起こしそうな速さで首をそちらに向け、「え、ええ、あ、へもちろん」という大人とは思えぬ態度を見せた。女の子は落ち着いて「うん」とだけ答えた。大人とは何かを考えさせられるぜ、とか考える暇があったら椅子をもう一つ運んでくるおばあちゃんを手伝うべきだ。

よいしょっと椅子に腰かけるおばあちゃん。

「お店はいいの？」

女の子からの質問。なんて気遣いの出来る優しい子なんだと三歩は感心する。それに比べて自分は不測の事態一つに慌てふためいて、いいとこ見せたいも何もあったもんじゃない。

「うん、お客さん来たら戻ればいいから。じゃあ申し訳ないけど、お嬢さん折り紙一枚いただいてもいいかしら」

三歩の方へとおばあちゃんの手が伸ばされる。三歩は呼ばれているのが自分だということに最初気がつかなかった。二秒の沈黙の後に感づいて、急いで何色がいいかおばあちゃんに尋ねる。

黄緑の紙を渡しながら、かっこつけやふざけた様子や、親御さんへの気遣いを一切抜いて使われた、てらいのないお嬢さんという言葉に三歩はドギマギしていた。

何これ私は両手に花ってことでいいんですかね？

「ありがとう。じゃあ孔雀を折るんだよね」

「うん」

女の子の頷きに頷き返し、おばあちゃんはまず折り紙を二つに折って長方形にした。

折れるの⁉

これは、希望の光以外の何ものでもない。早速三歩は、ああそうそうそんな感じだったよねーという顔をしながら、台にしている椅子の上で折り紙を半分に折った。女の子もそれに続く。

長方形を一度開き、真ん中の線を横にして左側の上下の角を線に合わせて斜めに折る。その作業をおばあちゃんがしている間、女の子は何も言わずじっとおばあちゃんの手元を見て、自身もそれにならい小さな手を動かし始めた。三歩も真似する。

三枚の折り紙がそれぞれのリズムで丁寧に畳まれていく。ちょっと難しいところは三歩が女の子のお手伝いをしたりして、折り紙は固定された四角形から解き放たれた形となる。目標の形に近づいているんだろうかと、ちょっとだけハラハラしながら折っていくと、やがて、突然命を感じる瞬間に立ち会う。今回三歩がそれを感じたのは、自分が今折っているのが羽なんだと気づいた時だった。思わず「うわぁ」と声をあげてしまい孔雀の折り方なんて知らなかったのがばれてしまいそうになったが、集中している女の子の耳には届いてもいないようだった。

ついには三角形の角だった部分が首になり、頭になる。

「最後に羽を広げてみて」

おばあちゃんにそう言われた女の子が、畳まれた扇子《せんす》のような部分を広げれば、そこには綺麗な孔雀がいた。

すげー。

自分の歓声は心の中に抑え込み、三歩は女の子の喜びの声を待った。

しかし、彼女は自分が作った孔雀にじっと見入って動かなかった。

まさか思ってたのと違ったのだろうか、こんなの孔雀じゃないって思ってるのだろうか。

三歩は心配になる。

もしそうならこれは間違いなく孔雀だって、言ってあげようと三歩は決めた。

孔雀になれと願って頑張って形作ったのだから、こんなに小さくても立派な孔雀なんだって。

しかし、無用だった。

シャイな女の子は、聞こえる深呼吸をしてから、音がしそうな勢いで三歩の方へと振り返った。その子の表情を見て三歩は安心、しなかった。心配になった。三歩は慌てて腕を後ろで組んだ。自制する為だった。危ない危ない、あとちょっとでなんの脈絡もなくぎゅってしてしまいそうだった。

彼女が見せてくれたキラキラとした笑顔が、愛らしくて愛らしくて。

これが、母性……？

アンドロイドが初めて自らの感情に気がつくシーンを思い浮かべながら三歩が浸っていると、お店のドアが開いた。ちょうどお母さんが帰ってきたところだったのだ。自制しておいてよかった。二度と近寄らせてもらえないところだった。

親子が孔雀の完成を喜ぶという、恐らくは今この世で一番微笑ましいだろうシーンを見ながら、三歩はおばあちゃんに「ありがとうございまひた」と噛みながら伝えた。孔雀の折り方を知ってる救世主がいなければ、今こんなにも幸せな空気は出来上がらなかった。おばあちゃんはいつも通りにこり笑うと「お役にたててよかった」とだけ言って立ち上がり、座っていた椅子を持ってカウンターに戻っていった。控えめでいぶし銀な姿に、三歩はしびれる。

孔雀折ってる時のチラ見せタトゥーもかっこよかったなーやっぱ個人的には見えるか見えないかなのがいかしてんな、と三歩が考えている隙にお母さんからお礼を言われた。慌てて「いえいえ楽しかったです」と本音を伝え、女の子に「ね」と言ってみると今度は「うん」と答えてくれた。好きを伝え続ける気持ち、大切。

「じゃあ、スーパー行って帰ろうか」

「うん分かった」

どうやらシャイな女の子は短い折り紙会に満足してくれたようだった。名残惜しいが、三歩がお母さんを困らせるわけにはいかない。ここに来ればまた会う機会もあることだろう。

手を振って、またねと言いかけた。しかしそこで、女の子がカウンターの方を見て「あ」と言ったから言い損ねた。何かあったのだろうかと三歩もそっちを見る。ただおばあちゃんが座って小さいペットボトルからお茶を飲んでいるだけだ。

女の子はとてとてっとカウンターに歩み寄ると、おばあちゃんを指さした。

そして。

「それ、同じの私にも描いて」

それ、の意味するところを三歩よりも先におばあちゃんが気づいた。きっと三歩が名前について訊かれてきたのと同じくらい、それ、に触れられてきたのだろう。

「これ？」

おばあちゃんが袖をめくって、手首のタトゥーを女の子の前にかざす。三歩も全貌を見るのは初めてだった。ツタは腕をつたい、手首から肘の方にちょっと上がった位置で複雑な模様の腕輪のように一周していることが分かった。三歩も遅ればせながら女の子の言わんとすることに頭が追いつき、視覚で捉えたものをきちんと解釈して、テンション爆上がり。

「うん」

カウンターに向かって手を差し出す女の子、一体どうするのだろうかと、三歩はなんとなくお母さんを見てしまった。何故か目が合う。タトゥーというものを取り巻く様々な印象や感情の可能性を余計に知ってしまった大人二人、おばあちゃんの受け答えを半ば心配しながら待った。

自分なら、水性ペンか何かで似せて描いてあげるっていう選択をする、と三歩はシミュレーションをした。いつか自分がタトゥーを入れた時、もし小さな子から同じことを言われたら。

でも、おばあちゃんの答えは、違った。

「ごめんね、これは鉛筆やマジックで描いたものじゃないから、おばあちゃんには描けないの」

「誰が描いたの？」

「おばあちゃんの娘」

そ、そうだったのか！　三歩、蚊帳《かや》の外で沸く。

同時に、誰も知らないところで、三歩の心に一つの闇が差した。

「これはね刺青《いれずみ》とか、タトゥーって言ってね。かっこいいけど、消す時は病院に行かないといけないし、尖った針で描くからとっても痛いんだよ」

女の子は表情をこわばらせ、腕をスッと引く。

「そうなんだ、じゃあ、いいや……」

踵《きびす》を返し、お母さんのところに帰ろうとした女の子の動きを、おばあちゃんの声が止めた。

「もし気になったら、また見においで」

女の子の目が、再びおばあちゃんの方に向く。

悩んだのか、気を遣って何か気持ちを言わなかったのか、答えてしまうことに緊張したのかは、本人に訊かなかったから分からない。女の子は少し黙っておばあちゃんの腕を見て、ほどなくこくりと頷き、お母さんと一緒にお店を出ていった。

静かな店内には親子が来るまでと同じように三歩とおばあちゃんだけが残された。三歩はそういえばと思い出し、まだレジを通してなかった消しゴムを買ってから改めてお礼を言ってお店を出た。

親子はどの道を行ったのか、もう姿はなかった。

晴れ渡る秋の空の下をてくてく歩いて三歩は家に帰ることにする。

偶然とても楽しいイベントに参加できてよかった。今日を十分に楽しんだ。

なのにまだお昼過ぎ。一日はまだ半分近く残っている！

言うことなし、なはずだ。

しかし三歩は、誰にも知られず、晴れやかな空の下で落ち込んでいた。

おばあちゃんと女の子のやりとり中、三歩の心の中に一滴落とされた墨汁のような影が、じわりと広がってきていた。

理由はおばあちゃんでもあの女の子でもお母さんでもない。自分だった。

人が聞けば、そんなことで落ち込んでいるのかと、馬鹿にするかもしれない。

三歩がやったことは、やろうとしたことは、誰にもばれない。ばれたとしても咎められはしない。むしろ正解なのかもしれない。

それでも三歩自身にとって過ちであれば、それはまぎれもなく過ちの形をして三歩の心に残った。

嘘をつこうとしてしまった。

あの素敵な女の子に。もし自分にタトゥーが入っていて、同じものを描いてほしいと言われたら、適当に誤魔化して嘘で似たものを描いてあげようと、考えてしまった。

行動として、間違いではないかもしれない。ひょっとしたら教育としても。

けれどそれは、誠意に欠けていることだと思った。

女の子にも、タトゥーというものにも、そして何より、自分が両方を好きだという気持ちに対して。

ようは軽んじたのだ。女の子の好奇心や、タトゥーという文化や、これから彼女と友達になっていきたい気持ちや、いつかはタトゥーを入れたいという思いを。

おばあちゃんは違った。きちんと本当のことを伝え、向き合おうとした。その上で自らのタトゥーに対する愛を示した。

年齢の差、だけではないと思う。人としての誠実さの問題だ。

自分は。

実際に体が小さくなってしまうのではないかというくらいに、心が縮む三歩。せめて音楽でも聴いて心を上に向かせる為ポケットに手を入れようとして、ずっと孔雀を握っていたことに気がついた。

孔雀を見て思い出すのは、自らの手で望むものを作り上げた彼女の、曇りのかけらもない顔だった。

あ、やべ、泣きそう。

ルっとなったのを誰に対してか分からないけれど、隠すように三歩は首を振る。

泣いてる場合じゃない、と思った。

あの子に顔向け出来るような人間になりたい。

胸を張ってタトゥーを好きだと言える人間になりたい。

三歩は気がつく。あのおばあちゃんのタトゥーがかっこいいのは、似合っているからなのだ。それは容姿や服装の話ももちろんあるのだろうけれど、何より心が、容易には体から消せない文化を背負うことに見合っているのだ。だから、輝いて見える。

自分をじっと見てみて、その心がまだないと、三歩は気がついた。

三歩は平日の人通り少ない住宅街を歩きながら、一人静かに決心した。

これから自分はタトゥーを、いつかは入れたい、なんて言わない。

似合う人間になり、死ぬ間際でもいい、必ず入れるのだ。

願って頑張って形作れば、どんなに小さくてもきっと望むものになるはずだと、三歩は俯《うつむ》いていた顔を前へと向けた。

麦本三歩は角が好き

麦本三歩は年末実家に帰るタイプの社会人。一緒に過ごす恋人なんかが今はいないことや、仲の良い友人達が年末年始も働いているというのもあるけれど、メインの理由は実家でぬくぬくと甘やかされたいそれだけである。両親というのは一人娘がたまにしか帰ってこないと存分に可愛がってくれるものだ。しめしめ。

こたつに入ってればお母さんがみかん置いてくれるし、待ってればお父さんが近所のお菓子屋さんでみたらし団子買ってきてくれる。ひょっとして愛娘ではなく、愛犬や愛猫として餌を与えられているだけなのではないかと考えないではないが、ひたすら居心地を良くしてもらっているだけの三歩は別にそれでもかまわない。家族にとっての愛三歩として今後ともどうぞよろしくお願いしたい。

しかしぬけぬけとそんなことを思う三歩にも、家庭内での立場ってものはあって、彼女には彼女なりの使命めいた気持ちがある。

自分も年下を甘やかし可愛がり、居心地を良くしてあげたい。後輩や小学一年生の女の子相手に出来ていないことを、家庭内とはいえ三歩が上手く出来るとは到底思えないし、実際上手く出来ていないのだが、下手の横好き、使命感だけは持っている。

そのはた迷惑な使命感に年末決まって曝されるのは、何を隠そう、三歩の双子の弟である。

「母さんが買い物に三歩も連れてこいってさ」

「はーい。あ、お姉ちゃん、でしょ？」

「そういうのいいから」

「欲しいものがあったらお姉ちゃんが買ってあげるから言ってね？」

「もう出るよ」

年に数回しか会わないというのに、冷めた弟くんは居間からさっさと出ていく。こたつむり三歩は、冷たいなーあんなんで友達や恋人と上手くやってんのかーえー？　と心配をしているが、どうやらそこらへんは大きなお世話なようだ。

ってかそんなことより弟いんの⁉　双子⁉

三歩が家族の話をすると大体の人が同様の反応をする。

しかし、残念ながら彼ら彼女らがしてくれているような期待には一切応えられないので、そんなに盛り上がっていただいても申し訳ないばかりだ。

写真を見せても、二卵性だから顔がそっくりなわけじゃない。内面は、ところどころ似たような部分があるかもねといった感じ。忙しない姉と一緒に育ったからなのか彼の方が妙に落ち着いてはいる。双子ならではの奇跡なんてファンタジーだ。弟が部活の朝練で骨折した時に三歩は何も考えず冷奴《ひややっこ》の角を食べていたし、三歩が失恋で傷ついていた時に弟は家でガリガリ君を食べていた。どっちかが天才だったりもしない。どっちも徹頭徹尾の凡人。ある点では互いに親から優遇されたこともあっただろうし、悪い方に贔屓されたこともあっただろうが、どちらも多少。結果特になんの面白みもない同い年の姉弟として育った。大人になって関係性が変化することも特にない。骨肉の争いなんて今のところ影もない。

つまり、双子とはいえ特に人に話せるエピソードなんてない。なので、自分からドヤ顔で紹介することはしない。訊かれたら双子の弟がいますーと答えるくらいにしている。大体はかなり驚いた反応をされる。双子くらい結構いるだろうに、なぜそんなに驚くのかと、長年三歩は疑問に思ってきたのだが、最近その謎も解けた。恐らく彼ら彼女らは三歩に双子がいると聞いてこう思っているのだ、三歩みたいな奴がこの世界にもう一人いる……だと？　って。失礼しちゃう。

コートを着てニット帽をかぶり、靴を履いて外に出る。「しゃむいしゃむい」と嚙み呟きながら既にエンジンがかかっているワゴン車の助手席のドアを開け、いそいそと乗り込む。まだエンジンをかけたばかりなのか暖房が効いておらず、吐く息が車内でも白かった。

運転席では、弟くんがスマホをいじっている。こちらには一瞥《いちべつ》もくれない。

「何してんの？」

「ライン」

「彼女？」

「父さんに家出てるって知らせてるんだよ。どうせ商店で飲んでるから」

「彼女は？」

「実家に帰ってるよ」

真面目に答えてくれる弟くんに、もうちょっと照れてくれてもいいんだぞ、と思う。自分だったら照れてしどろもどろする。弟くんは三歩の恋愛になんて興味ないみたいで訊いてはくれないが。

まもなく後ろのドアが開いて母が乗り込んできた。三歩がシートベルトを締めるのを待って、運転手がゆっくりと車を発進させる。

「しゅっぱつしんこー」

車内を盛り上げようとした三歩の言葉は、「お父さんに連絡してくれた?」「うん、既読になってたから大丈夫」という親子の会話によって無視された。まあ家族なんでこんなものだ。

本日は十二月三十一日。一年最後の日。

親子三人はショッピングモールに向かっていた。今年最後の買い物をしようってはら。お夕飯や年越しそば、それからまだ作ってない分のお節の材料。お酒や、ついでに三歩はお菓子も買う。正確にはカゴに放り込んどけばお母さんがいつの間にか買ってくれている。一体何歳までそれをやって許されるのか、二十代半ばになる三歩はチキンレースか、はたまたバベルの塔のような気分で、甘やかしが終わるのが来年でもいいけど今年ではありませんようにと、毎年祈っては一応成功している。

弟くんの運転は滑らかで丁寧である。彼は三歩と同じく大学生になるのをきっかけに実家を出て、そのままそちらの土地で就職を決めた。彼は普段から仕事で車を運転する機会が多いらしい。実家に帰ってくれば酒好きの父の代わりにいつも運転手を任されている。ちなみに父が飲んでいるという商店は三歩が子どもの頃からある小さな酒屋さんのことで、そこに父がちょっと挨拶に行ったまま帰ってこないのだ。三歩は「まあまあ一杯」と誘われ「弱ったなあ」と嬉しそうに言いながらグラスを受け取る父を想像する。

なんとも平和な年末だ。

「疲れたらお姉ちゃんが運転代わってあげるからいつでも言ってね」

「平和な年末に殺されたくないからやめて」

一応免許持ってるだけ系ペーパードライバー三歩は、せっかくの優しさを冷たくあしらわれ大人しく前を向く。真実だけど、失礼しちゃう。

「ただいみゃー」

寒さで噛んだ。

父はまだ帰ってきていないようで返事はなかった。

三歩は両手に持ったビニール袋をまず台所に置く。それからきちんと手洗いうがいを済ませて戻り、率先して食材達を冷蔵庫に詰めていった。にしん、ニンジン、麒麟、チキン、みりん、いやいやみりんは棚だ。三歩が冷蔵庫に詰めた食材を弟が改めて適材適所に詰め直したのを見た気がしたが、それは一旦置いといてコートを脱ぎ棄て、三歩は居間のこたつに滑り込んだ。

あったか〜、くない！　飛び出てプラグをコンセントに差し込んでいると、玄関から音がした。ちょうど父が帰ってきたようだ。

「おかえりー」

今度こそテーブル型あったか兵器こたつに入って居間で父を迎え入れる。彼は「おぉ」と言いながら両手に持っていたビニール袋をこたつの上に置いた。一つは一目で分かった酒瓶だ。もう一つの中を覗いてみる。四角い箱。

「食べきれないから三歩ちゃんに、だってよ」

食べ物だ！　すっかり近所の人にまで愛三歩として餌付けされようとしている。

「開けていい？」

答えを聞く前に包み紙にピリッと切れ目を入れ、許可と共に引き裂いた。端っこのテープをはがせば綺麗に開けられることに後から気がついたが、まあいいどうせ捨てるのだ。

蓋を開けると、中身は個包装された十二個のおまんじゅうだった。

早速一つを手に取り袋を開けて齧りつく。むに。

「あま〜、すぎない！」

ひらべったいおまんじゅう。茶色い、チョコレート味？　の皮の中に白あんが入っている。ぱくぱく食べられる適度な甘味がとっても美味しい。どこのお菓子なのだろうかとびりびりに破いてしまった包装紙を手に取って生産地を探す。四国の方だ。父はそんな三歩になんて目もくれず、こたつの横に置かれたソファに座ってテレビをつけている。

一個目をすぐに食べ終え二個目をはむっとしたところで、居間に弟くんが入ってきておまんじゅうを一つ手に取った。

「お姉ちゃんのおまんじゅうを特別にあげよう」

「コーヒー淹れるけど？」

「いるー」

おっと弟に音をたてて甘やかされているではないか。

「私が淹れようか？」

「もうお湯沸かしてるから大丈夫」

しばらくすると、こたつで座っているだけの三歩のもとに湯気をたてるマグカップが運ばれてきた。弟にお礼を言って一口する。はあ、あったまる。

弟もこたつに入るのだろうと思って、三歩は伸ばしていた足を畳む。しかしいつまでも彼が空いたスペースに入ってくることはなかった。首を回して探してみると、台所にあるテーブルで悠々とコーヒーを飲んでいる。おいお姉ちゃんとの交流を持てよ。

弟を可愛がろうと思っている三歩は仕方なくこたつを出て、居間と繋がった台所のテーブルに移動した。弟から訝《いぶか》し気な視線すら向けられないことが不満ではあったが、消極的な相手にはこちらから仕掛けなくてはならない。最近どう？　なんて定型文の質問をなげかけようとした時、目の前にまな板、こんにゃく、小さい包丁が置かれた。

「暇なら切っといてー」

ご飯を食べさせてくれる母からの指令には従わなくてはならない。三歩は手をきちんと洗って煮物用こんにゃくを処理する。まもなく弟の前にもまな板と包丁、それから大根とニンジンが置かれた。なますの準備だ。しかし弟の方に食材一品分作業負担が多いというのは姉としていかがなものかと思うので、母に抗議するも答えは「適材適所」だった。私だって自炊くらいしてるっつーの。ぷんぷんしながら頑張ってこんにゃくを同じ大きさに切っていると、前から控えめな笑い声が聞こえた。

「三歩、誰かに作ったりしないの？」

「どういう意味かね？」

「いや、こんにゃくがたがた」

「普段は自分一人用だから大丈夫なんですー。あとお姉ちゃんな」

弟が「ふーん」と言いながら野菜を綺麗に千切りにしていくのを三歩は見る。人が切ったこんにゃくにケチつけるだけあって、ニンジンを見事に均一に、大根より若干細く仕上げている。見栄えが良くなるらしい。

このへんの几帳面さは完全に母から受け継いだもの。三歩ののんびりとした様子は完全に父から受け継いだもの。父は皆が作業をする中依然としてテレビをぼうっと観ている。働け。

親子三人でお節の準備をしているうちに、外はだんだんと暗くなってきていた。居間を見ると父がいつの間にかカセットコンロを出してきている。大晦日は年越しそばも食べなくてはならないから、夕食のスタートがいつもより早い。三歩は、なんの味もついてないこんにゃくを摘まんだり、栗きんとん用にふかされたさつまいもを齧ったりしていたが、夕食のことを考えると口の中にぶわっとよだれが湧き出てきた。

いつ頃からか、麦本家の大晦日の夕飯は毎年同じメニューに決まっていた。美味しい美味しいすき焼きだ。

いつからそうだったのかは両親も忘れてしまったそうで定かではない。三歩が物心ついた時には年の瀬すき焼きを食べていた。普段三歩が買うような割引シールが貼られたお肉ではなく、竹の皮に包まれたいかにもな高級お肉を使った豪華なやつ。お昼に母がショッピングモールで購入しているのを見てしまって以来、三歩は荒れ狂った胃を抑えつけるのに必死だ。そりゃつまみ食いもするよって言い訳。

一旦お節仕込みは休憩し、夕飯の準備に取り掛かることになった。ただし三歩は、四人分の生卵を手で同時に運ぼうとして一つを床に落とした時点で母からレッドカードを食らい一発退場。卵を拭き取ってからは居間のこたつに入り、四人分の食器が並ぶのをぼけっと見ていた。良いご身分。

大晦日は家族四人で過ごすことが恒例となっている。新年になれば母方の祖父母をはじめとした親戚連中が遊びに来るが、大晦日はみんな母の姉の家に行っている。にぎやかなのも楽しいっちゃ楽しいが、せっかく一年にたったの数回、家族が四人揃うのだから、水入らずの習慣があってよかったなと、社会人になって家を出た三歩はしみじみ思っている。ま、色々ズカズカ訊いてきて最終的に世間一般の幸せの在り方を説いてくる親戚が苦手なのもある、ちょっとだけ。

気づけば真ん中のカセットコンロの上には鉄鍋、四人分の食器と割れてない卵、二リットルペットボトルのお茶、三歩と弟くんの前には白いご飯、三歩と父の前には缶ビール、三歩と母の前にはお漬物が置かれている。卓上が既に開戦間際であることを知り、三歩は慌てて箸を構えるが、まだ誰もテーブルについてはいない。暇なので右手は鍋に向かって構えたまま左手でキュウリの浅漬けをポリポリ食べる。やがて正面に弟が座りテレビを観始めた。相変わらずこちらには一瞥もくれない。

「三歩、紅白観るんだっけ？」

「うん、友達が好きなアイドル出るから。他の観たい？」

「んーん、別に」

本当にどうでもよさそうに言ってから、ようやく姉の方を見た弟くんは一瞬ぴくっとしてから「三歩、糖尿か高血圧で死ぬよ」ととても不吉なことを言った。今度は三歩がぴくっとする。それがたった一人の姉に言うことか、と注意しようとしたちょうどその時、膨らんだ竹の皮を掲げた父が登場。あの中にお肉が！　あの中にお肉が！　やんややんや！　という心の中の歓声と祝福により、弟から受けた失礼はどうでもよくなった。むしろ弟なりに姉の体を気遣ってくれているんだね優しいなあとさえ思った。目の前にすき焼きさえあれば人は慈しみを持てるのだきっと。

一枚の肉をめぐって弟と殴り合いをした子どもの頃のことは水に流し、三歩が夢心地で卵をといている間にお母さんも到着。全員がこたつに入ると、父がいよいよ竹の皮の包みを開けて中のお肉をあらわにする。

「ご、ご神体だ」

三歩の言葉に、ご神体食うのかよ、と誰かは思ったかもしれないが誰も口にしなかった。家族なのでそんなものである。

すき焼きを作るのは父の役目だ。世の中の父親というものと同様なのかどうかは娘とて知らないけれど、三歩の父には得意料理が三つある。すき焼きとチャーハンと青椒肉絲《チンジャオロース》。何故中華に和食が交ざっているのかは不明。美味しいから娘としてはどうでもよかった。まあきっと母が作ってもすき焼きは美味しいのだろうが、それを改めて検証する必要もなかった。

「さあ、焼くぞ」

意気込んだ父のかけ声と共に、牛脂が落とされた鉄鍋に赤くて白い肉が丁寧に置かれる。じゅーと香ばしい匂いが昇ってきた頃、すかさず砂糖と醤油を入れじゅわわわわー。この時点で三歩の唇の端っこからはちょっとよだれが出てしまっている。焼けた最初の一枚は、三歩がといた卵の中に落とされた。鍋の上で熱さに負けず構えていた箸の圧力が効いたのかもしれない。ちょっとだけ弟に先にあげようかとも思ったが、まあ数十秒の違いだ宇宙の歴史から見たら一瞬ですらない遅れだ、と、自らの欲望に逆らわないことにした。

「うおおおおお」

大きなお肉を箸で持ち上げると、目の前に卵と脂でキラッキラの美しさしかない食べ物現る。思わず声も出ようってものだが、家族はもう新しく焼かれているお肉に夢中なので、三歩は一人ごくりと唾を飲み込み、口に入れ、熱っ、もう一回、ふーふーして口に入れる。

「むうむ、ん、はあああああ」

言葉にならない。溶ける。しかしぼうっとしてもいられない。口の中にお肉の余韻があるうちに素早く白いご飯をかきこ、熱っ、もう一回、ふーふーして米をかきこむ。はああああ。

「幸せとは、このこと」

「よかったよかった」

ようやく娘の言葉に反応してくれた父はまた新しく一枚の肉を焼いていた。母を見ると、お肉を食べている。ということは鍋の中にあるこれは弟の分だ。奪い取ったら怒るだろうか。

姉として許されない欲望を抑えつける為、三歩は再度米を食べる。箸に残った砂糖醤油の味で米が食える。甘辛いのが一番強い。

ちなみにいつか三歩が調べたところ、父のすき焼きの作り方はどちらかというと関西の方面の作り方らしい。父母どちらも生涯一度として関西に住んだことはないそうなのだけど、じゃあどうして父はすき焼きを関西風に作るのか。訊いてみようと思ったこともあったが、万が一妙な藪蛇をつついてしまう可能性が脳裏をよぎった。のでやめた。大人だからそういう危機回避能力は一応あるのだ。

何枚かお肉を味わってその度に三歩が昇天しそうになっていると、お鍋の中には新たに野菜達が投入されていった。ここからはここからで、また違う美味しさがあっていい。お肉もまだたっぷりある様子で三歩を安心させる。落ち着く為にも缶ビールを開けて一口飲み、すき焼き周辺にしか向けていなかった視界を広げると、テレビでは既に紅白歌合戦が始まっていた。画面では今年話題になったあのバンドが演奏を繰り広げている。あれ？　まさかあの子の推しの出番もう終わっちゃったとかないよな。確かかなり序盤だった気がするけど。

「テレビの音大きくしていい？」

家族の了承を得てリモコンを操作する。そして出演者達の順番を調べんとスマホを手にする。ラインが来ていた。うるさい友人からだ。まずい、既に終わっていて感想を求められたらどうしよう。すき焼きのせいにしよう。

と思ったけれど友人からのラインはリマインダーだった。推しの雄姿をその目に焼き付けてくれという内容。どうやらまだ終わっていないようでよかったが、今やってるバンドの次みたい。危ない危ない、すき焼きを悪者にしてしまうところだった。すき焼きは悪くない。すき焼きはいつも偉い。

柔らかくなった白菜をはちはちしながら、三歩はいよいよ出てきた友達の推しグループを注視する。メンバーがたっくさんいるから、注視しなければ友達の推しメンバーを見つけられない。友達の推しがカメラに抜かれる度に三歩は軽く拍手をする。たまにすき焼きの方を見て肉がまだ残っているか確認するのも忘れない。

一組当たりの出演時間はとても短い。まもなく目当てのグループの番が終わって、三歩はまたすき焼きに戻り早速お肉をもう一枚頂戴した。うんめー。味わっているとスマホが震えた。うるさい友人からの『見てくれた⁉』というラインだったので、『可愛かったー』と返しまた肉に戻る。

その後も『他には？　他には？』というドルオタからの褒め言葉催促があったのだが、三歩がご飯のおかわりに立ったところだったので、残念ながらそのラインは食事の終了まで見られることはなかった。

たっぷり時間をかけて肉も野菜も堪能し、うどんまで入れた。その時点で既に戦場で生き残り箸を動かすのは三歩のみとなっていたが、最後にすき焼きの味が染み込んだ生卵をご飯にかけることも決して忘れなかった。これにて完食、ご馳走さまでした。

「くったくった」

張ったお腹をポンポコして遊んでいると、視線に気がつく。見ると弟がなんとも表現しがたい目を向けてきていた。なんだその目は。

「どした？」

もの言いたげな気がしたから訊いてあげたのに、弟くんはそれには答えず、ソファに座って晩酌を楽しむ父の方へと目をやった。

「三歩が嫁に行く心配しなくてよさそうだけど」

父は父で三歩をちょっと見て。

「まあ期待してるわけじゃない」

こいつらしばいたろか。

結婚を急《せ》かされるなんてもってのほかだけれど、誰かに勝手に諦められるのはむかつく。平日だったら危なかった、しかし今日は大晦日、あまりにも寛大な心で許してやろう。その代わり、いつか誰かと結婚式をする暁には、渾身の感動スピーチをしてこの二人を泣かし、指さして笑ってやろうと三歩は誓った。一年の最後の誓いがそんなんでいいのか。

無礼な男どもは気にせずテレビに目をやる。今度はさっきよりだいぶ人数の少ない女性アイドルグループが映っていた。今年話題になった人達だ、三歩もテレビで見たことある気がした。ふと思い出し、スマホを見ると、褒め言葉催促ラインが溜まっていた。こわっ。

ぺぺぺぺっとラインを返し、三歩は自分の食器を持って台所に向かった。途中で母が懸賞で当てたルンバに足を食べられそうになるハプニングもありつつ、食器をシンクに置く。

汚れを軽く洗い流して食器洗浄機に入れ、冷蔵庫からグレープフルーツジュースを取り出して飲んだ。三歩が好きなのをお母さんが買っといてくれたのだ。んまっ。

そうだそうだと思いつき、三歩はこたつに歩み寄って、重ねられていた弟の食器に手を伸ばした。さっきはくそ生意気なことを言いやがったが優しいお姉ちゃんが油汚れと一緒に水に流してあげようって寸法だ。

「あ、どうも」

え、他人？　他人なの？　同じ日にお母さんのお腹から生まれたんじゃないの？　そんなこと言ってー照れちゃってーと出来た姉モードを無理矢理発動し、優しい先輩をモデルとしたうふふふ笑顔を作って、ついでにお父さんの食器も持とうとして家族全員に止められた。絶対落とすからだ。失礼しちゃわない。三歩だってレッドカードは二枚もいらない。

結局家族みんなで食卓のお片付けのため家の中をちょこちょこと動き、食器洗浄機を起動させてからはまた食事前と同様お節の準備の手伝いをすることになった。

のんびりうだうだ作業をしたり休憩したりつまみ食いしたりしながら時間を過ごしていると、いつの間にか台所に立っている母の手元からはお出汁《だし》の匂いが漂ってきていた。音だけ聞いていたテレビをちゃんと観る。なんと、紅白歌合戦はエンディングを迎えようとしていた。時計を見て驚く。そんな時間なのだ。もうあと今年十五分。

母に言われてかまぼこを切り、茹でられたあったかおそばの上に載せていく。去年まではこれで完成だったのだが、今年の三歩は個包装のきつねうどん用お揚げを自分のそばに載せた。お昼に買ってきていたのだ。二つあるので弟くんにいるか訊いてみると無下に断られた。父も母もいらないそうなので、仕方なく自分のそばにもう一枚載せる。

四人で居間のこたつに集まりそばを並べて準備完了。年越しまであと大体五分。年越しの瞬間そばをすすりながら迎えるのも、もう何年も続いている麦本家の恒例行事だ。いただきます。

ずっとお正月の準備をしていた母を皆で労い、とはいえ今年一年みんな頑張ったねえという話をしているうちに時刻は年をまたいでいた。テレビから鐘の音が聞こえる。

いつか年越しの瞬間に地上にいなかったというのをやりたい三歩なのだが、今年もそばに夢中で忘れていたことを毎年この瞬間思い出す。来年こそは、と、テレビを観ながら決心し、視線をそばに戻したところ異変に気がつく。あれ？　まだ一枚まるまる、いや四角四角？　ともかくそのまま残っていたはずのお揚げがなくなっている。ポルターガイスト？　今年はやばい年？

そんなわけはなく、弟を見れば、彼のお碗の中に無残にも齧られたお揚げが浮いていた。

「盗られた！」

姉の新年第一声が面白かったのか、弟はむせる。そしてコップからお茶を飲み、「残してたから」とへらへらした。

取っといたのにーと、お揚げに未練たらたらの三歩。最初は弟にあげるつもりだったろう。

甘やかそうとしていたことなんか忘れ、明日は弟の分の数の子を食べてやると心に誓う。

新年最初の誓いがそんなことでいいのか。

同い年の弟をねめつけながら改めて、新年あけましておめでとうございます今年もよろしくお願いします同じことをやったら今度はしばきますと挨拶をし、そばのお出汁まで飲み切ってご馳走さまでした。

皆で自分の使った食器を片付け、父と母が軽く一杯始めようとする御相伴に三歩は与《あずか》る。

その背後で、弟がダウンジャケットを羽織り壁に掛けてある車の鍵を手に取っていた。

「あ、行ってらっしゃーい。気をつけてー」

三歩が言うと「うん、大丈夫」と手を振り、弟は玄関の方へと消えていった。これから地元の友人達とうちの車で初詣に行くらしい。運転するから今日は酒を飲んでいなかったのだ。当たり前だけど、空気に流されないの偉い偉い。

日本酒をおちょこでいただきながら、三歩は友人や先輩達から来てたあけおめラインに返信をする。最近は年賀状を貰う機会も減ってきて、くれるのは会員登録してるお店か、もしくはハガキからすら美しさの漂うあの友人くらいだ。あとは基本的にラインやメールで済ます。普段連絡をあまり取っていなくてもこういう時に連絡が来ると、それぞれに生きているのだなと知れて嬉しい。うるさい友人からは、この後のテレビ番組にも推しが出るというラインが来ていた。

確かあの子は夜まで仕事で、その後は同僚達と年越しまで忘年会兼新年会と言っていた。スマホ触っててていいのだろうか。

『あけおめ！　そんな時間まで起きてるか分かんない！』と正直にラインし、三歩は再びポン酒を味わう。大晦日のこのまったりとした雰囲気に、自分では買わないちょっといいお酒がとてもよく合っている。

静かになった居間に控えめに流れる、三歩達が中学時代に流行っていたバンドの曲。

時刻は午前三時を回ったところ、三歩は一人、こたつに入って自分で淹れたお茶を飲む。

父と母は一時間ほど前に寝てしまい、残された三歩。なんとなくまだこの特別な空気感を味わっていたくてぼうっとテレビを観ている。お昼寝を二時間ほど取ったので、無理矢理起きているわけでもない。三歩に付き合ってくれているのかどうなのか、実は年明けからこれまで数分ごとにラインのやりとりをしてる相手もいて、三歩は退屈ではなかった。

今年はどんな年になるんでしょうなあ。

両手もこたつ布団の中に入れ、顎をこたつの上にのせ、音楽に合わせて顔を揺らしていると、玄関の方から鍵の開く音がした。想像よりも早い帰宅だ。

「おかえりー」

「ただいま。まだ起きてんだ」

「うん。人多かった?」

「わりと」

それだけ言って弟はすぐ居間を出て上の階に行ってしまう。そのまま寝るのだろうと思いきや、彼は一階に下りてきて台所で冷蔵庫を漁りだした。何か食べるのかなと気になっていやしい三歩はつい見てしまう。食欲気配を察知したのか、弟くんがちらりとこちらを振り返った。

「三歩も飲む？」

「あ、うん」

なんだ酒か。反射で頷いてしまったが、よい、くるしゅうない。

どうせなのでと立ち上がり、台所に行く。冷蔵庫の中には、今日のお昼に買いだめした缶の酒が色々入っていたが、弟は「あ」と声を出して冷蔵庫の前を離れ、「どうせなら」と、棚から父が飲みかけで置いていた角ウイスキーの瓶を取った。そりゃいい。

三歩は何を言われずとも、冷凍庫から製氷トレーを取り出し、二つのグラスに三個ずつ氷を入れた。その後は特に何も考えず製氷トレーを元通りの場所に戻したが、すぐさま弟が冷凍庫を再び開け、製氷トレーに残った氷を冷凍庫内で隔離、新しい水を注いで氷を作り始めた。双子だから似てるなどと言えないのはこういうところである、と三歩は思うのである。

こたつの方にグラスを二つ運んで、座って待つ。まもなく弟が角瓶とペットボトルの炭酸水、それからミネラルウォーターを持ってきてくれた。数で負けていたので三歩は立ち上がりマドラーを持ってきた。これでタメだ。何がだ。

三歩は炭酸割りに、弟くんは水割りにし、結局は面倒になって指でかき混ぜ姉弟二人、乾杯もせず同じタイミングで酒を口に含んだ。

極まった酒飲みというわけではないが、三歩にもウイスキーにおける好みがふんわりとはある。お店でハイボールを頼む時でも、これが絶対良い、これは絶対ヤダ、というほどではないけれど、こっちの方が良い、はある。三歩はハイボールにするなら角ウイスキーが一番好きだ。香りがほんのり甘いけど甘すぎなくてすっきりもしている。瓶もかっこいい。武器に見える。

酒を飲めるようになってから気がついたことだが、実家に帰ってくるといつも家には父の角瓶が置いてある。親子で味覚が似たのだろう。弟の舌はどうだろう。訊いてみたろ。

「いつも何飲んでるの?」

「コーヒーとか」

「酒の話ね」

「なんだろ、なんでも飲むけど。ビールとハイボールが多いかなあ」

「私も」

それで会話は終わり二人してぼうっとテレビを眺めた。なんだこの意味ない会話。

もうちょい実のある話でもしたろ。そう思ったので、オレンジレンジの曲が終わったところで更に質問をしてみることにした。彼はちょうど二杯目を作ろうとしていた。

「初詣何お願いしたの？」

「人に言ったら叶わないらしいから言わね」

「あれってお願いするんじゃなく決意を神様に伝えるらしいよ、本で読んだ」

「いや、じゃあなんで願い何にしたか訊いたんだよ」

「そりゃ確かにそうだ」

そこでまた会話は終わる。なんだこの意味ない会話アゲイン。

せっかく二人きりになったこの時間、少しは弟の為、何か今後の人生の指針になるような会話をして言葉を授けられればよかったのだが、まったりした時間のせいか酒のせいかそれともそんなこと言える大した人間ではないからか、弟が求めている言葉なんて自発的には思いつかなかった。

「な、なんか困ってることある？」

結局、なんの工夫も武装もけれんみもなく、真っ向から訊いてみるっていう。

「何、突然」

「お姉ちゃんが聞いてあげようと思って」

「なんだよそれ。えー」

弟はこっちを見もせずに水割りをこくり。一応、考えてくれてるみたいだ。

「困ってるっていうか、帰ってくる度に、いつかは自分が父さん母さんと一緒に住んだ方がいいんだろうなとかは考えるけど」

「ま、マジかよ」

驚いた。そして戦慄さえした。

自分がただ甘やかされに、そして少しだけ弟を甘やかしに来てる間に、彼がそんなことを考えていたとは思わなかった。

「マジかって言うけど、いつかは考えなきゃ駄目でしょ」

そりゃそうだ、三歩だって両親が不老不死だと思ってるわけじゃない。でも、そんなのは遠い未来の話で、今考えるべきことじゃない気がして、加えれば考えることはいずれ来る両親の死を肯定することのような気がして、頭のすみっこに追いやってしまっていた。

「この家に住むのか、他に家建てるのかとかもあるし。でもあんまり父さん母さんの住環境変えるのもなあ」

そんな、こと、まで。

姉が、お母さんはみかんくれるー、お父さんはみたらし団子くれるーなんて思ってる間に。おいこいつ、ほんとに私の双子か？

「わ、私が住む可能性だってあるけどねっ」

こう、なんか、姉として能動性を見せておかなければと思い語尾を強めてみた。

「三歩は帰ってこないでしょ？」

「な、なんでだ」

「そんな気がする」

ぬぬぬぬぬっ、甘やかされてるだけだからか？　何も考えてなさそうだからか？　それとも最初から信用してないからか？　弟が言外に忍ばせた気がした強烈なディスの数々に、一瞬三歩はむむむむっと頭に血がのぼりかける。かける、というか実際に一回しっかり血がのぼったんだけど、すぐにフリーフォールのように下がっていった。弟が、意味なく自分を傷つけてくるとは思わなかったからだ。

「私そんなに羽ばたいていく感あるかなあ」

「羽ばたいていくかは知らないけど、どっちかって言うと三歩の方が、どこでも生きていけるよ」

なるほど適応能力があるって言ってくれてるのか。でも、そんなことないと思うけど。どう考えたって彼の方がどこでだって上手くやりそうだ。多少人見知りの部分があるのは知っているけれど、姉ほどではない。仕事で鬼軍曹に怒鳴られだってしてはいないだろう。何を見て、姉の方がどこでも生きていけそうだと思うのだろう。

「鈍感だからってこと？」

「……いや、むしろ敏感だからってことなんだけど」

「敏感？」

「説明難しいからいいや」

あ、逃げやがった。弟は水割りをぐいっと飲み干し、立ち上がった。彼はグラスを水で流し、食器洗浄機の中に入れる。

「三歩いつまでいるの？」

「三日に帰るよ、四日から仕事だから」

「そうかじゃあ今回は俺の方が一日早い。よかった」

「よかった？」

弟は冷蔵庫から五百ミリリットルペットボトルのお茶を取り出す。

「三歩がいてくれた方がやりやすい」

「………へえ」

三歩は間抜けな相槌だけうって、弟に対して何度か頷いてみせた。

弟と両親はとても仲が良さそうに見えるけど、きっとそういうのとは全く別の話なのだと、三歩にはなんとなく分かった。

彼は彼なりに、家族に気を遣う部分があるのだろう。

こういうのは、誰かが悪いということじゃない。問題、というほどでもない、別に、嫌、じゃない。でも解消されればちょっとだけ助かる。人と人が関わる時には、誰しもがどこかで持つベストな距離感への望みみたいなものがあって、それはほんの少しのきっかけで状況が良くなったり悪くなったりするものだけれど、家族相手だから無条件になくなるという性質のものじゃない。

実家に帰ってくる時、楽しみにしながらも、髪の毛四本ほど緊張してしまう三歩には、彼の言うことの意味が分かった。

「それはよかった」

本当によかった。

それは知らぬ間に、三歩の使命も少しは達成されていたということだ。

意図的ではないので、可愛がったり甘やかすというのとはちょっと違ってしまったけど。

「でもそう思うなら、もうちょっと私が言ったことにのってよ」

「流されてるくらいがいいんだよ、姉ちゃんは」

言いながら弟は二階にのぼる階段の方へと消えていった。前半の言葉は聞き捨てならないものがあったが、ちょろ三歩はふいに弟が使った姉ちゃんという言葉に、もーしょうがないんだからーとにやにやしながら自分もハイボールを飲み干してグラスを片付け、テレビを消し、一階の洗面所で歯を磨くことにした。

シャコシャコしつつ、弟を甘やかそうという使命感にかられていたけど今くらいが甘すぎなくてちょうどいいのかもしれないな、なんて思った。

そして入念にシャコシャコしてからガラガラペッとし、袖で口を拭いて、一つの思考にピリオドを打つような気持ちでなんとはなしに呟いた。

「それにしても可愛い弟だ」

心の底から出ましたというようなそれが、歯磨きをしに来た弟に真後ろで聞かれていて、言った本人を今年一年ベッドの上でのたうち回らせるようなことになるとは、あとコンマ数秒知る由もない。

麦本三歩はパーティが好き

麦本三歩にも幸せいっぱいな一日がある。日常の中ではそれなりに悲喜こもごも。ご飯は美味しいが仕事に行きたくない、天気は良いが今日も怒られた、楽しくラインをしていたら急に返事が来なくなった、などなど。悩みや悔やみが幸せを上回ることもあったりして、あんたはのんきでいいなあだなんて言われると「はあん？」となってしまう三歩にも、幸せいっぱいパワー全開、体の中が楽しいや嬉しいや大好きで満たされている日がある。実はそんなに通ってない三歩にもドリがカムするような一日がある。

誕生日？　まあまあまあ。

クリスマス？　子どもの頃はね。

バレンタイン？　私がチョコ食べられる日じゃねえじゃん。

一年に一回必ず来るようなのじゃない。もっとレアな日。希少価値が高い日。色々な事情がきちんと噛み合わなければ実現しない日。

三歩が全身で幸せを体験できるその日は、そのイベントは、結婚パーリーである。

時は、三歩が実家で過ごしただらだらぽよぽよ年末年始から三ヶ月ほど遡る。今日も頑張って仕事したたした舌平目っのムニエルってよく聞くけど食べたことない〜♪　と適当にもほどがある鼻歌を奏でながらエプロンを脱ぐ三歩に、お声がかかった。

「三歩ちょっと外でいい？」

「え、へいっ」

久しぶりの江戸っ子じゃない。噛んだ。

怖い姉貴からの呼び出し、なんかやらかしただろうか、ついに図書館裏でぼこられるのだろうか、それならせめてその時間も時給にしてほしいもうタイムカード押しちゃったぞ、と三歩は舐めたことを思ったのだけれど、違った。

「私、結婚することになったんだけど」

「え」

駐車場で、自分が乗ってきたバイクの横に立ち、ちょっとだけ照れくさそうに、かつ、照れくさそうにする方が恥ずかしいからその照れは隠したい、というような感じの先輩の淡泊な報告を受け止め、三歩は一回フリーズ。なんとなく一回、自分の眉毛を触ってから、三歩は悲鳴をあげた。

「えんんんん」

泣くほど喜んだわけでも好きな人の結婚に悲しんだわけでもない。シンプルびっくり悲鳴をあげたら、まるで最初から三歩の行動を予期していたかのような先輩に口を押さえられた。危なかった、止めてくれなければ三歩の口からはあのうるさい友人もかくやという大音量が飛び出し、あわやその声で人も建物も吹き飛び、天候は荒れ狂い、世界に氷河期が訪れるところであった。公共の場でうるさい友達が叫び始めた時の三歩のイメージの話である。

「うるさいっ」

「す、しゅみません、でででも、お、おめでとうございまっ」

興奮しすぎて最後の「す」はどこかに飛んで行った。

「ありがとう」

「一緒に住んでる方ですよね！　めでたいぃ」

言ってから、やべっもし違ったら舌を嚙むしかない！　と思ったが、怖い先輩は「うん」と頷いてくれた。危なく三歩、平目より先に自分の舌を食べるところだった。

「それで、親族集めての結婚式は地元でやるんだけど、二人とも職場はこっちだし、友達もこっちの方が多いから、いわゆる結婚式の一・五次会っていうのをやろうと思ってるんだ」

「な、なんのテンゴなんですか？」

「披露宴より砕けてるけど、二次会よりもきちんとしてる、みたいな意味なんじゃない？」

「ほほう」

「まあ、名前はいいよ。それで、よかったら三歩も来てくれないかなと思って」

「ほーーんんん！」

でかすぎる声が出たと分かり、今度は自分で口を塞ぐ三歩。それでも駐車場を歩いていた学生三人組にめっちゃ見られてしまった。ひとまず一回会釈しとく。無視された。

それより。

「行きます！　すぐ行きます！」

「すぐじゃないけどな」

候補の日程をいくつか聞いてみると、数ヶ月先、しかも年明け、すぐじゃない。なーんだ。

「それはそれは楽しみにしておりおります」

何やら一回多かったが、とりあえず大人として、先輩の前では冷静さを取り戻したそぶりを見せられた、つもり。

ただなんせ一度沸き上がったテンションをそう簡単にはおさめられなかった。完全に持て余した三歩は、その夜お惣菜のコロッケをいっぱい買って死ぬほど食べた。スーパーで半額だった。揚げたてもいいが、揚げてから時間の経ったふにゃふにゃのコロッケも好き。チンしてもしなくてもいい。常温の何やらとぺっとした食感も良きなのだ。

いやコロッケの話はいい。コロッケも大事だが、今はいい。

とにかく三歩はその日から怖い先輩の結婚パーティを心待ちにすることとなった。

先輩はその後も図書館の面々一人一人と対面で、きちんと結婚の事実をお伝えしていた。実は自分よりも先に怖い先輩の結婚を伝えられたメンバーが数人いたと知った三歩は、私が最初の女じゃなかったなんて！　とむくれていたこともあったけれど、パーティまでの尽きぬモチベーションをどうにか消化する為の遊びだったので、当然順番とかはどうでもよかった。

どんな服装で行くか優しい先輩と相談したり、日本でこういうのに行くのは初めてだという後輩ちゃんと会場になるレストランのホームページを見てきゃっきゃしたり、「結婚相手の男性はあざとくこけたり嚙んだりしない？　名前に数字ついてない？　あんたはそういうのに捕まる星のもとに生まれてない？」と言っていたおかしな先輩に「しゃーっ」と威嚇もしていたら、意外にも日々は早く過ぎ、当日は三歩が最初想像していたよりも結構すぐ来た。

その日の朝、三歩は目覚めると同時に「ついに来たっ！」と叫んでしまった。

思ったよりも大きく出た声が外にも響いたのか、反応するようにカラスがカーッと鳴いた。きっとお隣さんにも聞こえてしまっているだろう。届かないが両側の壁に向かって手を合わせて謝る。ごめんなさい。

しかしこのテンションは止まらんぜ。と、朝ご飯を食べて歯を磨き、そわそわとしながらこの日の為にクリーニングした辛子っぽい黄色の袖有りワンピースドレスをクローゼットから出す。ベッドの上に広げてみれば、しわ一つない見事な仕上がりに感動した。ほとんど持ってないし滅多に着ないが、それはこういうフォーマルな服が嫌いという理由からではなく、機会がないから。綺麗な服を着て出かけられるというのもまた、今日の三歩の気分を上げる。

とはいえパーティは夜、ヘアメイクのため美容室へ出かけるまでにもまだ時間があったので、三歩はいったん服をクローゼットの中にしまう。ベッドの上に出してなんかいたら、忘れて寝ころびしわをつけてしまうかもしれない。

今日明日、三歩はシフトの都合上、珍しく二連休。そこに結婚パーティへの出席なんていうイベントを入れられるとは鴨がねぎしょってやってきたみたいだと思ったものだがことわざの使い方が違う。ただ今日になって考えてみると、そわそわの止まらないこの気持ちの持っていきどころが分からない。仕事くらいしていた方がよかったかもしれない。読書にもソシャゲにも身が入らない。

結局、出かけるまでそのそわそわはやまず、そのくせお昼ご飯だけはお米を一合半使った天津飯を作ってお腹いっぱい食べた。夜がオシャレなイタリアンだからあえて胡椒入れすぎ粗めな味付けにした。あえて、って言葉は失敗を隠してくれる、と思って仕事中にあえてって言いまくってたら怖い先輩からしばかれたことある。今日はお互い、しばきしばかれる関係はなしにしたいものである。

いよいよ日も傾いてきて「ついに来たっ」と今度は控えめに呟いてから、三歩は改めてワンピースをクローゼットから出し早速身に着けた。それから化粧をしていなかったことを辛くも思い出し急いで取り掛かる。そわそわしてるうちにしとけばよかったとその通りのことを思いながら、いつもよりちょっとだけしっかりめにお化粧をして、久しぶりに出してきたパーティバッグにスマホとか財布とか潜影蛇手したら準備万端。最近YouTubeでよく見てる。

さーてレッツラゴーと思って玄関まで行き、これまた滅多に履かないヒールのあるパンプスを出したところで今が一月であることを思い出す。ワンピース姿ではいくら基礎体温の高い三歩でも死んでしまう。一度リビングに戻ると暖房がつけっぱなしで、これは結果的に海老で鯛を釣った形だと思ったがことわざの使い方が違う。基本的にことわざを食べ物で捉えている三歩、コートを着てから暖房を消して改めて出発進行。三歩は今日というはれの日に間違っても寝ぐせなんかを残さないよう、行きつけお安め美容室へと向かう。

「お上着お預かりいたします」

「あ、ありがとうございやす」

噛んだ。

エントランスで、受付と会費の支払いを済ませるや近づいてきたタキシード姿のお兄さんに上着を預け、番号のついた札を受け取る。

生の店内を見回せば、そこは普段なら前を通るだけで自分の寝ぐせが恥ずかしくなるような素敵レストラン。若干怖気づきつつ、三歩はフロアに足を踏み入れる。今日は大丈夫なはず。なにせプロに任せたのだから。

「三歩さん、足大丈夫ですか？」

「あ、う、うん、大丈夫」

横から、髪ではなく足への心配の声がかかった。先ほど、到着のタイミングが一緒だった後輩ちゃんと共に階段をのぼってくる途中で、さっそく距離感をミスって一段踏み外し、膝を強打していたのだ。レストランが二階だったのと、慣れないハイヒールがあだとなった。図書館でなら、うわーやられたーとのたうち回ってもよかったのだけれど、床の絨毯《じゅうたん》と周りの皆さまの視線が三歩の膝と心を支えた。

大丈夫大丈夫、いつもこけなれてるし。膝はだいぶ丈夫になっていることだと思う。その証拠に折れてないし血も出てない、あざにはなってるかもしれないけれど、幸いワンピースで見えてない。

いや、膝の話はいい。膝も大事だけど、今はいい。

店内は既にたくさんの人々の話し声で賑わっている。この声が全て祝福の心から生まれていると思うと、三歩はその実体のない幸福感に身震いした。アドレナリンの分泌が痛みから三歩を守ってくれている。

レストラン内では席が決まっているので、着いたら中で店員さんに声をかけなさい。そう先輩から教えられていたのだが、その必要もなく、知った顔達を見つけた。後輩ちゃんと一緒に小さく手を振りながら、先輩達の待つ真っ白いテーブルクロスがかけられた長方形のテーブルに近づく。

「お疲れ様ですー」

「二人とも可愛い！」

到着早々優しい先輩から褒められた。三歩はでへへっと笑う。後輩ちゃんも照れ笑い。横に立つ彼女のドレスは濃い緑で、三歩の目から見てもデザインや色合いが長身によく映えている。ばえ。

「皆さんもとっても素敵ですっ」

ここですぐそう返せる瞬発力が三歩も欲しい。欲求があるということは足りないということだ。

後輩ちゃんの言ったように、先輩方も、今のところ来ている中で男性一名はスーツ、女性三名はドレスと、普段は見られぬフォーマルモードで新鮮。褒めてくれた優しい先輩のドレスは水色のワンピースに白いボレロを合わせた清楚系。

「席はどう、しましょ」

本日、図書館からの参加者は計八名。

ちょうど八人用のテーブルに、既に到着していた優しい先輩を含めた四人が、間を空けて座っている。こういう時に座るべき席が、三歩にはまだあまり分からない。なんとなく年上が上座なのだろうということくらい知っているが、上座がどこかもよく分からん。あ、でも男性リーダーが奥に座ってるからひょっとしたら年齢ではなく図書館での立場なのかもしれないし、ってか着いた順に詰めて座ってくれればいいのに。

迷っていると、優しい先輩が「みんなそれぞれの感覚で適当に座ってるだけだから大丈夫だよー」と教えてくれた。お前のセンスを問うと言われた気がして余計難しくなった。

年上として後輩ちゃんに何かしら大人の作法とセンスを示してあげたかったが、なんのことはなく端っこに座っていた優しい先輩の前の二席が空いていたので、二人でそこに座ることにした。

「三歩ちゃんここの料理美味しいんだってよ」

「でへへ」

思わず心のいやしい声がそのまま出てしまった。

そうなのだ、さっきから店内にチーズみたいな匂いや、野菜の焼けるような匂いが漂っている。ワンピースにこぼさないようにだけ気をつけねばならない。エプロンが欲しいところだが、そういうのはお店がくれたりするのだろうか。それともこういう会でこぼすほどがっつく人っていないのだろうか。え、でも、せっかくの本格のイタのリアンですよ？

「あの子も旦那様も友達多いんだねえ」

優しい先輩にそう言われ、三歩は嗅覚だけに集中していた能力を視覚にも分け与える。周りを見回すと、見回すまでもなく、来た時から会場にはたくさんの人々が溢れている。あの怖い先輩がどうやって友達を作ってきたのか気になる。更に言えばどうやって男性と付き合うまで持っていき、そして結婚しようなんて約束を果たしたのか、めっちゃ気になる。めっさ気になる。めっさってどこの方言だ？

とりあえず、他の人の前ではあんな怖い顔しないんだろうと思うとなんだか三歩は笑えてきて「あはは」と声に出した。

『えー、あ、あ、皆さまこんばんは。もしよろしければこの間にドリンクをお選びください。そちらのカウンターの方で各自ご注文いただく形となっております。ソフトドリンクの提供もございます。新郎新婦入場後もご自由にドリンク注文に立っていただいて大丈夫なのですが、正直、少しの間は立ちにくい雰囲気になりますので、どうぞ余裕を持ってドリンクの確保をお願いいたします』

マイクを通して突然鳴り響いた、聞き心地のいい音声に、会場内で軽い笑いが起こった。あれが今日の司会のお姉さんか、と、マイクを握ってトイレの場所や喫煙スペースについても解説してくれている女性を三歩は確認する。ドレスはクリームっぽいベージュ色。彼女は怖い先輩の大学時代の友人らしい。あんな上品そうなお姉さんと一体どうやって友達になったのか気にな（略）。

みんなで行こっかという雰囲気になり、ドリンクゲットの為に席を立つ。マイクに促され、ぞろぞろとカウンターに向かう人々の波に乗って、やがて並べられたたくさんのグラスの前に辿り着いた。十種類ほどの飲み物の中から好きなものを取っていく形式。三歩がうぬぬっと迷っているとカウンター内でグラスにビールを注いでいるお兄さんが「並んでいないものもお作り出来ますのでおっしゃってください」と、メニューを指し示してくれた。なんとますます迷わせる。

皆が何を取ったのか参考にする為に周りを確認するも、既に図書館メンバーは一人もいなくなっていた。置いていかれた！　慌てて細長いグラスに入ったスパークリングワイン？　多分そうだろうと見た目で判断して手を伸ばすと、横からグラスを取られた。どこの誰だ意地悪さんめ。ついその手の方向を見る。

「働いてない三歩に飲ませる酒はねぇ」

いたのはおかしな先輩だった。

「本物だっ」

「何が？」

「い、いえ、つい」

あーびっくりした。意地悪さんご本人登場って気持ちになってつい口走ってしまった。

でへへっと笑いながら三歩は店員さんが新たに注いでくれたスパークリングワインを持ち、

おかしな先輩と一緒に席に帰る。すると、テーブルには図書館メンバー全員が揃っていた。いつの間に追い抜かされたのだ。「お疲れ様ですー」「さまですー」と挨拶を交わし席に座る。おかしな先輩は後輩ちゃんの正面、優しい先輩の隣に腰かけた。ちなみに彼女の服装は紺色のパンツスタイルドレス。三歩達よりも一段大人って感じの着こなしだ。性格はどこが大人か分からんけどな！

さて皆揃ったけど、料理はいつ来ますか？

「三歩ちゃんもうすぐ乾杯あるよっ」

食べ物のイメージを肴にするかのごとく早速グラスにつけた口を、優しい先輩の口で止められた。揺れたグラスから一滴、テーブルクロスにこぼれる。あーあーあー。立ち上がり、フォークやナイフが置かれているスペースからおしぼりを持ってきて、テーブルクロスを拭いた。どうやらワンピースは無事だ。そうか、そりゃあるよね、乾杯。

「ありがとうございます。きょ、こういうの慣れてなくて」

「ううん、誰に怒られるわけじゃないけど、最初の一口は新郎新婦とみんなで飲んだ方が美味しいかなって」

うふふっと笑う優しい先輩。そうだその通りだ。味が変わるわけじゃないけど、その時の一口にはもっと幸福感が詰まって美味しいに決まってる。ふう、危ないところだったぜ。大人で優しい先輩に感謝感謝。

ひとしきり先輩達や後輩ちゃんと雑談をしていると、やがて会場内に流れる音楽が少し大きくなった。

『皆さま、それではまもなく、本日のパーティを開会させていただこうと思います。お立ちの皆さまは一度席におつきいただきますようお願いいたします』

おお、このタイミングで音楽大きくなるなんてライブの始まりみたいだ、と三歩は思った。皆がいそいそと席につき、それから司会のお姉さんがおほんと咳払いをしてから再びマイクを口元へ。

『本日は皆さまお忙しい中ご出席いただきありがとうございます。新郎新婦になりかわり心よりお礼申し上げます』

お姉さんは自分の名前を名乗り、深々と頭を下げる。いえいえそんなそんなと三歩もぺこり。

本日の料理が大皿での提供スタイルであることの説明、改めてドリンクの案内、その他諸々のルール解説が終わった後、『それでは』とお姉さんは大変にもったいぶった言い方をした。

『長らくお待たせいたしました。本日の主役、新郎新婦の入場です。皆さま、盛大な拍手でお迎えください』

照明が少しだけ暗くなり、流れていた音楽が止まって、今までよりも更に祝福感のあるピアノ曲に切り替わった。三歩にはクラシックへの造詣はないがその曲は聞き覚えがあった。きっと相当に有名なものなのだろう。ちなみにパパパパーンのやつではない。

場内の空気が、幸せに震えていると思った。

やがてお店の奥に照明があてられ、ってこのレストランすごいな、というのはいいとして、光の終着点にあたるドアが開き、そこから純白のスーツを着込んだ長身の男性に寄り添うように、真っ白なドレスで身を包んだ見慣れたはずの女性がはにかみながら出てきた。

巻き起こる拍手。一歩一歩、二人が自分達の席までの道のりを歩く度に、曲がクライマックスに向かうかのごとく拍手の音は大きくなっていく。

その拍手の波に、三歩は、数秒乗り遅れた。

「綺麗」

三歩の口から、誰に伝えるでもなくこぼれた。

先輩が着ているドレス、全体的なデザインはウエディングドレスにしてはシンプルなものと言えるかもしれない。ハイウエストの位置についたレースのリボンから切り替えがあり、スカートは膨らまず自然に流れている。それが先輩のスリムな体に無理なくはまっている。披露宴ではないからだろうか丈は短く、それが煌びやかなウエディングシューズを強調していた。三歩が後で調べたところ、胸の位置に切り替えがありスカートが主張しすぎないあのデザインをエンパイアライン（「名前がかっこいい」）、くるぶしより上までのあの丈をミモレ丈（「名前がきのこっぽい」）というらしい。

ドレスめっちゃ綺麗だ。いやもちろんそれを着る先輩もめっさ綺麗だ。だからめっさって？

時が止まったように見入ってしまって拍手をサボっているようだった三歩を、気にしているものは一人もいなかったが、ハッと我に返り、慌てて三歩も全力で拍手する。手が爆発してもいい。いややっぱだめだこのあと美味しい料理が食べられなくなる。

新郎新婦が二人横並びの席に辿り着く。拍手が鳴りやむのを見計らい、司会のお姉さんは『それでは、新郎新婦のお二人から皆さまへご挨拶をお願いします』と言ってマイクを怖い先輩の旦那様へと手渡した。もう乾杯だと思ってグラスを持ち上げていた三歩はキャッチアンドリリース。

こういうのは慣れてない、と言いつつ、先輩の旦那様は元滑舌同好会の人なのかと思うくらい歯切れよく来場者にお礼の言葉を述べた。三歩は、へーいいスピーチ持ってんじゃん、という滑舌同好会先輩のような賛辞を心の中で贈りつつ拍手をした。

次は三歩の先輩の番。

「えー」

マイクの音量をチェックしようとしたのだろう先輩のその一言で、三歩は彼女の声がいつもと違うことに感づいた。

「本日は貴重なお時間をいただきありがとうございます。新婦側は学生時代の友人達や、職場の先輩、同僚の皆さんにお越しいただいています。私達二人にとって大切な方達と今日という日を過ごせること、心から嬉しく思います。短い時間ではありますが、お料理や会話を楽しんでいってください」

先輩の声色は対外用でいつもより少し高くて、もちろん三歩を怒鳴る時のような迫力はどこにもないんだけど、そういうＴＰＯに合わせたのとは別の部分、彼女が体の中に持っている地の声がこの三年弱のいつ聞いた時とも違う気がしたのだ。あ、いや、一回だけあるかもしれない。あれは、三歩が初めて怖い先輩の家にお邪魔して、内緒の話を聞いた時。

二人の挨拶が終わり拍手をしていると、いよいよ乾杯の時が来た。司会のお姉さんに呼び出されたスーツの男性が、こちらもやはり滑舌同好会出身なのかはきはきとした声で自己紹介と挨拶、お祝いの言葉、そして全員の手元にグラスがあるかを確認する。もしなくても私なら言い出せないな、とエア乾杯する自分を想像しつつ、三歩はリアルグラスを持ち手触りと重みに安心した。

「それでは改めて、本当におめでとうございます！　乾杯！」

かんぱーい。

くいっと一口、酒の値段は分からんけど美味しい良いやつっぽいスパークリングを飲んで、みんなで拍手。三歩は幸せのおすそ分けを噛みしめる。それにしても結婚パーティ、手の平を酷使するイベントだ。さっき爆発させなくてよかった。

『それではしばしご歓談ください』

司会のお姉さんが言うや否や、キッチンから無数（ちゃんと数えたら七人）の店員さんが大きなお皿を両手に持った状態で飛び出してきた。うおーいよいよか、高鳴る三歩の胸と腹。こっちもとってても楽しみだった。もちろんお祝いに来てるんだけど、新郎新婦も楽しめって言ってたし、主役のお願いは聞いてあげなきゃ。

何も来ていないのに手元のフォークとナイフを両手に構えて前を向くと、グラスのふちを親指でなぞっていた優しい先輩と目が合った。色っぽ。

「あの子、緊張してたね」

うふふっと笑った優しい先輩の言葉を聞いて、三歩は思わず、「あーそういうね」と言ってしまった。タメ口。すぐに「あ、いえそんな、ふみません」と噛みながら謝る。

「先輩の様子、いつもと違うなと思ってたのですが、謎が解けました」

なるほど、あれが怖い先輩の緊張なのか。どうりで滅多に見ないはずだ。それが結婚パーティと彼氏のことを後輩に話す時に緊張って、おい可愛いとこあんな！

にやにやしながら司会の女性と打ち合わせかなんなのか話している新婦を見ていると、店内に充満する美味しそうな匂いがいっそう濃くなった。ついに三歩達のテーブルにも料理が到着したのだ。いやー、新郎新婦見ながら美味しいもの食べられるって、結婚パーティは花見みたいなもんだなー。失礼なのか誉れなのかよく分からないことを思いながら、三歩は料理が自分のところまで回ってくるのをのんきに待った。

三歩がスマホのシャッターを切りまくったケーキ入刀やファーストバイトも終わり、怖い先輩の友人であろうお姉さん方に「あなたが三歩さん？」と訊かれ「え、あ、お世話になっております」と答えるとお姉さん達が一瞬目を見合わせてから「お噂はかねがね」と言ってくれて嬉しいけど一体何を？　とひっかかるイベントも終わり、コースもお魚料理まで運ばれてきた頃、新郎新婦はお色直しの為にいったん退場した。

会場では怖い先輩と旦那様の地元で行われた親族だけの結婚式ＶＴＲが流れている。そちらの結婚式は神社で行われていて、新郎新婦は和装。はーえらいべっぴんさんやねーと親戚のおばちゃん気分で動画を見る三歩。テーブルの皆は料理を食べながら見ているのだが、三歩の前にはない。いじめられてるとかではない。ペースを調節出来ないだけ。

映像が終わると待ちわびたお肉料理が運ばれてきて、先輩方の配慮で一番大きいのを貰う。後輩ちゃんが苦手だという付け合わせのカリフラワーを奪い取っていると、司会のお姉さんの声が響いた。おっとここでお色直しした新郎新婦の登場だー。全員がフォークとナイフを下ろす様子が見えなかったわけじゃないのだが、三歩は素早い動きでステーキの端っこを切って口にねじ込んだ。うめ。まもなく衣装を替えた新郎新婦への拍手が巻き起こり三歩もフォークとナイフを下ろしてそれに参加する。鼻差の勝負だった、あぶね。目の前の優しい先輩が噴き出してる感じが伝わってくる。こらっ新郎新婦ご入場のタイミングですよ！　とこちらは清楚に上品に肉をもぐもぐした。

現れた怖い先輩の二着目のドレスは鮮やかな赤いもの。先輩のきりっとした顔つきにとてもよく似合っていて三歩はまたうっとりした。旦那様はジャケットを脱ぎ、少しラフなベストスタイル。こちらもよく似合っていた。

『ちなみに司会からの出すぎた余談なのですがこちらのドレス、新婦が別に着替えなくていいと言ったところ、新郎が、色んな服の綺麗な君が見たいから、とお選びになられたそうです。どうぞ皆さんお幸せなお二人を是非カメラにおおさめください』

へー！　っていう三歩の感想は二人のエピソードに対してと、司会のお姉さんのいじりも出来る司会能力に対してだった。全日本司会組合の方ですかね。お姉さんからのお願いなら聞いてあげたいので、三歩は新たな装いになった新郎新婦の写真をスマホでカシャカシャ撮った。司会のお姉さんも三枚撮った。

この後は、新郎新婦の二人が各テーブルを回ってみんなと写真撮影タイムということだった。ちょっと緊張してくる三歩。彼女達はまず新郎の同僚や上司が着席しているらしきテーブルに向かう。自分の心をやわらげる為、三歩はステーキをばくばく食べた。いつまでもうまっ。

新郎新婦が次のテーブルに移動してるのを見て、皿を空けた三歩はこの隙にトイレに行っときたいと思い立つ。実はわりと前から我慢していたのだがタイミングが見つからなかった。出来れば新郎新婦との写真はなんの気がかりもなく撮りたいものだが、いつこの席に来るのかあまり経験のない三歩には想像がつかない。こっそり目の前のお姉さまに訊いてみる。

「今のうちにお手洗い行ってもいいですかね？」

「ああ、いいんじゃないかな。新婦の職場テーブルだし順番後ろの方だと思うよー」

何故新婦の職場だと後ろなのか、大事な大事なお姫様と一緒に働いてるんだが？　とちょっと思った三歩だったが、今はありがたかったのでトイレに立つことにした。他の人は新郎新婦に注目してたり雑談してるので誰も気にしないだろう。

ひょっとしたら、許しを出した時点で優しい先輩は予想していたかもしれないし、横で聞いていたおかしな先輩あたりもそんな気がしていたかもしれないが、なんかこう間が悪い人っているよねってことで。

三歩がトイレに行ってきちんと手を洗って強風で手を乾かしながら「うおー」って言って帰り際についでだから飲み物も貰っていこうと思い白ワインを手に取り、自分の席の方を見ると、そちらに移動している新郎新婦の姿が見えた。

ええええっ先輩の嘘つきっ。

急な事態に焦って、とてててっと駆け足になった四歩目だった。

慣れないハイヒールパンプスで踏み出す足の角度が微妙にずれてしまい、右足が左足にひっかかった。

「ちょっ」

こんなところで大転倒はまずい！　そう思って三歩は声を出すことも厭《いと》わず全身でバランスを取りにいった。ダンッと音をたてて右足を前方に踏み出し、脆弱な筋肉を使って踏み留まろうとする。体操選手って着地の瞬間こんな気持ちかなー！　と微スローモーションの中で余計なことを考えているとそのイメージが功を奏したのか、三歩はなんとか結婚パーティ中に一張羅でこけるという惨事を回避したと思った瞬間横にぽてっとこけた。

割ってはならぬとグラスは高く掲げ、死にゆく間際に神に捧げものをする人みたいな倒れ方をして守り抜いたものの、中身はすっかり空っぽだった。

幸いワインの届くところに人はいなかった。床に撒き散らされているだけで、三歩はまだ確認どころではないが自分のお洋服も無事。

しかし三歩が出した声と音はパーティの時間を一時的に引き裂いた。

皆の注目を集めて、倒れたまま三歩は固まってしまう。

そうしていると素早く店員さん達が駆け寄ってきてくれて、腕を取って起こしてくれた。それから三歩自身や三歩の服、周囲の人々の被害を確認してくれていたのだが、三歩は受け答えをしながらも彼らの方を見ていなかった。

新婦と、不自然なくらいにばっちり目を合わせていた。

「ごめんなさい」

噛まなかった。しかし囁くほどにしか出なかったその声では届かなかっただろう。グラスは割らなかったが空気を割ってしまった。心から申し訳ないという気持ちが口の動きの邪魔をした。ちょっとだけ、怒られるという恐怖もあった。

ずっと目が合っていた気がしていたのだけれど、実際には数秒だった。三歩の謝罪が口の動きで伝わったのかどうかは分からないが、綺麗なドレスに身を包んだ怖い先輩は三歩の予想通りの反応はしなかった。

いつものように怒ることも睨むこともなく、笑顔になって首を横に振った。そうしてすぐに新郎と一緒に歩いて、図書館チームテーブルの横にあったテーブルの前に移動し、歓談を始めた。

床に穴掘って飛び込みたくなった。

しかしその前に店員さんがきちんと量の入ったワインを持ってきてくれたので、お礼と謝罪を伝えて受け取り、おずおず自分の席に戻った。優しい先輩が「大丈夫？　怪我なかった？」と訊いてくれて、後輩ちゃんが「ドンマイですっ」と声をかけてくれて、おかしな先輩が「やっちゃったなー」とその通りのことを言ってきた。

既に起こったことをしょげても仕方がないのだが、三歩は分かりやすく落ち込んだ。大切な会の空気を一瞬とはいえ壊してしまった。

先輩になんだあいつと思われてしまったことだろう。呆れられたことだろう。だから怒られなかったのだと三歩は思った。先輩の笑顔は、こんなところでまでやらかすなんていくら怒ってももう仕方がないんだ、そういう表情のように三歩の目には映った。それはとても辛いことだった。

そして同時に三歩を落ち込ませているのは、いつも一緒にいる先輩からの評価だけではなく、周囲の知らない人々になんだあいつと思われたであろうということだった。

自身の見栄ではない。

恥をかかせてしまうと思った。今、自分は新婦の招待客として来ている。あんな奴が後輩なんだという恥を怖い先輩にかかせてしまうんじゃないかと、心配で仕方なかった。

空気に溶け込もうと背中を丸め身をちっちゃくちっちゃくしてお皿を見つめていたのだが、三歩の顔が残り一センチほど落ち込みで染まりきる前に、ほっぺをムニッと摘まれた。

「うぇ」

「焦らず大人しく行動しろって、ずっと言ってんだろ」

見上げると、そこにはドレス姿の怖い先輩と旦那様が立っていた。先輩はこちらをキッと睨みつけていた。

その目に、どれだけ三歩が安心したことか。

「ごめんなさいいいいいい」と三歩がほっぺたを伸ばしたまま謝ると、怖い先輩は指を放し、いつもと違って怒りの名残を表情に一つも残さず、ニッと笑った。

「私以外が新婦の時にへましなきゃいいよ」

「うー」

先輩から素敵な言葉を受け取ったのに、三歩は唸って身もだえするしか出来ない瞬発力のない後輩だった。

許された安心と、まだ残る罪悪感と、なんかすげーかっけーこと言うーやっぱりこの人は私の彼氏だったのでは「ちょっと待ったー」って言うなら今だという錯乱が混ざり、どうしていいか分からなくなったのだった。

そんな三歩のことは無視して、怖い先輩は目上のメンバーから順番に旦那様に紹介していった。

「さっきこけてたこの子が麦本三歩。後輩」

最後から二番目に紹介されて三歩は「さ、先ほどはすみまへん」と旦那様に座ったまま深々と頭を下げた。関西弁じゃない、噛んだ。

旦那様は「大丈夫でしたか？」と気遣ってくれて本当に申し訳なくなる。これ以上心配をかけないようにと心掛けた結果、「いつものことなので」と余計奥様の職場に不安を抱かせるようなことを言ってしまった。

先輩が一番下の後輩ちゃんまで紹介し終えてから、女性陣は口々に先輩自身や先輩のドレスの美しさ、旦那様や会場についてを褒めた。先ほどのことがあるので控えめながら三歩も称賛の言葉を口にし、本心だったのだけれど、マジトーンで「綺麗」と言っていたのを優しい先輩からばらばらされたのはちょっと恥ずかしかった。

それから図書館の皆と新郎新婦で並んで写真を撮った。プロのカメラマンさんが何枚か撮ってくれて、データを後で貰えるのだという。そういえばごついカメラを持ったお姉さんがいるなとパーティの最初から思っていた。ふと気になった三歩は、後でこっそりとカメラマンさんに近づき、「こけたシーン撮ってたら、あの、消しといてくださひ」と伝えたところ、きょとんとされた後に笑われた。どうやら三歩の恥ずかしい瞬間は切り取られていなかったみたいでよかった。

希望者は花嫁とのツーショットをそれぞれのスマホで撮ってもらって、図書館チームと新郎新婦は一回お別れとなった。後で全員集合写真を撮るまでしばし。

席に座って、自分のスマホの中に記録された怖い先輩と初めてのツーショット写真を確認する。緊張している三歩の両肩に先輩が両手を添えて笑っている写真をぽけっと見ていると、目の前で優しい先輩のくすっが聞こえた。

「私の結婚式の時もこけていいよ」

「私の時もいいですよ三歩さんっ」

「私は呼ばないから大丈夫だよ」

先輩二人と後輩ちゃん一人が三者三様に励ましてくれた。最後のが励ましなのか本心なのかはちょっと三年弱付き合った三歩にも判断のつきにくいところではあるが、ひとかけらくらいは励ましがありそうだったので、「よ、呼んでくださいよ」と控えめにツッコんでみせた。口には出さなかったけれど、そんな先輩も含めて、自分は職場の仲間に恵まれたんだと、三歩は思っていた。

改めて写真を見て、三歩は同じことを二度とすまいと決心する。本当にしないかどうかはともかく、決心することが大切だ。

先輩ご結婚の幸福感にプラスアルファ、三歩は個人的な決意や幸せも存分に握りしめた。


次の日の三歩の激闘は後で知ってもらうとして、結婚パーリー余韻を引きずりながら、彼女は変わらず図書館で働いていた。怖い先輩から怒られるのも変わらず嫌ではあったけれど、ドレス姿を思い出すだけでにやりと出来たので心の武器となった。

そんな三歩の心を、いつもの何倍も揺らす出来事が起こったのは、二月のはじめ頃だった。

図書館には、三歩達閲覧スタッフの他に大学の職員さんが常駐している。閲覧室などで利用者と関わることはなく、常に事務室にこもって仕事をしているので存在を知らない人がほとんどだろう。三歩もこの図書館で働くまで彼らのような存在がいることを知らなかった。

三歩達の図書館内で、大学職員さん達の部屋は最上階にある。この日、三歩は郵便屋さんがカウンターに置いていってしまった事務室宛て書類を正しい場所に届けるべく、階段をのぼった。

もの届けるのが目的のゲームがあるらしいけど面白いのかな、そんなことを思いながら書類を手に最上階へ。閲覧室の端っこ、厚い扉に塞がれたその場所の前に立ち、職員室に入るような緊張感を持ってドアノブに手をかける。

「失礼しまつ」

噛みながら扉を開けると、そこにはいつもいる仏頂面の職員さん達とは別に、三歩達閲覧スタッフの統括を担っている外部の女性スタッフさんがいた。

それから、怖い先輩もいて二人は真面目な顔で話していた。

「あれ」

三歩の口から思わず出た言葉は、怖い先輩がここにいることに対してだった。今日はシフトに入っていないなかったはず。

「ああ、三歩」

「麦本さんこんにちはー」

統括スタッフさんから挨拶をされたので「こんにちはー」と返す。不思議には思ったけれど、この場で世間話するわけにもいかず、書類を事務室の奥にいる大学の職員さんに渡して大人しく仕事に戻ることにした。

「有給ってあと何日くらい残ってるか今分かります？」

そんな先輩の言葉が聞こえたので、なるほど有給の話かと思って「失礼しました」と三歩は事務室を出た。

いそいそとカウンターに戻ろうとしたのだけれど、閲覧室を数メートル歩いたところで急に思い立って事務室へと踵を返した。

この前早退したんですけどそれって後から有給扱いに出来ます？　って統括スタッフさ

んに訊こうと思ったのだ。とはいえ先輩達の話の邪魔をするわけにはいかないので、後でカウンターに寄ってもらえるよう頼んでおこう。

来た道を引き返し、三歩は、二回も失礼しますーという気持ちを込めて扉の前で一度頭を下げ、それからドアノブにまた手をかけ扉を開けた。

「それでは残り短い期間ですがよろしくお願いします」

そんな声が聞こえて、統括スタッフさんが怖い先輩にお辞儀をしているのが見えた。えっと思ったけど、二人がこちらを見たので、三歩は歩み寄って統括スタッフさんの名前を呼んだ。

「ゆ、有給のことについて訊きたかったんですけど、や、辞められるんですか？」

にしてもなんでわざわざ閲覧スタッフ個人を休日に呼び出して報告を？　集めてやったらいいのでは？　と三歩が思ったのは、本当に、予期していなかったからだ。

統括スタッフさんが怖い先輩をちらりと見たので、三歩も先輩を見た。

先輩は今まで三歩がどんなミスをした時よりも困った顔をした。

呆れや憤りではなくて。

「あー、うん、みんなにはまだ内緒なんだけど」

そんな先輩の顔を三歩は初めて見た。

悪い予感は、持たなかった。

「子どもが出来たんだ。だから、年度が替わる三月までで、図書館を辞める」

「…………え」

おめでとうございます、その一言を思い描いたのに、三歩はすぐ口にすることが出来なかった。

麦本三歩は楽しい方が好き

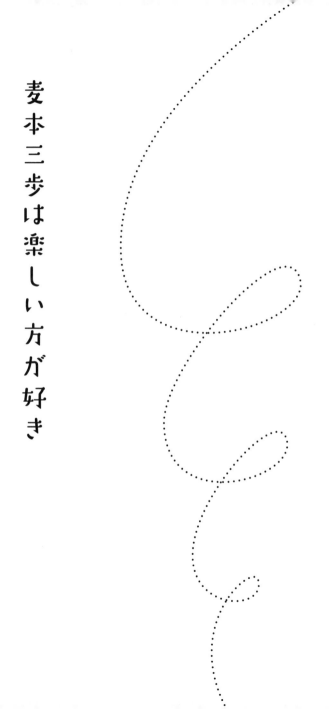

麦本三歩はめちゃくちゃ後悔していた。

現在我が身に起こる辛苦はまぎれもなく全て自らが招いた事態に他ならない。自身の危機感のなさや、自制心のなさが、最悪の結果を招いた。

昨日に戻れるのなら自分を思い切り怒鳴ってやりたいし、その腕を摑んですぐに蛮行をやめさせたい。しかし今更いくら望もうとも、この期に及んでどんな後悔も意味をなさない。仕方がなかったのだ。抱えた幸せを手放したくなかった。未来に待ち受ける苦難など考える余裕はなかった。

どんなに言葉を重ねても誰にも届かない。自らの過ちは、結局、自らの身を以て償う以外にないのである。

今の三歩に言葉を重ねることなんて、無理なんだけど。

「ああ、ああ、うう、ああ」

これは、怖い先輩の幸せいっぱい結婚パーティ、その次の日の一幕。

どこが痛いのかももはや分からないほどの頭痛と朦朧《もうろう》とした意識、今すぐにでもトイレに駆け込みたい吐き気と、日常行動すらを諦めさせるほど重たい体を抱え、三歩は苦しんでいた。

「ぬう、ぬう、ぬう」

ベッドで仰向けになり、回る天井を見ながら、この苦しみからどうすれば逃れられるのか見当もつかず、ひとまず寝床で吐かないようにと深呼吸をする。その際変な声が出る。

ここは一体どこなのか私は一体誰なのか、体とは心とは魂とは、何が自分を構成していて人と成し、なにゆえ命にはこのような試練が降りかかるのか。三歩は生まれてしまった業をも見つめなおし、苦しみと戦う。ぬう。

あ、ちなみに、インフルエンザとかノロウイルスじゃなくただの二日酔いなので心配してあげなくて大丈夫です。

三歩は自らのキャラクターに酔っぱらうなんてこともあるのだけれど、今回は本当にただ酒の飲みすぎ、自業自得以外の何ものでもない。

「うん、うう、ん、うぐ」

どうにかこの地獄から逃れられないか、ベッドの上で横向きになってみたりするのだけれど、体勢を変えるとその度にまた新たな痛みが頭部を襲い吐き気が強まる。結局諦めて仰向けになりまた荒い呼吸を繰り返す。三歩は目覚めてから数回この行動を繰り返している。今度こそは調子が良くなるかもと一縷《いちる》の希望を抱くのだが、人の願いなんてアセトアルデヒドに簡単に打ち砕かれる。体内で発生する物質に生物兵器みたいな名前と効果つけんじゃねえ、と、科学者および神をなじる。

「ううううう、ぐす」

ついに三歩、あまりの辛さと情けなさにちょっと泣く。無力な自分、昨日の楽しかった思い出との落差、四捨五入したら自分ももう三十なのになんだこの姿はという余計な俯瞰《ふかん》、それら全てが三歩の精神を追い込む。

泣きながら三歩の気持ちは悲しみからまた怒りに移行する。昨日の自分へ、止めてくれなかった周りへ、夜中に好きなだけ酒を買えるコンビニへ、ていうかあんな危険なものを人の手の届くところに置いている世の中へ。

怒りなどなんの救いにもならないことくらい、今の三歩でもすぐに気がつく。そうして自分はこんな風にすぐ人のせいにするから罰を受けているんだという自己否定に入り、ごめんなさいいいいと心の中で嘆く。

もちろんどの言葉も実際に口にしたら今は違うものも出そうなので心の中だけに留めておく。もし無事に言葉だけ外に出せたところで、一人暮らしなので誰にも届かないのだけど。

体が切実に水を求めていることが分かる。暖房をつけっぱなしで寝たから口の中もからっからだ。が、取りに行く体力と気力がない。枕元に置いてあるのは中身が半分くらい残ったハイボールのロング缶だけだ。そんなもの今飲んだら、ちゃんと吐く。

みず、みず、と念じていればあちらから来てくれないかと万が一の可能性に賭けてみる。しかし万が一は万が一。三歩は、超能力者でもなければ、そんなファンシーな世界にも生まれなかったのだ。

「お酒と同じだけ水も飲まないと駄目だよー」

昨日聞いた優しい先輩からの助言が思い出される。そして自分が「そうですよねー！」と言いながら無視したことも。優しい先輩、愚かな後輩でごめんなさい。ほんとごめんなさい。

でも優しい先輩は優しいんだから今から水を持ってきてくれないだろうかと馬鹿を考え

始めた頃、家のチャイムが鳴らされた。出られるはずがないので無視するのはもちろんのこと、頭に響くのでお願いだからやめてくださいやめろっつってんだろやめろてめーとたった一回のチャイムに理不尽にキレた。怒ることに意味はないとついさっき気がついた三歩はどこかへ行った。人の自然状態とは所詮争いなんだ。三歩、なんかで読んだ。

今の自分から逃げる為、三歩はせめて楽しかった昨日に思いを馳せる。未来のことなんて見ない。いつかこの苦しみから抜け出せる時も実際には来るのだろうけれど、今はこの辛さが延々と続く将来しか想像出来ない。輝かしい未来を志すにはまず心身共に健康を保持してからだ。風邪でも休めないあなたにとかあほか休め。

苦しみを濾過して愚痴にし吐息として揮発させつつ、断片的に思い出す。昨日は怖い先輩の結婚パーティがあった後、最終的に優しい先輩、おかしな先輩、真面目な後輩ちゃんと飲んでいたのだ。わいわいがやがやとした鳥貴族で楽しいひと時だったけど、前の会から続く幸福感で酒のペースをいつもより飛ばしたのがよくなかった。調子にのってメガハイボールとか頼んじゃったし。ウケ狙いも込みで頼んでんだからおかしな先輩があからさまな白い目で見てきたのは本当に大人としてよくないと思う。どっちが大人としてよくなかったのかは今日の体調次第な部分もあると思うので出来れば先輩にも二日酔いになっていてほしい……と、思いかけてすぐ三歩は嘘です嘘ですと訂正する。また更なる罰が当たる気がした。これ以上罪を背負ったら死んでしまう。

後輩ちゃんが盛り上がって写真撮ってくれたから救われた。その時に優しい先輩が水も飲めと言ってくれて店員さんにお冷を注文してくれたのだ、なのに三歩はすっかり忘れていた。

どんだけ食べんの？　というおかしな先輩の呆れ声を聞き流し唐揚げや釜飯を頼んだ。めちゃくちゃ美味しかったけれど、ほとんど三歩以外の誰も手を付けず、もったいない精神で胃腸を痛めつけることとなった。

酔って馬鹿な会話もした。ある程度は覚えている。

「先輩達ってどっちが元カノですか？」

これはもうわりとベロベロだった時に先輩達二人にした質問。省略されているが、その場にいなかった怖い先輩の、ってことである。さぞかしへらへらしてたのだろう、おかしな先輩は思い切り眉を顰めながらこちらに腕を伸ばし鼻ピンを食らわせてきた。思い出したぞあのやろう可愛い後輩に何しやがる。いやでもその後謝られた気が。

「わ、ごめん、今のはごめん三歩、なんかマジでむかついて、つい」

やっぱ許さん。言い方にウィットも何もなかったぞ許さん。

でも、三歩が鼻を押さえながら謝られていると、顔を赤らめてエロく微笑んでいた優しい先輩がぼそり、聞かせる気があるのかないのかその微妙なラインをついた声量で吐息交じりに呟いたのはよかった。

「どっちだと嬉しい？」

ふおおおっと、三歩アンド後輩ちゃんのガールズで手を取り合いひと盛り上がりしたのを覚えている。なんの盛り上がりだったのか自分達でもよく分からない。

ちなみにそれからのはな………思い出している途中で、三歩は新幹線の椅子の背もたれの角度を急に戻すような勢いで上半身を起こす。慌てた様子でふらつきながら立ち上がり、よろよろと居間を出てトイレに駆け込んだ。我が身とパジャマと布団に迫る危険を感じた。波は、突然くるのだ。切羽詰まっていたのに何故だかきちんとトイレのドアは閉めた。うええ。

流石にそのシーンを描写するのは三歩とはいえ可哀想なので、ベッドの上で横たわっているシロクマのぬいぐるみにでも注目しておこう。こちらは例の麗しい友人と共にゲーセンに行った時、仲良くプレイしたクレーンゲームでゲットしたものだ。三歩がつけた名前はシロクマ。生き物の種類ではなくあくまでこのぬいぐるみの名前である。三歩は独り言が多いものの、ぬいぐるみに話しかけるというタイプの人間ではなかった。だからこのシロクマとの意思の疎通ははかれていないし、彼？　彼女？　が何を考えているのかは知らないが、もしぬいぐるみにも意思というものがあったのなら今は助かったと思っていることだろう。

やがてパタンと音がして、半目でふらふら頭ぼさぼさの三歩がトイレからよろよろ出てきた。何に対するものか、恐らくは今自分をこんな目にあわせている気がする全てに対して、小さな声で「くそが」と吐き捨て洗面所に行き手と口を洗う。繰り返すが現在の体調不良は全て三歩自身のせいである。

胃液を吐き出し少しはマシになったのか、三歩はいつもよりもいっそうのろい動きではあったが、冷蔵庫に近づきペットボトルのアクエリアスを取り出す。手に力が入らず蓋を開けるのに多少難儀した。

「ん、はぁ」

うめえ。アクエリアスは昨日の解散後、翌朝必要になる気がして近所のコンビニで買ったものだ。ファインプレイだったとも言えるが、その時一緒にハイボールのロング缶と酎ハイのロング缶とカレーヌードルビッグを買って、アクエリアスとハイボール半分以外は昨日のうちに体内におさめている。やっぱコンビニなんて寄らない方がマシだった。

ペットボトルの蓋を閉め、それを持ったままベッドに戻りゆっくりとよじのぼる。太ものあたりまでしかない段差が今の三歩には跳び箱六段級。体育は何故だか開脚前転だけ得意だった。倒れ込むようにベッドに再び寝転ぶと、背中が不自然に浮いたので手を差し込み、下敷きになっていたシロクマを摑んで足元に放り投げた。ひどい。

悪いものを出して良いものを入れたのが功を奏したか、少しだけ、すこーしだけ体調がマシになった気が三歩はした。それでも頭痛も吐き気も去っていないので安心は出来ない。チャイムが鳴ったらまだぶちギレると思う。

体調がわずかにでも回復の兆しを見せると、何故だか精神面が複雑化してきた。三歩の心が二つに分かれ言い合いを始める。

片方の三歩は、何故あんなにも無茶なことをしたのかとぷんぷん怒っている。居酒屋を出た時点で既にきちんと帰れるのか先輩達から心配されていたくせ、明らかに体の許容量を超えた酒を買って帰り飲んだ、あまつさえカレーヌードルを食べてすぐ寝た。なんでだ馬鹿なのか。それにどうしてわざわざビッグなんだ。何時だと思ってたんだ。そうやってかんかんに怒っている。もう片方は、怒っている半分の自分に対してひたすら言い訳と説得を繰り返している。だって楽しかったんだもんあの時間が気持ちよさがもっと続いてほしかったんだもんあの時は本当に食べたいと思ったんだもん。それに今はこんなに体調悪いとしても楽しかったじゃないか、美味しかったじゃないか。それ自体は決してマイナスじゃないじゃないか。ええじゃないかええじゃないか。

怒ってるのも言い訳してるのも、どっちも本当の三歩。だから基本的に意志薄弱。侃々《かんかん》諤々《がくがく》の言い合いをしていたどちらの心も、頭が痛い黙れという単純な体からの命令に大人しく屈した。

もうひと眠り出来ればいっそ楽なんだけれど、ひどい二日酔いの時ってどんなに弱っていても眠れないのだ。気絶する度に水かけられる拷問みたいだ。知らんけど。

布団にくるまり深い呼吸をしながらただ時が過ぎ去るのを待つ。いつもはあんなに起きたくないのに、今は元気になったらすぐにでも起きてやるという強い決心を胸に抱いている。もちろん、仕事の為に起きなければならない朝が来たらそんな決意はすぐに忘れる。

こんな体調の中、唯一救いであるのは、三歩の今日が休日であることだった。ならば他のメンバーは三歩と違って出勤しているかと言えばそうではなく、今日は図書館自体が休館しているのだ。なので三歩以外のメンバーが同じく二日酔いで生死の境をさまよっていたとしても安心だ。言い訳にすぎないが、次の日が休みでもなければあんなに飲んだりしない。

ところで明日は普通に出勤の予定。このままの体調がいつまで続くのか分からないが、出勤出来るのだろうか。三歩にとって一番嫌なのは体調悪いけどギリギリ出勤出来るというやつだ。いっそ立ち上がれないほどなら仕事を休むことに罪悪感もなくあまつさえちょっとドヤ顔をしそうなものだが、ギリ行けちゃうとなるとただただ辛いだけ。休むにしても後ろめたさが残る。ドヤ顔も出来ない。小学校の頃、骨を折ってちやほやされてドヤ顔する同級生にちょっとだけ憧れた三歩。幸か不幸か、擦り傷切り傷打撲はたくさんあっても、ついに骨折はしたことがない。

苦しみと戦い続け、たまにアクエリアスを頑張って飲み、時刻は午後二時。時間が分かったのは、ようやく頭痛が少しずつおさまってきて、枕元に置かれていたスマホを手に取りちらりと見ることが出来たからである。お昼を過ぎたと分かっていながら、お昼食べ損ねた！　と三歩に思わせないことこそ二日酔いの恐ろしさ。

行動には段階をおかなければならない。スマホは見たものの、まだ操作すると眩暈《めまい》がしそうだった。一度伏せる。そこからまたじっと自らの体調の回復を待った。体はまだ布団を押さえる文鎮のように重い。

一時間ほど経っただろうかと思ったところでもう一度、今度は呼吸や鼓動のリズムを捉え、吐き気の山をきちんと越えたタイミングでスマホを手に取る。三十五分しか経ってなかった。これが相対性理論？　と一個もなんなのか分かっていない言葉を思い浮かべてみる。物理は苦手だった。

画面を十秒見ても平気だったので、スワイプしてラインを確認。優しい先輩と真面目な後輩ちゃんから心配するラインが届いていた。先輩に至っては昨日の解散後と今日の朝に一通ずつ。すぐに返信しようとするもきちんとした文章が浮かばない、またフリックで打ち込む気力もなく、しかし既読スルーは更に心配させてしまいそうなので、今出来る全力で簡単な返信だけ済ませた。『あとで』。

タメ口は申し訳ないが三文字が限界だった。気持ち悪くなってきた。優しい先輩がその優しさでなんとか汲んでくれることを願う。ついでに後輩ちゃんにも伝言してほしい。一人に返信しただけで力尽きた三歩は、スマホをベッドと壁が接する方にぽいっとした。一瞬の後に聞こえてくる、ガッゴッの音。あーあ。恐らく隙間があってそこからスマホが落ちたのだろうけど見る気にはならなかった。意外や意外まだ三歩のスマホ画面は割れてないので、今回も運と保護フィルムによって画面が守られることを無力な二日酔い患者は祈るばかりである、なむなむ。ちなみに保護フィルムは性能の詳細を一切見ず、ゴリラガラスってのが強そうだったからそれにした。

三歩が苦しんでいようがいまいが時間は自然に過ぎ去っていった。三時になり、四時になった。外からは遊んでいる子ども達の声が聞こえる。目覚まし時計で時刻を確認し、三歩もそろそろこのままではいかんだろうという気になってきた。そういう気になるくらいには回復している気がしたということだ。

このままでは一日が終わってしまうじゃないか。

頭痛が強まったりしないことを祈りながら、三歩は一度壁側にごろんと寝返りをうちうつぶせになった。頭痛と吐き気はひとまずセーフ。まだどちらもあるにはあるんだけど攻め立ててはこなかったセーフ。その状態から、ベッドと壁の隙間に腕を押し込んでスマホを探す。壁にもたれかかる感じで立っていてくれたのがこれ幸い。三歩の指によりスマホは無事救出された。

仰向けに戻り、スマホにおまけでついてきたほこりをぱっぱと払う。画面を十五秒見ていても眩暈は起きなかったのでスワイプしてラインを呼び出す。すると優しい先輩から、『生きてるなら大丈夫！　二人にも連絡しとくね！　お大事に（マスクつけた人の絵文字）』という完璧な返信が来ていた。差し込んでくる日が橙色《だいだいいろ》になってきて、カラスのカァという鳴き声と同時に文章を打つ気力と体力が生まれた三歩は、『二日酔いひどいですが生きてます。ご心配ふみません』と、噛んだまま送った。

ラインを送れたので、調子にのってネットでも見てみることにした。三歩が二日酔いで苦しんでいようとも、世界が大きく変わっていることは特になかった。嫌な気持ちになるニュースも昨日と同じように流れてきて、いつもなら概要の確認くらい出来るけれども今日はスマホ自体から目をそらした。大の大人が公の場で差別的発言をしたって、二日酔いで受け止めるにはだいぶ苦みが強い。

「んーふー」と深呼吸をし、三歩はいよいよ意を決して立ってみようと思った。病は気から、ずっと横になってると体が病気の自分を受け入れてしまうかもしれない。いや、病気じゃないんだけど。腰痛とかも安静にしすぎると逆効果だって聞いたことがあるし、ここは勇気を出してみる。

ていっと布団を自分の体から剥ぎ取り横にのける。肘から先を天井に向けて立て、肘にぐっと重心をのせる。上半身が少し持ち上がったら肘から先を寝かせて拳で布団を押し、座った状態になる。この時点で頭が少しくらっとなったがこの程度で負けていては一生立ち上がれない気がした。お尻を軸とし足を壁と逆方向にぐいーんと旋回。足の裏を床に接地して前かがみになり、太ももと、ベッドについた手にグッと力を込める。

立ち上がれた。が、よろめいてすぐにぼすんとベッドに逆戻り。アクエリアスを飲んで、もう一度トライ。今度は立ち上がって椅子まで辿り着けた。やったやったと富士山登頂を成し遂げたくらいの達成感で椅子に座り、すぐテーブルに突っ伏す。ようやく第一関門をクリア。今日はもうこれでいいんじゃなかろうか。

まあそんなわけはないので息を整えてから顔を上げる。スマホをベッドに忘れてきた。テーブルに手をついて腕立て伏せをするような気合で立ち上がり、ベッドに近づいてスマホに手を伸ばす。本当はこのまままたベッドに横になりたいが、すさまじい忍耐力、普段の二十二倍ほどの耐え忍び力（当三歩比）でスマホとアクエリアスだけ摑んで椅子へと戻った。

スイッスイッとスマホの液晶を触って後輩ちゃんにも一応の無事を連絡。返信が来るまで一回休憩と思いスマホを着信音鳴るモードにして三歩はまたテーブルにべちゃっと授業中寝るモード。

「もう、二度と酒いらない……」

まだわずかに残る頭痛の中そんなことを呟いていると、すぐに口笛みたいな音がした。えらく陽気なラインメッセージの通知音だ。顔を上げてスマホを見る。もちろん後輩ちゃんからの返信だと思ったのだが、違った。

『こんにちは！　よかったら近々ご飯行きませんか？　気になる居酒屋が（ビールの絵文字）』

まさかの飲みの誘い。おおお、っと三歩はびびる。まさかのこんなタイミング。誰からの誘いか？　三歩に訊けばご想像にお任せしますと言うだろうが、ご想像にお任せする時点で友人や先輩でないことは目に見えている。

そして相手が友人や先輩やそれ以外の関係性の誰かであろうと、いつもの三歩ならば秒でノリノリになることも目に見えているのだが、今は事情が違う。今の三歩はまるで、よく揺れる舟の上に乗り乗りな体調である。酒なんて見たくもないし声も聞きたくない。この場合の声とはプシュッとかシュワッとかカランッとかのこと。

ちょっと考えて、申し訳ないけど今回はお断りしようと思う。いやでもやっぱ行きたいからお昼ご飯にしてもらおう。酒、怖い。

すぐ返信するのもがっついているようでかっこ悪い気がして、三歩は既読したにもかかわらず一旦ラインを寝かせることにした。出来るかどうかはともかく、駆け引きめいたものを三歩はしようとする。しかしそれは相手より優位に立とうとか関係性を操ろうとかいう気持ちの上ではなくて、ただ相手にひかれたくない一心なのであるし、いつも多少はひかれてしまうので小賢しくても許してやってほしい。

二日酔いに水分が必要なことは知っていたので、三歩はアクエリアスを飲み干してからゆっくり立ち上がり、冷蔵庫まで移動。沸かして冷やしておいた麦茶を取り出すと、キッチンでコップに入れてごきゅごきゅ飲んだ。この行動をとちらず出来るようになったこと自体、三歩の体が回復していってる証拠だ。人体と水分と時間すごい、と心底感じ、三歩は麦茶入りコップをテーブルに置いて手を合わせる、なむなむ。

この分なら夜には買い物に出かけることも出来るかもしれない。出来たら早めに何か食べた方がいいのだろうと分かっているけれど、あいにく今三歩の家にはお菓子しかない。米すら切らしている。今日お昼から買いに行くはずだったのだ本当は。それがこんな体たらく。

今回のことは真剣に反省しよう。こんなに苦しい思いはもうしたくない。本当に。

三歩は誓った。

……誓った、よ？

それ自体は決して間違っていないし、その時の三歩は決して偽物ではないんだけれども。

どこかの誰かに脳をハッキングされたのでも、心を乗っ取られたのでもなく、本心から言ったんだけれども。

怒ってた半分の三歩も言い訳してた半分の三歩も、反省すべきだという点では合意していたし。

だから、彼女自身もその気持ちを覚えているはずなのだけれど。

はずなのだけれど。

人とはなんと悲しい生き物だろう。

あの日から、三ヶ月後のこと。

朝ベッドの上で目覚め、三歩は己の体に降りかかっている悲劇と対峙していた。

「…………う、みず」

頭が割れそうに痛い。それからお腹のあたりがとてつもなく気持ち悪い。とにかく水が欲しくて声に出してみたが口や喉を動かすのすら億劫に感じられる。なのでもちろん体なんて動かせない。かろうじて動く手首から先をぐっぱぐっぱと閉じたり開いたりして気分を紛らわそうとするが何度やったって今にも吐きそうなのは変わらず諦めてぐったりと腕を布団に投げ出し、いつか聞いた、ぬう、ぬう、という呼吸を繰り返す。

ご存じの通り怪我でも病気でもないので心配しなくて大丈夫です。

この日の前日、三歩は友人達と飲んでいた。仲良し三人組の予定が久しぶりに合い、ご飯を食べに行ったのだ。互いに報告することもあって大いに盛り上がった。詳細は、どんちゃん騒ぎしていただけなので割愛。とにかく飲みすぎて食べすぎた。

結果がこれ。

三歩はめちゃくちゃ後悔していた。現在我が身に起こる辛苦は、まぎれもなく全て自らが招いた事態に他ならない。自身の危機感のなさや、自制心のなさが、最悪の結果を招いた。昨日に戻れるのなら自分を思い切り怒鳴ってやりたいし、その腕を摑んですぐに蛮行をやめさせたい。

なんかそれ前に一回思ったことあるだろ、と、三歩の心の中を見る人達がいたらツッコミをしてくれるかもしれないが、三歩は胸を張って反論することが出来る。

一回じゃないんですよ。

酒を飲めるようになり、酒がそれなりに好きだと感じ始めてから三歩は、こんなことを繰り返している。今回はかなり間隔が短めではあったが、普段から少なくとも半年に一回は同じような目にあっている。苦しい、辛い。毎度後悔して反省しているはずなのに同じ失敗を繰り返してしまう。

どうしてそのように繰り返すのか、少しは学んだらどうなのか。

訊かれれば、困ったことに三歩の中に答えはまぬけなのが一つしかない。

苦しみの記憶より、その前の晩の楽しい記憶の方が鮮烈に残っているからだ。

三歩が酒で失敗をするのは必ず楽しい仲間達と共にいる時だ。友達や先輩後輩と一緒に楽しい時間を過ごしていたら、ついつい羽目を外しすぎてしまうのだ。苦しみの記憶なんて楽しい気持ちに塗りつぶされて薄れていく。二日酔いの苦しみを忘れてしまう。

人生なんて楽しみだけ覚えていればいい、だなんて、実に三歩らしいと思う人もいるかもしれない。

しかし、三歩はそのように考えて、毎度馬鹿みたいに苦しんでいるわけではない。

苦しみの記憶をつい忘れて失敗してしまうのがよくないことくらい、三歩だって分かっている。

三歩はそんなことでドヤ顔をしない。胸も張らない。

本当なら、楽しみだけに突っ走らない自分の方がいいし、様々なバランスを取れるようになりたい。それでもついやってしまうのだ。

そしてまた深く後悔し、反省する。していて、また繰り返す。

三歩には仕事面でもそういうところがあって、これは明らかに三歩の短所に他ならない。

加えて、少し前までなら、一生懸命やってるんだから先輩達にとってはそんな後輩も可愛いでしょ？　なんて、くされ生意気なことを考えたかもしれない。

けれど、最近の三歩は以前よりもずっと、変わりたいという思いを心に抱いている。

先日、三歩は怖い先輩からこんな言葉を受け取った。

「三歩はもう自分で自分を怒れるでしょ」

その時は、いやあんたに怒られるほど怒れませんけど？　って思ったけれど、後からなんとなく、ただの馬鹿じゃないはずだと期待をかけてくれているのだと気づいた。その期待を裏切りたくない心にも。

だから失敗する自分をこのままでいいなんて、今は断じて考えていない、はずだ。

これからも三歩は失敗して後悔して反省してを繰り返すだろう。実際に何度も失敗している。でもいつかは成長する、かもしれない。

その、かもしれない未来に期待しつつ、三歩は三歩なりに頑張ろうとしている。

そして成長の過程、数ヶ月後もまた同じ言葉を吐くのである。

「もう、二度と酒いらない……」

そんな後輩を見ても、あの先輩なら、ただの馬鹿だと言わないでいてくれるはず、そんな期待を勝手に三歩は持っている。

麦本三歩は復讐ものが好き

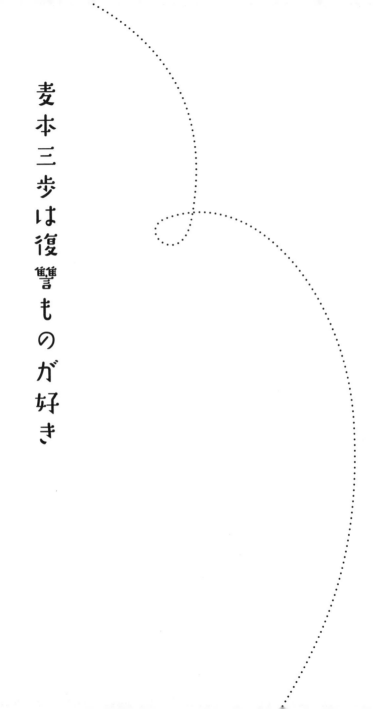

麦本三歩はひっくり返る。

三歩の感情や価値観は固定されていない。揺蕩《たゆた》っていて、何か一つのきっかけがあれば物事の立ち位置はすぐに彼女の中で裏表逆になる。

出来ているかどうかはともかく、三歩が日々可能な限りかっこつけようとするのも、人に見せたい自分と現実の自分をひっくり返そうとする行為だ。指サックの表をくるんと裏返してしまう感じ。人体で想像するとちょっとグロい。

後輩に憧れられたくて、初めて会う人に嫌われたくなくて、お隣さんに気を遣いたくて、好印象を持ってくれてる人にひかれたくなくて、ＳＮＳで叩かれたくなくて、小さな女の子に好かれたくて、弟に姉扱いされたくて、ハッピーな日をもっとハッピーにしたくて。

三歩は自らが望む結果を得る為に、意識的に自分を裏返す努力をする。三歩は自分に精一杯の背伸びをさせて日々を生きている。

そんな中でも、今回の背伸びは気合が違った。

ただのつま先立ちでは足りなかった。

もちろん、イメージの話だったのだが、今しがた三歩は本棚の上の方、手の届かないところにある本を全力のつま先立ちで取ろうとしてバランスを崩し、がっしゃーんって、した。

腕に抱えていた本達が全て床に散らばる。慌てて起き上がり、拾って傷ついてないか確認すると、一冊の見返しがちょっと破れていて血の気が引いた。

「しゅみません！」

カウンターに戻って、元気いっぱい嚙みながら破れた本を優しい先輩に差し出す。すぐに「あー、これ前からだよー」と言われ一安心。「そもそもこけんな」と、こちらの話を聞いていた怖い先輩に怒られ、「気をつけまる！」。また元気いっぱいに嚙んだ。

「三歩、書庫行くならこれも取ってきて」

「はい！　了解です！」

「三歩ちゃん、カウンターおねがーい」

「はい！　ただいま！」

「三歩そんなに元気有り余ってるなら肩揉んで」

「自分でやってください！」

三歩はこの二週間、ずっと語尾にびっくりマークをつけている。

最初は「三歩さん何かいいことありましたかっ？」と訊いてくれた後輩ちゃんも、二週間同じ調子でいれば特に何かを言ってくれることはなくなったし、先輩達からも度々「うるせー」と心無い言葉を投げかけられるが、三歩は今のところめげてない。

普段の三歩を知っている人はご存じだろう。彼女はこんなにはきはきとした返事をする人間じゃない。いつもの三歩の返事はもう少しぺちゃっとしている。

つまりこれは、裏返した三歩なのである。

なんでまたそんなことをしているのかといえば、三歩は近頃の日々を、『帰ってきたドラえもん』の、のび太くん気分で過ごしているからだった。

つまり、心配をかけたままじゃ先輩が安心して図書館を辞められないんだ。

先日、怖い先輩が図書館をこの春で退職すると聞いてから、三歩は考えて考えた。

そして、結論に至った。先輩の図書館での日々に憂いは残せない。そんな健気な思いが、三歩の中に生まれた。

それならミスをなくすよう気をつけろよ、と思う人もいるだろう。もちろん三歩はその努力も既にしている。しているが……、別に普段からミスをしたくてしてるんじゃない。そっちだって頑張りたい。しかし、短い期間で達成出来るかは自分でも疑問だ。だったらせめて、悲しい顔や元気のない顔を見せないようにしようと考えた。そうして自らの内面をひっくり返して、異常にはきはきとした自分を生み出した。

良い効果が出ているのか今のところ分かっていないが、残念なことに悪い効果の方はじわじわと出始めていた。そこらへんも表裏一体。「うるせー」って言われるし、さっきみたいに妙に張り切って仕事して失敗したりするし、三歩には空回ってしまっている部分があった。

いつもだろと言われればそれまでだが、いつも以上に。

三歩の心中で、普段はないような健気さと、妙な必死さなんてものを混ぜ、表の行動にうつさせたらどうなるのか。

決意が裏目に出る以外の未来は、予測しようもない。

そのミス自体は、些細とまでは言わなくとも三歩ならやりそうなことだった。

ミスした側を表現するのに適切ではないかもしれないが、何度かやらかしたことはあったし、許してもらえてもおかしくなかった。

相手があまりよくなかったのだ。ミスの被害にあった側を表すのに、よくなかった、という表現は誤っているかもしれないが、客観的に見ても確かにちょっとよくなかった。

利用者もほとんどいない図書館開館後すぐ、今日もいっちょう頑張りますかー、という気持ちと、新年度まであと残り何日、という思いを胸に、三歩がカウンターで応対した利用者は、初めて見る男性だった。

話を聞くと、先日一般利用者登録をしたばかりらしく、今日は以前に電話で所在を確認し取り置き依頼をした本を借りに来たのだという。三歩は自身が先週受けた電話のことだとすぐに分かった。

改めて本のタイトルと、彼の氏名、利用者ＩＤを確認後、「少々お待ちください」と言い置いて、三歩はカウンター内で予約本を並べておく棚を見る。

見て、「あれ?」と思った、次の瞬間にはそれが起こった。

記憶が、超速早戻し&早送りで脳内再生された。

電話を受けた時、その本の所在を確認した。切った後にすぐ予約済み処理をパソコン上でしなければならなかった。しかし、タイミング悪くカウンター激混みの時間帯で、ひとまずカウンターのヘルプに入った三歩は、すっかり予約処理のことを忘れてしまっていたのだ。いたのだ。いたのだ。

反響するような過去から、今へ一瞬で戻ってくる脳内タイムトラベラー三歩。閲覧室の端っこで作業をしているおかしな先輩が何か察したのか、訝し気な視線を投げかけてきているのを感じつつ、カウンター内のパソコンで慌てて現在の本の所在を確認する。状態は、貸し出し中。

心中うわわわわわわ、となったものの社会人としてぎりぎりのところで声には出さなかった。三歩は自分以外に誰もいないカウンター内を小走りで数歩移動して、素早く頭を下げる。そして誠心誠意謝った。

図書館で働いていれば、利用者からの小言や文句、お叱りを受けることはままある。そこに至るには様々な状況が考えられ、時には利用者の勘違いによることだってあるが、今回に関しては違う。完全に三歩のミス。利用者側に落ち度は全くない。本当に心から申し訳ない。本心からそう思い、三歩は更に何度も頭を下げた。

そうやって、気持ちを真摯に伝えれば、大体の場合、最初はお説教モードだった利用者も苛立《いらだ》ちをおさめてくれて、一緒に代替案を考えましょうということになる。

三歩の心中には、その当たり前への期待もあった。

しかし、今日はなかなか、お相手の怒りがおさまらなかった。そうして段々と声が大きくなっていった。そうさせてしまっているのも三歩のミスが始まりなのだし、相手に一切の非はない。それはもちろん三歩も理解している。

しかし、一つの事実としてここは大学図書館だった。

午前中で少ないとはいえ、他の利用者もいる。彼ら彼女らに自分のミスで怖い思いをさせてはならない。三歩は謝る言葉の間で少しだけ、声のトーンを落としてほしいとお願いした。それが、相手の怒りに油を注ぐことになった。

カウンター周辺に声が響き、三歩はひとまずどうにか落ち着いてもらうべく更に謝罪を重ねた。それでも、火は消えなかった。

ずっと頭を下げていた。そして、どうすればこの場をおさめられるのか、集中的に悩みすぎて視野が狭まっていた。だから三歩は気づかなかったのだけれど、その時、三歩の周りでは、先輩達がアイコンタクトのもと、図書館スタッフとして適切な連携を取っていた。

カウンターに近寄っていいのか迷っていた様子の女学生には、近くにいたおかしな先輩が声をかけた。

そして、三歩のところには、

「どうされましたか?」

バックヤードから出てきた怖い先輩が駆けつけた。

ここは私が、なんて三歩は言えず、視線を男性から先輩の方へと移した。三歩が説明する前に、何があったかを男性が乱暴に説明してくれた。多少違うと思うところもあったが、三歩は余計なことを言わずに、怖い先輩の解釈を待った。

「承知しました。完全にこちらのミスでご迷惑をおかけしてしまい、大変申し訳ありませんでした」

先輩に頭を下げさせるのはなんとも辛いものだった。

「もしよろしければ」

この時点からの対処は、三歩でもいくつかの方法を思いつけた。先輩の頭の中にはもっとあったはずだ。だからそれらを提案しようとしたのだろうけれど、叶わなかった。

先輩が説明する前に、頭に血がのぼった男性は二人の図書館スタッフへの罵倒を始めた。

それを聞いた三歩は、ミスをした自分はともかく他のスタッフへの悪口は既に注意の域を超えてないか、それはもうただのクレーマーじゃないのか、私とあなたの迷惑かけた率がひっくり返ってないか、なんてちょっと思った。申し訳ない気持ちで頭を下げながら、ちょっとだけ思った。

それがばれたのかもしれないし、そんなわけないのかもしれないが、男性は三歩を顎で指すとなかなかなことを言い出した。

「土下座して謝れ」

「……そ、それは」

心のスペースのほとんどを申し訳ないという気持ちで埋めていた三歩も、相手の言葉をまるのまま受け入れようとは当然ならなかった。のだが、テンションの上がってしまった相手には、通常のモラルや理念の上で疑問を抱いたことも、反発に見えてしまったのだろう。

また相手に火をつけてしまった三歩は、どうしようどうしよう、と頭を回転させ、その中で、一つの諦めを見つけてしまった。

きっと普段の三歩ならば、自分も相手も間違っているのが分かるのかもしれない。しかし今は、いつもなら持たない行動の理由がついてまわっていた。

一緒に謝ってくれている怖い先輩は、もうすぐ図書館を辞めてしまうのだ。嫌な気持ちにこれ以上させたくない。自分のミスでこれ以上、頭を下げた記憶を持ってほしくない。

だったらもう、それくらいで済むのなら。

土下座でもなんでもして、ひとまずこの場をおさめた方がよくないか？

謝罪の気持ちと、諦めと、一種のふっきれを心に抱いた三歩は、もうこうなったらしゃーねーなー呆れるほど美しい土下座を見せてやるぜ、と、膝を折りかけた。

繰り返すが、平常時なら三歩も自らの選択の間違いに気づいたろう。今は変に自棄《やけ》になってしまっただけだ。

そして平常時でも緊急時でも、三歩の間違った行動を正すのはいつもこの人なのだった。

「させません」

ちょうど膝カックンされた直後くらいの姿勢に三歩がなったところで、その声は放たれた。折りかけた足がびくっとなって横にあった椅子にぶつかった。

「この度のことは深くお詫びいたします、出来る限りの対応をさせていただくと共に、今後このようなことのないよう、彼女だけではなく他のスタッフも改めて確認作業について見直します。しかし、人として、図書館スタッフとしての、尊厳を傷つけるような行動はさせられません。改めて、貴重なお時間を取らせてしまいましたこと大変申し訳ありませんでした」

怖い先輩は、三歩の横で屹立《きつりつ》し正面から男性を見て謝罪した後、メリハリのある動作で腰を折って深々と頭を下げた。三歩も誘発される形でそれに続く。

「申しわくぇありませんでしたっ」

ふざけたわけじゃなく嚙んだ。

先輩の言葉が男性に刺さったのか、それとも自ら熱を下げて何かしら納得してくれたのか、もしくは騒ぎを聞いて駆けつけた警備員さんが近くに控えていたのに気づいたのか分からないが、男性は舌打ちをして「もういいよっ」と言い捨てた後に、図書館の入り口から出ていってくれた。

男性の背中を目で追い、自動ドアの先にも姿が見えなくなったのを確認した三歩は、ほうっと息をついた。

今更ながら背中にかいた大量の汗と心臓のドキドキに気がついて、右手の平を胸に、左手の平を背中に当てた。湿り気と振動で全部一体化し、両手の平がくっついてしまうんじゃないかなんて、悠長なことを考えている場合じゃ本当はなかった。

「皆さんお騒がせしてしまい申し訳ありませんでした」

怖い先輩はカウンターの周囲にいた利用者へ、何度か方向を変えて頭を下げた。本来それは三歩がやらなければならないことだった。すぐさま両手を体からひっぺがし、怖い先輩に追いつこうとカウンター外に向けてぺこぺこする。

カウンター周囲が落ち着いてきたところで警備員さんにもお礼を言う。「いつでも呼んでください」と優しい声をかけてくれた彼が館内の見回りに戻っていくのを見送ったところで、三歩はバックヤードに連行された。うわー。

控室で怖い先輩から睨まれ、三歩は改めてしどろもどろになりながら自分の言葉で、今回の凡ミスについて説明した。

普通に叱られた。先輩から、確認&確認、という注意を受け、三歩は落ち込む。怒られたこと自体にも落ち込むが、それ以上に、もう何度目か分からぬ内容の叱責を先輩にさせてしまっていることに落ち込む。

先輩を心配させないように頑張ろうとしていたのに、意気込んでみてもただの付け焼刃。こんなミスばかりしてちゃ、この三年間まるごとで先輩をがっかりさせてしまうじゃないか。

せめて明るく振る舞おうと思っていたこともどこへやら、分かりやすくしゅんとしてしまう三歩。いつもならこのへんで「次からは気をつけるように」と言われすぐにお仕事に取りかかるところだ。半ばその先輩の言葉もルーティーンのように感じてしまっている駄目なところが三歩にはあった。だからあれ？　と思って先輩の顔を見る。

「まあ、ミスは誰にでもある」

意外な言葉をかけられた。怖いけれど本当は後輩達のことをきちんと考えてくれている先輩だ。恐ろしい利用者にあたってしまった自分を、気遣ってくれているのかもしれないと考えた三歩は、甘すぎる。

「ミスは誰にでもあるから、してしまった時はきちんと謝って、それからの行動で取り返すしかない」

「は、はい」

「それよりも三歩」

それよりも？

「さっき土下座しろって言われて、ちょっと飲み込みかけたよね？」

ばれてた。

「へ、は、い。あ、さっきは、あの、止めてくださり、あ、ありがとうございました」

怖い先輩は口をへの字にして鼻から息を吐く。

「非常識な要求を飲み込むことは、丁寧な対応でもなんでもない」

普段とは少し違う口調だった。

「誠心誠意謝ることはもちろんしなくちゃいけないけど、媚びて許してもらおうとしちゃ駄目だ。それは、三歩自身もだし、他の図書館スタッフ全員の尊厳を傷つけることにもなるよ」

「全員……」

三歩は呟くのと同時、その言葉をいくつもの内臓に載せるように、深く息を吸った。

「三歩が会ったことのない、他の図書館のスタッフも全員。あの時三歩が折れたら、あの人は他の図書館スタッフに同じことを言ってもいいと思うかもしれない。それを見た他の利用者も真似てしまうかもしれない。だから、ミスよりも、そっちをよく考えて」

三歩は、もう一度、息を吐いて、もう一度吸う。

間に、先輩が言っていることの意味をよく考えた。

「あぁ」

そして、自分がいくつものことを間違えていたのだと気がついた。

スタッフとして利用者に対する態度を間違えたのはもちろんそうだ。

それだけじゃなかった。

怖い先輩の行動の意味を、全く勘違いしていた。

先輩は、後輩が傷つきそうになったから助けてくれたんじゃなかったんだ。

傷つけそうだったから、助けてくれた。

三歩が、同じ立場の人達を。

もちろん、それは怖い先輩も含めての話だ。

これ以上心配をかけたくないと思っていたのに。

心配をかける、どころじゃない。

傷つけようとしてしまった。

「……分っかりましたっ。ありがとうございますっ、ちゃんと考えますっ」

「返事はいいなおい」

先輩は苦笑し三歩をカウンターに戻らせた。

先輩の前だから、だけじゃなく、利用者の前に出るのだから、というのもあった。図書館スタッフとして、笑顔でカウンターに出たのに、連絡帳にさっきの出来事を書いていたのだろう、おかしな先輩がペン片手にこちらを見るなり。

「んな顔してたら土下座さすよー」

なる無慈悲極まりない言葉をかけてきた（後で思い出した時、三歩はあまりの無慈悲さに吃驚《びっくり》する）。容赦ない先輩の餌食にならないよう、三歩は一旦トイレに逃げ込むことにした。もちろん動揺バレバレの声でただお手洗いに行きたい気分なのだそうなのだと言い訳をし、閲覧室を闊歩して女子トイレに逃げ込んだ。そうしてしばらくの間、じっと鏡で自分の顔を見ていた。

そこにあるのは、被害者面で逃げてきてしまった加害者の自分だった。


それからの三歩はめちゃくちゃだった。

もう、めちゃくちゃに真面目に集中力を発揮し仕事のことばかり考えることが出来た。そのめちゃくちゃさたるや、あの三歩が食を多少とはいえ細らせるほどだったし、あの三歩が明日判断をミスしたらどうしようと睡眠時間を削るほどだった。こんな日々は大学受験前の一ヶ月以来だ。人にもしそのことを話せば、普段からそういう風に仕事してる人だっているんだからと言われるかもしれないが、少なくとも三歩は仕事の虫タイプではなかった。

普段の生活からの変化は、心身に疲労をもたらす。正直きつかったけれど、三歩は寝坊なんてしなかった。諸先輩方からは不思議がられるほどだった。優しい先輩からは褒められもしたが、素直には喜べなかった。

何か間違ったことをして加害者になる姿を、これ以上怖い先輩に見られたくない。その思いが三歩を動かしているだけだった。自分の手柄ではないと思った。

なんとか先輩がこの図書館を去る日までこの自分を続けられるようにだけ願っていた。もし三歩の生活が小説や映画になるようなものだったのなら、途中で熱が出たり、ぶっ倒れたりしてストーリーの山場でもあったのだろうが、彼女はどこにでもいるちょっととぼけた二十代半ばの女性だった。きつかったにはきつかったが、精神力も体力も、たった数週間で底をつくほど貯蓄がないわけではなかった。

普通にめちゃくちゃ頑張って心身をすり減らしなんとか耐えた。ためしに体重はかったらちょっと減ってた。

必死に過ごした日々は、良くも悪くも矢のごとく過ぎ去っていった。間にささやかな送別会があったりなんかもして、いつの間にか日付は、図書館からスタッフが一人減る、その前々日となっていた。

「寂しいですね」

お昼休憩時、おにぎりを食べていると目の前に座った真面目な後輩ちゃんからそんなことを言われた。知っていたはずなのに三歩は、もうそんな日なのか、と思った。

後輩ちゃんはしょんぼり顔をしていて、もちろん怖い先輩のことを言っているのだと三歩には分かった。けれど、すぐに返事が出来なかった。

実は三歩は、後輩ちゃんの言うように寂しいのか、寂しいとして彼女の思いと同じなのか、分かっていなかった。とにかく一生懸命だったから。

身近な人との別れを前にそんな自分が嫌ではあった。

「そうだねえ」

自分が思うより何回りも心のこもってない声が出てしまい、後輩ちゃんにも違和感を持たせてしまった。

「三歩さんお疲れですか?」

「仕事は疲れるねー」

「はいっ、疲れますっ。でも、三歩さん達がいるこの図書館で働くの楽しいですっ」

いやー、この子はなんて良いことを言ってくれる後輩ちゃんなのだろう。

対照的に、自分は三年間かけてもこんなに先輩を喜ばせることなんてなかったんだろう。

三歩は悲しくなった。

まあでもこの数週間、少しはマシだったはずだ。今はそれを達成出来つつあることの方を喜ぼう。

「やい、小娘ども」

静かめの控室に、余計な波乱を持ち込みそうなおかしな大人が入ってきた。

彼女の休憩時間はまだのはずだけど。

大学は春休みで、近頃の図書館には閑古鳥が鳴いている。怖い先輩からの引継ぎも終わり、やることないから後輩に絡みに来たんだなと、三歩は思った。

「はいっ」

小娘呼ばわりされてもきちんと返事をする律儀な後輩ちゃんにだけ、おかしな先輩はわざとらしい笑顔をにっこり見せる。彼女は三歩の予想を裏切り、仕事の話をし始めた。

「明後日から一人減るけど前言ったように春休み中はスタッフの補充はなし。それで、ここから変更点、新しいスタッフは遅番専門の人が入ってくるから、お昼には今まで遅番メインだったメンバーが交代で来るようになる。っていうことは？」

いきなりの問題形式。後輩ちゃんはきちんと考えてあげているようだったが、三歩は答えからやってくるのを待つことにした。

「遅番の方達とも仲良くしておいた方がいいってことでしょうか？」

なんつう可愛い回答。

「んー、惜しい。正解は、そろそろ新人の指導係に三歩をつけなきゃいけないかと思いつつ不安しかなかった私の心労がなくなる、でしたー」

可愛くない答え。何が惜しいだ。何が。

三歩の心中ツッコミは届かず、おかしな先輩はにやにや笑った。

「でも最近はずいぶん頑張ってるじゃん。勤務中はそのままの調子でにぇー」

にやけてふやけた語尾を残し、おかしな先輩は仕事に戻っていった。三歩が返事をする間は与えてくれなかった。

そのままの調子で――。

三歩は偽悪的に、ふふっと誰にも聞こえないように笑う。

自虐だった。

無理だと分かっていたから。

今の自分は、言うなればＲＰＧで魔法をかけられている状態だ。ＨＰを犠牲に能力をアップする系のやつだ。その効果は永遠には続かない。体力が尽きるか、魔法使いがパーティからいなくなれば加護も消えてしまう。すぐにぷるんっと本来の三歩に戻ってしまう。自分は人の力を借りなければ背伸びすら出来ない駄目な奴なんだ。

魔法が解けた時、今の三歩が裏返ったものだと周りに知られてしまった時、以前よりももっとがっかりさせてしまうかもしれないことを、三歩は恐れていた。

期待を持たせるというのは、相手の喜びをいったん預かることだ。預けた喜びを放り投げられたら、誰だっていい気分はしないだろう。

その時また、加害者になってしまうことを恐れた。先日の土下座おじさん（それだと彼が土下座したみたいだけど便宜上そう呼んでいる）との一件以来、三歩は以前よりもずっと臆病になった。

あの時もすぐ隣に駆けつけてくれた、三歩がこの図書館に来た時から見守ってくれている魔法使い。彼女のいない戦場を知らない自分は、一体これからどうやって戦っていけばいいのだろうか。

休憩後、午後の勤務時間もやがて終わりすぐに夜が来た。

そして、ついに怖い先輩最後の出勤日を迎えたのである。


せっかく今現在この時ナウに集中していたというのに、おかしな先輩の一言でこの先になんて目を向けてしまったものだから、三歩は怖い先輩との最後の勤務日にやらかした。

この日は、先輩とシフトが丸かぶりだった。

「あれ？　三歩ちゃん、今日あの子と一緒にお昼からじゃなかった？」

「なにを⁉」

気合十分、早朝出勤を決めた三歩に非情なお知らせ。これまで怖い先輩と同じシフトの時には朝からのパターンが多く、なんとなく最終日もそれにのっとったものであるような気がしてしまっていた。こんなミスはもう一年はしてなかったから、魔法も油断して働いてくれなかった。一応シフト表を確認すると、確かに三歩は十一時出勤になっている。

「なんと」

出鼻を挫《くじ》かれてしまった早起きして損した。

普段の三歩ならばそこで考えが終わるけれど、今はまだ魔法がかかった状態。気が抜けてたことを誰にも迷惑をかけない形で自覚できてよかったかもしれない、と考えた。

とはいえ今からまだ三時間もある。どうしたものか。一回家に帰ることも出来たが、徒歩圏内ならともかく電車に乗って同じところを往復するのは気持ちが疲れるのだ。

しゃーねーなー、本でも読んで時間をつぶそう。

閲覧室で読んでもよかったけど、利用者に「あ、スタッフの女だ」と思われるのもなんか気まずい気がした。誰しも変身前の姿は見せられないものだ。なんて自分の中だけでの理屈に従い、三歩はカウンター裏の控室にいさせてもらうことにした。

幸い、春休み中なので一日に動員される人員も減っている。今日の朝シフトは優しい先輩とおかしな先輩、それから後輩ちゃんだけ。仲いいメンバー、遺恨のあるメンバーもいるけれど、勝手知ったる皆さまが表を守ってくれているので三歩はゆるり居座ることが出来た。

ロッカーを開けて鞄から本を出し、控室の台所にあるケトルでお湯を沸かしてインスタントコーヒーを淹れる。匂いにつられたのか「いいご身分だなー」と仕事中のおかしな先輩がいじりに来たので、「淹れましょうか？」と悪気なく言ってしまって、嫌味に聞こえただろうか反省した。

コーヒーはカップに作ってから持ち運ぶのではなく、飲む場所までカップとケトルを持っていき、そこで作る。

本もコーヒーも机の上にセットし終わり、これで三時間の戦闘態勢は整った。

ところで三歩は小説を楽しむ時に、必ずしも没頭する自分を必要とするタイプではなかった。

もちろん意思とは関係なく頭も心もとっぷり物語に浸かり込む瞬間は何度だってあったが、例えばこれから先輩後輩が書類を取りに来てそこで一声かけられても、頭の片隅に今日で怖い先輩がいなくなってしまうのだということが常にあろうとも、それはそれとして小説を楽しむ術《すべ》を持っていた。

本をたくさん読む為に良い能力ではあるのだが、ひょっとするとそれは自分が読書量を増やしていく中で鈍感になってしまったのかもしれないと、三歩は仮説をたてていた。ここにもまた物事の裏表がある。

三歩が現在読んでいる本もちょうど物事の裏表、反転の話だった。持つものと持たざるものが視点の違いや些細な出来事によって反転し、傷つける側と傷つけられる側もいつの間にか入れ替わり、プラスとマイナスが背中合わせになっている、やがて復讐が起こる。

思えばもともとこういう価値観が凝り固まっていない話が三歩は好きで、子どもの頃のお気に入り『やぎさんゆうびん』なんかも反転の話と言えなくもない。もし自分なら送られてきた手紙を食べてしまったとして、しゃーねーなーお手紙書くかー、とはなっても「さっきのてがみのごようじなあに?」と正直には言えない気が三歩はした。きっと、出来うる限りの言い訳をしちゃうことだろう。かくかくしかじか。やぎなのにしかじか。

なんてどうでもいいことも考えながら、別に邪魔も入ることなく、三歩は半分ほどページ数を残していた本を読み終わった。

「しーろやぎさんからおてがみついたー」と鼻歌歌いながら時計を見る。だいぶ時間が経った気がしていたけれど、まだ勤務開始までは一時間以上あった。お昼にもまだ早い。お腹の予感的には多分あと二十分ほど待つのがベストだ。

三歩は立ち上がり、本を持って控室を出る。カウンターで後輩ちゃんに返却処理を行ってもらい、本についての感想を軽く交換していたところで利用者がやってきた。三歩はそそくさひょこひょこスタッフ穴倉へ戻る。

自分以外に誰もいない控室で背伸びを一つ、とりあえずもう一回椅子に座ってみた。事務椅子がたてるギッて音も三歩以外には聞かれていない。

スマホの画面をすいすいしていて、チェックするニュースもなくなった三歩は、図書館公式ブログのページにとんだ。真面目な後輩ちゃんと共同での更新権を手に入れたのだが、更新したのはまだ一度だけ。先日、その前には、例のキラキラブロガーが更新した絵文字顔文字満載テンションアゲアゲブログが列をなしている。いつ見てもひとつまみのざわめきを覚えるのだが、それはいいとして。

三歩は次の更新時に書くべきことを考えようとした。これも仕事だけど暇だからしゃーねーなー。

明後日、図書館に新しい本が入ってくる予定なので、その告知をするのはマストだ。その他にも春休み中の利用を促す為、何かアピールしなければならない。静かで居心地いいよーとかだろうか。どんな書き方をすればいいだろう。あまり堅苦しくなく、読んでくれた人の頭にさらりと入ってくる文章がいい。

参考にしようと思って、三歩は去年の春休み頃の記事まで遡り、怖い先輩の書いたブログを読ませてもらうことにした。ページを開くとギャルのプリクラかと思うくらいキラキラしていてまたちょっとおののいたが、これは怖い先輩がブログ当番になった際、おかしな先輩から「できるだけポップにして」と言われたのを真に受けたかららしい。責任はおかしな先輩にある。

たくさん遊んでるけど仕事に関しては筋通してます系居酒屋バイト女子大生が書いたのかと思わせるような文章を、技術の観点からふむふむ分析し、今後に役立てようとする三歩。

その途中で、魔が差した、と言うべきか。

出来心、とも、ただの気まぐれとも言える。

三歩は思いついて、ページ左側、バックナンバーの欄に列記された年月区分の中から、三年前の四月をスクロールで探し出し、薬指でタップする。

以前になにげなく見たことがあったかもしれない、でも内容を忘れてしまった。だから今回も、なにげなく見ようとした。

三歩がこの図書館に入って来た時、怖い先輩はどんなブログを書いたのか。

ページが開かれると、やはりその頃から先輩の書いたブログはキラッキラのスイーツブログ。大学関係者から一度も注意を受けなかったのだろうか、なんてことを考えながら読んでいって。

新入生への祝辞と、図書館イベント紹介の先、まるで仕事というラインを一言だけ本音が突破してしまったような文が、ブログの最後に書かれていた。

『ブログ担当スタッフも初めて新人スタッフさんを教える側になりました♪　ちゃんと教えられるか不安もあるけど、利用者の皆さんとも一緒に新しい春を楽しもうと思います（笑顔の絵文字）』

思い出した。

このブログを数年前に見た時、あの怖い先輩にもそんな健気なところがあるんだただの鬼軍曹じゃなかったのかよ、と驚いたのだ。

読書と同じだ。

何度も何度も出勤したし、接したから、あの頃よりも鈍感になったはずなのに。

三歩はスマホの画面を消してさっとポケットにしまった。

自分にかかった魔法が、せめて今日まで解けないようにだった。

しがない後輩としての祈りは、少なくとも三歩自身のやれる範囲では達成されることになる。三年間お世話になりっぱなしだった指導係の先輩との最後の勤務、三歩は加害者になるどころか、全くミスをしなかった。

もちろんこれまでの日々の中にだって、ミスのない日はいくらもあった。けれど人間だから、いつかはミスをする。それは先輩達だってする。回数が、三歩は他のスタッフに比べて多いということだった。なのに、最も大事なこの日にミスをしないで済んだ。魔法の効力がもったのだ。

夕方に遅番の人達が出勤してきて、三歩の勤務が終わる二時間半前には、朝からいた三人のシフトが終了した。同タイミングで三歩と怖い先輩に休憩時間が訪れたので、控室では早番メンバーと怖い先輩の簡易お別れ会が開かれていた。

真面目な後輩ちゃんはちょっと目をうるりさせながら、「一年間本当にありがとうございました！」と全力のお辞儀をしていた。優しい先輩は同級生の手を握って「お疲れ様でした」と言ってから「またあれ連絡するねー」と軽やかな感じで帰っていった。おかしな先輩は居残り仕事をしてから「出来た後輩がいなくなるなんて、私も辞めちゃおうかなー」とふざけた感じで姿を消した。怖い先輩と三歩が二人きりになるタイミングはほとんどなかった。

そんな感じで休憩時間はすぐに終わり仕事に戻ると、すかさず三歩はリーダーから指示を受け、書庫の紛失本探しをやることになった。一年前に停電でてんやわんやしたことを思い出しつつ（あの時の教訓で書庫に行く時にはスマホを持つようにしている）、三歩は真面目に働いた。

書庫での仕事から帰ってくると、今度は配架本が溜まっていたので、本達を帰宅させに図書館内を動き回った。それからも郵便を取りに行ったり、ポスターを貼りに行ったり、カウンター内に留まらずうろちょろ仕事をしていると、いつの間にか仕事時間は残り三十分となった。

この時間を名残惜しいとは思わなかった、どうか何事もなく仕事が終わりますように願っていた。

時刻は午後六時半。

カウンターを訪ねてくる利用者もほとんどおらず、図書館内は静まり返っている。

こんなひと時には、雑談の花が咲くものだ。

三歩がカウンター内のパソコンでブログを書いている横で、リーダーと怖い先輩が軽い思い出話を始めた。三歩も耳だけ参加させる。上の立場の人が語る怖い先輩の過去を聞くの、実は初めてな気がした。おかしな先輩は真面目に話してくれないから。

なになに。

かつて怖い先輩の指導係は、三歩の言うところのおかしな先輩だった。

勤務日初日からしっかりしていた怖い先輩におかしな先輩はいつも「私が教えることなんてないでしょー」と言いながらもダル絡みして、呆れられていたそうな。見てなかった三歩でも目に浮かぶ。当初その場にいたリーダーは組み合わせがよくないのかなと心配していたけれど、しばらくしてあれはあれで仲がいいんだなと思うようになった。

聞いていて、そりゃ確かに一種のプレイだなって、三歩も思った。

あれ、なんかそんなことを私も誰かに言われたことある気が。

「麦本さんとのコンビも見ていてとても楽しかったですよ」

耳を大きくしていることに気がついたのか、リーダーは会話の矛先を三歩に向けてきた。

そうだ、怖い先輩と私の関係性を、いつかおかしな先輩にプレイだと言われたのだ。

現在、絶賛、自らの加害性に怯えている三歩は、下手なことを言って先輩を嫌な気にさせたりしないよう「へへへ」と曖昧に笑って済ませた。その変な反応にツッコまれたが、先輩は上機嫌に笑っておられたので胸を撫で下ろした。

コンビと言われたって、いつも自分が一方的に先輩に迷惑をかけ怒られていただけだ。そのことについて、思えばいつも被害者ぶっていた気がする。本当は先輩に余計な労力を使わせる加害者だったくせに。三歩はそう自省する。

せめて最後の日、先輩に怒鳴り声をあげさせないで済んだことに三歩は心底安堵していた。先輩の喉を攻撃しないで済んだ。

カウンター内にいる三人での時間は比較的だらだら、まるで永遠にこのままなんじゃないかという気分に三歩をさせたが、時は止まらなかった。

やがて閲覧室の壁にかけられた丸い時計の長針が12を指す。午後七時。

アラームもチャイムも鳴らず、終わりは非常にそっけなかった。

「それでは。本当にお疲れ様でした。またぜひ遊びに来てくださいね」

リーダーからそう言われ、怖い先輩は深々と頭を下げて、これまでのお礼を告げた。その様子を三歩は見ているようで見ていなかったし、聞いているようで聞いていなかった。

今日一日を、この数週間を、なんとか客観的にも無事めに乗り切れた安心が、消えていく魔法の代わりに三歩を包んでいた。

なんだか足元がふわついて立てないでいたら、作業から戻ってきた他のメンバーにも怖い先輩は丁寧に挨拶をして、最後に三歩にも軽く礼を言った。いえいえそんな、と言おうとしたのに、魔法の離脱症状か、三歩はわけも分からずこくんと頷いていた。

「はい」

なんの頷きだったかは分からない。

先輩に促されたので頑張って席を立ち、三歩も他のスタッフさん達に「お先に失礼します」と挨拶をする。

共に控室に引き上げると同時に、横で先輩が大きく伸びをした。

「さー、帰ろ帰ろ」

解放感あるその言葉、三歩はこの日初めて先輩の声をちゃんと聞いたような気がした。もちろんそんなわけない。八時間も一緒にいたはずなのに、なんでだろ。魔法が耳に詰まっていたのかもしれない。

しかし今になってだとしても、きちんと声が聞こえたわけだから、会話も上手く出来るだろうと思い、三歩はビシッと頭を下げる。

「先輩、三年間本当にありがとうございました、至らない点も多々」のところで止められた。

「ちょっと待てちょっと待て」

顔を上げてみる。先輩はちょうど仕事用のセーターを頭から脱ぐところだった。タイミング間違えた。最後の最後だというのに。

先輩が脱ぎ切ったのを見計らい、三歩は改めて頭を下げた。今度は「教えていただいたことを生かしていこうと思います」までちゃんと言えた。立派に後輩出来た。

そうして先輩の顔を見ると、照れくさそうに笑っていた。

「三歩にそう改まって言われるとなんか恥ずかしいな」

「う、本当に恥ずかしい後輩でしたが」

「いや、そうじゃなくて。別に恥ずかしい後輩じゃなかったよ。最近はミスもかなり減ってたし、一応これで私も安心して辞められる」

にやっとおかしな先輩みたいに笑って、怖い先輩はセーターとエプロンを丁寧に畳んだ。

もし冗談だったとしても、お世辞だったとしても、そんなことを言われたら、三歩はこの数週間が報われた気持ちになる。

……あれ？

なるんだろうと、思っていた。てっきり。

ならなかった、ということだ。

三歩は、心中でのみ首を傾げた。

この数週間が成功したら、先輩との記憶は全ていい思い出になり、前向きな気持ちになる。なるはずだ、なってしかるべきだ。

なぜなら全ては、言うなれば先輩から「安心した」という言葉を貰う為の頑張りだったから。

もし無事その言葉を貰えたらっていう妄想も、捕らぬ狸の皮算用で、三歩は存分にしていた。

結果として、狸の皮は見事三歩の手中におさまったはずなのに。

何故だかまるで晴れやかな気持ちがしなかった。

どころか、嫌な波が心に立つのを感じた。

「三歩、指サックとか使う？　いるならあげるけど」

「え、あ、はい、いただきます」

三歩にはこの気持ちの正体が分からなかった。

きちんと出来たはずだ。安心してもらえたはず。挨拶のタイミングは間違えたけど、恥ずかしい後輩じゃなかったとお褒めの言葉も貰えた。ついでにお下がりの便利グッズも貰えた。

分からないまま三歩はエプロンを外し、着替えて、リュックを背負った。ロッカーを閉めて、怖い先輩と並んで扉を出て、図書館を出た。分からないまま校門に向かって二人で歩き、「やっぱしみじみするなー」という言葉を聞いて、夜空を見上げた。ずっと考えていたけど、分からなかった。

考えが出せなかった答えを三歩に教えてくれたのは、感覚の部分だった。

「じゃあ、また近いうちにね」

大学裏門から出る五歩手前で、怖い先輩は立ち止まってくれた。彼女は妊娠が分かってからバイクで来ることがなくなり、いつも三歩が使っているのとは別の駅から歩いて図書館に来ていた。

先輩とはここでお別れだ。

その事実が、すんでのところで、きっかけになってくれたのだろう。

三歩の心の中にあった嫌な気持ちが固まって、一つの脅迫を自身に突き付けてきた。

駄目だ。

もう二度と、弁解出来なくなる。

自分の心から脅しをかけられてようやく、三歩は自分の心の中に渦巻く嫌な気持ちの正体が分かった。

「あの」

「ん？　どした？」

どう切り出したものか。どう説明したものか。

とにかく、もうちょっとだけ留まってもらう必要があった。

こんな後輩に騙されたままの先輩を、そのまま帰らせるわけになんて、いかなかった。

「もうちょっと、もうちょっと、あの、こちらへ」

ひとまず先輩の前に立ちはだかり、全身を使って左へ左へと先輩を誘導した。門に向かっていた先輩の軌道をほんの少しでもずらす意味があった。意味があったのかは分からないが。

「なんだなんだなんだ」

先輩は素直に横にずれて、外壁沿いに植えてある桜の木の下まで移動してくれた。幸い、夜の構内に人気《ひとけ》はなく、三歩の奇怪な行動は先輩と守衛さん以外には見られていなかった。

「桜の木でも見たいの?」

三月後半、桜の花はもうすぐ見ごろを迎える。

「そ、そうではなくて、その、お話が」

「話?」

「えーと、はい、そのですね」

なんと、言うべきだろうか。いや、本当のところはなんと言っていいかくらい分かっていた。伝えるべきことは分かっている。迷ったのは、言い出しにくかったからだ。言ったらめちゃくちゃに怒られてしまうかもしれない。

けど、言わなければならないと決めた。

決めたものの、進んで先輩から怒られる勇気なんてなかった三歩は、自らを清水の舞台から突き落とすため、あえて言いたくなかったことから言うことにした。

「あの、無理です」

文脈も何もない三歩の言葉に、続きがあることをこの三年間で分かってくれたのだろう。先輩はまだ頷きも、首を傾げもしなかった。

無反応に、それはそれでびくりとなりながらも、三歩は必死で続けた。

「先輩がいなかったら、私、無理です」

「……大丈夫だよ」

「いえ」

意味を理解し言葉を返してくれた先輩の誠実さを、三歩は首の動きで跳ね返した。

「明日からは、もう無理なんです」

自信があった。

「私がこの数週間ミスをしなかったのは、集中する期間を、ひめ、決めつけてたからです。しぇめて、先輩がいなくなるまでって、集中力を全部使いました。ゼロです。もうないです、だから明日からは多分、ミスしまくります。それが分かってます。分かってて、変な配分で頑張ったんです。最後の数週間だけ先輩を騙そうと思っただけです。嘘つきです。先輩がいなくなったら、いつかきっと、ミスすることにも鈍感になって。先輩を安心させることなんて、出来ません」

最後の言葉が明らかにいらなかったと三歩は後悔した。

怖い先輩は、最後まで聞いていてくれた。恥ずかしい後輩の言葉をちゃんと。これまでずっとそうしてくれていたのだと思う。

「だから、あの、ごめんなさい、無理、なんです」

三歩は、ぺこり頭を下げた。

めちゃくちゃに怒られるだろうと、思った。そうでなきゃいけなかった。

大人なんだから配分を考えろ、今日まで良かったから明日からは駄目でもなんて考えるな、それはスタッフだけじゃなく利用者にも迷惑をかけることになる、ただでさえ明日からお前のミスをカバーする人間が減るんだぞ。

怒られることが怖いという気持ちを、ずっと持ってきた。この図書館に来て最初に怒られた時のことを思い出す。あの時を境に、三歩は指導係の彼女を怖い先輩と心の中で呼ぶようになった。あれから、何度怒られたのか、いや、何度怒ってもらったのか、もはや数えきれない。そのうち、鈍感になっていったのかもしれない。

そんなどうしようもない後輩を相手に、惜しみない労力をかけ続けてくれた人を、自分は騙したまま帰らせてしまうところだった。

せっかく止めてくれたのに、また加害者になるところだった。

でも踏み留まれた。最後の最後まで先輩に怒る体力を使わせてしまうのは心苦しいけど。

「三歩」

「はい」

思わず、肩がびくりと震える。

「あのね」

先輩はそこで一度小さなくしゃみをした。

「うー、ごめん、三歩さ、大丈夫だよ」

顔を上げた。先輩は穏やかな顔でこちらを見ていた。

「三歩はもう私がいなくても大丈夫」

「だ、大丈夫じゃありません！」

つい大きな声が出た。かつてこの大学内で自分が大丈夫じゃないことをこんなにも声高に叫んだ女がいただろうか。

「また、加害者に、なってしまうんです」

怖い先輩は怪訝そうな顔をしてすぐ、目を見開いて一度頷いた。この前のことを、思い出してくれたらしい。

その上でなお、先輩はこう続けた。

「大丈夫」

「だ、でも、私ですよ？」

変な自信を相手にまで見せつける三歩。先輩は笑わなかった。

「うん、三歩は大丈夫だよ」

「そ」

「だって三歩はもう、自分で自分のことを怒れるでしょ」

魔法が解けた瞬間があるのだとしたら、本当はこの時だ。

ふわついた感覚が、夜風に吹かれ、どこかに飛んで行った。でも三歩がそのことに気がつくのは今じゃない。魔法はいつも、過去にかかっている。

「自分がやってしまったことの、何が悪かったのか、どうすればよかったのか、もう三歩は考えられるようになってるよ。ちゃんと反省も後悔もして、それを行動に繋げられるようになってると思う。明日からまたミスが続くなら、思いっきり反省して後悔して、次はもっと燃料の配分を上手く出来るようになればいい。周りの人達から学ぶことを忘れずにいなきゃいけないのは、私も他の先輩達も三歩と同じだ。知らずに加害者や被害者になってしまうことも誰にだってある。その時に、三歩の周りには無視しないで色んなことを教えてくれる人が何人もいる。今の三歩は、私がいなきゃ駄目なんかじゃない」

「で、でみょ」

「だから、私は騙されてない。そんで、私がさっき言ったことは嘘じゃない。確かに、もっと周り見ろ！　とか、注意深くやれ！　って思ったのは数えきれないけどさ」

照れ隠しをするようにはにかんで、でもその照れ隠し自体に照れるようにもう一度真面目な顔に戻って、やっぱり先輩はその目でこちらを見ていた。

怖くなかった。

「私は、三歩を恥ずかしいと思ったことなんて一度もないよ」

「そんな」

そんな、そんな、こと、言っちゃいけない。

まずい。

せっかく、裏返してたのに。

「ぐ」

「ん？」

「ぐうううううううううう」

周りに誰かいたら、何の音かとびっくりさせてしまったかもしれない。幸い、春休みで夜間の構内に人影はなかった。

正解は。

溢れ出した涙は止められないと悟った三歩が、せめて嗚咽《おえつ》は止めようと下唇を噛んだのだが、努力むなしく唇の端から唸り声のようなものが漏れ出てしまった、でした。

「おい泣くな泣くな泣くな」

「泣いてだいでずぅ」

確か一年前も違う先輩とこんなやりとりをした。

「嘘つけ！」

先輩が噴き出してそんな風に言ってくるものだから、迷惑かもしれないし、困らせてしまうだろうけど、泣いてるのをあげつらってくるひどい先輩に仕返しくらいしてもいいと思って、伝えた。

「先輩が明日からもう図書館にいないのめっちゃ嫌ですううう」

ずず、う、鼻水が出てきた。それはどんな状況でも流石になのでポケットからハンカチを取り出してチーンする。その間も、涙はまぶたの端っこから出てくる、それを必死で隠す。うっう。

三歩は普段からかっこつけたくて、理想の自分を裏返して表に出そうとする。成功するかはともかく。自分を偽っている。

偽ってきた。全部偽りだった。

先輩が辞めることを知ってから今までの全て。

ばれてしまった。

全部、本当はひっくり返していた。

明るく振る舞ったことも、加害者になりたくないと必死だったのも、今日を無事に終えられてほっとしたのも、騙したまま終わりたくないと思っていたのも、色々ごちゃごちゃ考えたこと悩んだこと、全て全て全て、こんなことを言ったら皆に怒られるかもしれないけど。

都合が良かったんだ、本当は。

全てにかまけて、一生懸命になって、先輩の為だとか言って、寂しいんだという単純さから逃げようとした。鈍感でありたかった。

加害者でも嘘つきでもなんでもいい、土下座しても怒られてもいい、そんなのどれも取り返せる。やり直せる。だからそんな問題達を一番のマイナスだとするふりをして裏返し、全部、自分の中にある最大の問題から目を背けるためのスケープゴートにした（白いか黒いか三歩は知らない）。

まだ一緒に図書館にいてほしかった。

隠していた。

後輩ちゃんが「寂しいですね」と言った時に本心から頷けなかった。

優しい先輩が次に図書館外で会う約束を取り付けている時に、私とも約束作ってくださいと言い出せなかった。

おかしな先輩に関しては、知らん。

本当の涙はなかなか止められなかった。

すると、肩を誰かにふわり触られて三歩は驚いた。

誰かにも何も、涙で見えなくなった隙に距離を詰めてきていた先輩だった。撫でるように肩をさすってくれた。

「引っ越すわけじゃないし、またすぐ会えるよ」

「でもぉ」

「しゃーねーなー」

三歩が落ち着くまで、先輩はずっと付き添ってくれていた。気持ち悪がったり、呆れたり、めんどくさいと見捨てたりもせずに、いてくれた。

この三年間ずっとそうしてきたように、三歩はこの先輩に甘えていた。

翌朝、目覚めてすぐ昨日のことを思い出し、大人だというのに目上の人の前で私は何をおおおおおうわあああああ、と三歩はのたうち回った。

本当はそのまま一日中のたうち回っていたい気分だったが、社会人だからしゃーねーなーと起き上がり、腫れた目にもちゃんと化粧をして図書館にちゃんと出勤した。偉い。

まあ別に誰に見られたわけでもあるめえし、守衛さんが見てたとしてレディの号泣をいじってきたりはしないでしょう。きっとそうだ、と希望を持って図書館に辿り着き、扉を開けて、三歩はひっくり返りそうになった。

ぎりで耐え、代わりに素っ頓狂な声をあげた。

「はあ!?」

「おはよう。はあ？　じゃねえよ」

その顔を見るやいなや、三歩は今すぐ図書館を飛び出して駅まで走って電車に飛び乗り家に帰ってベッドに倒れ込んで気絶してやろうかと思った。

「な、い、なんで、辞めたじゃん！」

思わず飛び出た無礼な言葉とでかい声に、元怖い先輩は眉間にしわを寄せた。ので、三歩はすぐに一歩後ずさり二歩進んで開けっ放しにした扉もきちんと閉め、腰を折って謝る
「しゅみません」。昨日までと同じじゃねえか。

「え、な、退職ドッキリかなんかですか？」

その言葉で、同級生と喋っていたのだろう優しい先輩が手を叩いて笑った。

「ちげーよ」

「じゃ、じゃあ、確かに、またすぐ会えるよって、い、言われておりましたが」

「今日の午後からしばらく実家に帰るから、エプロン返しに来たんだよ。昨日すぐ洗って」

「な、なぜ昨日黙って」

意地悪すぎるだろうそれは流石に！

どんな気持ちで泣きじゃくる後輩に今日来ることを黙って別れの時を思わせるような慈しみの顔を向けていたんだこの人。怖い。恐怖でしかない。

こちとら先輩がいなくなるの寂しいようえーんって目の前で泣いてんだぞ！

そんな、感情を表に出した顔を三歩がしてしまったのはまずかった。

「二人、昨日何かあったのー？」

キラキラした顔で、まるでカップルの初めてのお泊りデートについて詮索する女子高生のような冷やかしの声色で、優しい先輩が茶々を入れてきた。

すぐに、やだなーいつも通りですよーへへへー、とか返せたらよかったんだけど。

「いや、別に、なあ」

変な怖い先輩の気遣いがあだとなる。それだったらまだ、こいつ泣いちゃってさー、の方がよかった。

先輩達のせいだ。もしくはおかげだ。

三歩はこの日、予告したようなミスをしなかった。しかしそれは独り立ちしたとか、まだ魔法にかかってたとかそんなのが理由じゃないと三歩は思う。ただ単に、先輩が去ることに泣いてしまった事実を自ら説明させられる苦行を体験し、変に精神が研ぎ澄まされていただけだ。

ギラギラとした一日を乗り切った後、大事なことは覚えておかなければならないので、三歩は一つ心とスマホのメモアプリに刻んだ。

もうこれ以上、先輩達の前で正直者になるのはよそう。

出来るだけ弱みなんて見せず、そしていつか仕返しをして立場を逆転させてやろう。特に怖い先輩とはもう職場の上下関係なんてないのだやってやる。首を洗って待っていやがれ。はっはっは。

退勤後のロッカールームで企み、ハイになって不気味に笑う三歩には、これからその機会が存分にあった。

今度こそ次に会う約束をきちんと取り付けられた三歩には、存分に。

麦本三歩は明日が好き

麦本三歩は暇している。暇なのでうにうにしている。ベッドの上でうつぶせになって、体重を右にのせたり左にのせたりを繰り返しながらうにうにしている。時々リズムや強弱を変えてうにうにし、なんの意味もない時間をもう十五分ほど過ごしている。

彼女にはやることがない。外にも出られないし、お昼ご飯はさっき食べたばかり。洗濯は午前中に終えたし、掃除はめんどくさい。金曜日じゃないのでお気にの大吾さんはラジオをやってないし、Creepy Nuts のオールナイトニッポン0《ゼロ》はタイムフリーで昨日聴いてしまった。読んでない本はあるけど気分じゃない。昨日のうちにTSUTAYAに行って映画は借りてきているけどベストタイミングは今じゃない。

SNSもニュースも見終わり、結果、三歩はうにうにしている。やらなければならないことは探せばたくさんあるんでしょう？　だなんてしゃらくせえ。やることがないっていうのは、大抵、（今の気分に合った楽しいことを今すぐしたいのに）やることがない、ってことだ。やるべきことなんてお呼びじゃない。おととい来やがれ。

しこたまうにうにしたので、三歩は寝返りをうち、仰向けになってカーテンを開けた窓から外を見る。音がするから分かってはいたが、さっき見た時と変わらぬ豪雨と暴風である。寝転がった目線からは、雨を映し出す建物も見えないし、揺れる木々も見えない。それなのに、こんなにも風雨を感じられるなんてあまりあることじゃない。実はその点に関しては三歩も少しだけわくわくするのだが、やっぱりすぐにむかついてくる。今日の大事な用事を吹き飛ばした天気のやろうはいつかしばく。

予定は数週間前から組まれていた。なのに爆弾低気圧は今週急に現れ、三歩が遊びに行く約束を踏みつぶした。いーけないいんだーいけないいんだー。

しばらく歌っていたがチクる先生もいないので、いよいよ三歩は今日をどう過ごすか考えてみる。どうせ皆も暇してるんじゃないかという考えで、誰かに電話して長話というのもありだけど、相手が映画観てたりしたら邪魔してしまう。お邪魔虫にはなりたくない三歩。虫なら何がいいだろう、カマキリかっけーなカマキリ、刃牙《バキ》と戦うし、でもメスがオス食べるんだよな怖っ。

自分が肉食系と呼ばれる日は現世では来ないだろう。連想でそんな考えに至って、三歩は現世で肉食系と呼ばれることもあるかもしれない友人達へ、ラインでメッセージを送ってみることにした。自分よりずっと活動的な彼女達がこんな日に何をしているのかが気になった。メッセージなら落ち着いてから返せるし、忙しくても大丈夫なはず。

送信後、よしっとベッドから立ち上がり、三歩はうーんと背伸びをする。出かける予定もないので上下灰色のスウェット状態、無敵のおこもりスタイル。

唐突に三歩はその場でスクワットを始めた。理由などない。目標もないので、十四回目でしんどくなってやめた。体力の衰えを感じる。無理はよくない。

ベッドの上のスマホを手に取ると、ラインにメッセージが一通、友人から三歩への返信。即レスってやつだ。さすが編集者さんはお仕事が早いですなーとメッセージを開けば一言、『仕事してるー』。お疲れ様です。

ラインを返した三歩は、スマホを仕事中の癖でスウェットズボンのポケットに入れる。それから、デスク兼、食卓兼、バーカウンター兼、本置き場兼、酔った時に一回だけダンスステージ兼、これも酔った時に数回エアターンテーブル兼、その他様々なことに使用しているお値段以上なテーブルにつき、ノートパソコンを開いた。テーブルにあがって踊ったのは一回だけだよほんとほんと。

パソコンが立ち上がるのを待つ間、かつては中にキャラメルが入っていたサイコロを転がすことでしのいだ。立ち上がったら、きちんとパソコンをよしよし褒めてやってからYouTubeを開く。あなたへのおすすめをチェックしていって、ふへへへっと笑ってまた新たな動画を漁る。それを繰り返していて、三歩はやがておうちで出来るヨガ動画へと辿り着いた。どうせ暇なのだ健康になってやれ。テーブルと椅子を部屋の隅に寄せ、パソコンの画面を下からも見えるように調整し、三歩は勢いよく床に座、痛った！

飛び上がって何かと見ると、落ちていたのはペットボトルの蓋だった。それがちょうどお尻の骨のところでごりっとなったのだ。こんなに肉付きがいい部分があるのにわざわざ骨のところを攻めてくるなんて卑怯だぞ！

あ、でも、今のでなんかヨガの意識が目覚めたチャクラも開いた。ヨガ未経験で舐めきったことを思いながら、蓋をゴミ箱に捨てる。動画は痛がる三歩のことなんて待ってくれていなかったので、改めて冒頭から再生。気を取り直してYouTuber先生からヨガを習うことにする。十五分ほど、普段はしないポーズで足を伸ばしたり腕を伸ばしたりしてたら汗がじんわり。何やら健康になった気がしたあたりで動画も終了。あざした。

勢いよく立ち上がると、スウェットズボンの片側がずり落ちているのに気がつく。ひょっとして今ので痩せた⁉　と思ったがスマホをポケットに入れているだけだった。残念。ヨガの道も三歩のお腹もそんなに甘くない。

ポケットから取り出してスマホを見る。麗しき編集者である友人から『三歩は何してんの？』とあった。『運動してチャクラ開いた』と返して、スマホをテーブルの上に置く。今のところ三歩の中ではチャクラ≒毛穴。

テーブルと椅子を元の位置に戻し、さーてさてさて次は何をしましょうか？　腕まくりをしてYouTubeを漁る三歩は現代っ子。今日を生きる為にちょっと気合が必要だなと思った三歩、考えてから焼肉の動画を探すことにした。その気合ってなんなのか三歩に直接訊いたら、いけるぜって気持ち、と曖昧なことを答えるだろう。そのいけるぜって気持ちを最も奮起させてくれるのが三歩にとっては肉なのである。もしくは米。もしくは麺。もしくはお魚。もしくは……無限にあるからもういい。

とにかく焼肉の動画を見て気合を入れようと三歩は思ったのだが、人が焼肉を食べる動画を見た結果、湧き上がってきたのは食欲とよだれだけだった。残念。

くっこの食欲はやばいぞ魂を侵食される！　エイリアンに寄生されたハリウッドスターのような気持ちで、三歩は部屋の隅に置いてあるお菓子用布製収納ボックスに荒い息をつきながら近づき、中からカルパスを取り出した。

ビニールの端っこを摘まんでぺりりっと二つに引き裂いていく。中からにゅっと飛び出すカルパスを、三歩は口で直接迎えに行った。うめー、いつ食べても十円とは思えぬ肉っ気。

しょっぱいもの食べたら甘いものも欲しくなるのはこの世の摂理だ。抗《あらが》えぬ法則だ。ということで三歩はお菓子ボックスの横に座り込み、文字通り腰を据えてお菓子達と向き合うことにする。両手をボックスにつっこんで奥までがさがさと物色。そんなに奥行があるボックスでもないのだが、お菓子に対する前のめりさを真摯に三歩は行動で示す。結果、自分で掘った穴に頭をつっこむ犬みたいになっている。

ワフッと箱の中から帰ってきた三歩が手にしていたのはキャラメルコーン。真っ赤なイカした君と今夜はランデブー。古めかしく気障《きざ》な言葉を思い浮かべて間髪容《い》れずキャラメルコーンの赤いドレスを引き裂き、強引にその素肌に触れてわしづかみ、口の中に放り込む。乱暴な女、三歩。

しゃくふわぎゅっとろ、魅惑の食感、いつ食べても美味しい。あまーい、し。

口いっぱいにキャラメルコーンを頬張って立ち上がり三歩は外を見る。雨脚は弱まるどころか段々とその勢いを増している気がする。

「さーどうしよっかなー」

出た。三歩が口に出して「どうしよう」と言う時は大抵何も考えてない。考えなきゃいけないけど頭まーっしろってていうのを口に出したにすぎない。図書館の先輩達にも最近それはばれてきている。雨を肴にキャラメルコーンをもしゃもしゃしてスマホをべたべたの指でタップ。ラインの返信は来ていない。テーブルの上に設置してあるウェットティッシュでスマホと指をさっと拭き一言「どうしようかなあ」。

何も考えず三歩は、何故だか床に落ちていたリモコンを拾い上げて、テレビの電源をつけた。何故かも何も三歩が昨日テーブルの上から落とした際に、後で拾おうと思って忘れていただけなのだが、まるごと忘れてしまったのでこれはもう謎のままである。

テレビをつけたらちょうどお料理番組をやっていた。それを見て三歩は「おっ」と、普段出来ない手の込んだ自炊することに思い至る。

三人寄れば文殊の知恵だなーとキャラメルコーンを抱えたまま冷蔵庫に近寄る三歩。三人とは、三歩とお料理番組の先生とその助手さんのことだ。言っとくけど三歩の脳内で起こること全てに「は?」と思っていたらキリがない。

さーて我が冷蔵庫軍にはどんな兵（つわもの）達が揃っているのかなもしゃ。三歩は再びキャラメルコーンの粉まみれの指で冷蔵庫の扉を開けるもしゃ。中を見てみるもしゃ。

「あれ？」

何もない、もしゃ。正確には飲み物や調味料、ごはんですよ！とか生卵、スライスチーズくらいはあるが、凝った料理に使える食材と言えるものは何もない。なんでだ、考えてみてすぐに思い出す。家の中にうっすらと漂うカレーの香り。そう昨日の夜に、どうせ明日は暴風雨で家から出られないんだからと二日分のカレーを作ったのだった。昨日はカレーライスで、もちろんおかわりもした。朝はカレーと食パン六枚切り三枚。お昼はカレーうどん二玉。そして今日の夜は耐熱皿にカレーとご飯とチーズに卵を載せ、オーブンで焼きカレーの予定だった。バーモントの中辛が全く飽きずに食べられるから、自分がカレー祭り開催中なのをすっかり忘れていた。

うぬぬ、と三歩。時間をかけての自炊という案はこれで駄目になった。なんせ夜ご飯は温めて盛ってチンすれば出来てしまう。

「どうしよ」

また言う。

そして、ぼんやり冷蔵庫の中身を見つめ、調味料の配合グランプリという塩分を過剰摂取する未来しか見えない競技を思いついたところでだった。

それが目に付いた。別に最初から冷蔵庫内にあったのだけれど、三歩が選択肢としてようやく意識したということだった。

酒、あるぞ。

飲み会の帰り道、飲み直そうと思って買ってくるけど飲まなかった、を繰り返して溜まった缶のお酒達。

ごくり。

三歩は振り返って外を見る。雲のせいで薄暗いが、まだばちばちの真昼間。なんとなく、抱えていた袋に手をつっこみ生身のキャラメルコーンを一つ口に入れる。もしゃ。

チョコって、ハイボールに合うよね、キャラメルコーンもひょっとして。

どっくん、どっくん、というほど心臓は高鳴っていないが、パニック映画なんかで流れる心臓の大きな鼓動を三歩は想像する。

え、いっちゃうか？

三歩は、基本的に家で一人では飲まない派だ。たまーにお料理系動画に触発されビールを買ってくることだってあるが、今年に入ってまだ三回しかやってないし、もちろん夜ご飯用。量も一缶飲めば満足してしまう。

それをこんなお昼に暇だから酒を飲むって、スペクタクルだ。何がだ。

ちょっとした冒険に魅力を感じた三歩は、ついに酒の缶達に手を伸ばす。なんとなくお酒達に自分の気配を察知されないよう、そろーりと動物を捕まえるように距離を詰めていく。よーしよしそのままじっとしてろいい子だスウィーティー。なんの映画に感化されたか知らないが、小芝居の末、三歩は無事にハイボールの缶を手中におさめることに成功した。

「だーめだーめだめ、だめにんげん、だーめ」

歌いながら冷蔵庫を閉めてテーブルへの帰路、お菓子と缶で両手が埋まっているので二本の人差し指だけでちっちゃいXを作る。跳ぶと下の階の人に迷惑かけるので、ぴょこっと踵《かかと》だけ浮かすのに留める。なんのこと言ってるか分からない人は置いていくスタイルの三歩。ここは一人暮らしの自宅だ。声量や物音以外の面で誰に気を遣うこともない。

椅子に座って、ハイボールとキャラメルコーンをテーブル上にセッティング。さあてやってやるぜと意気込んで、まずは開きっぱなしのパソコンからなんかオシャレなジャズを流すフロムYouTube。真昼間からお酒飲みますけど私そんなに意気込んでませんよ慣れた感じで飲んじゃいますよ、という三歩的アピールなのだが前述の通りここは一人暮らしの自宅。

微笑を浮かべた白々しい顔をして、カシュッとハイボールのプルトップを開け、ゆっくり焦らずまずは一口。うふふ、心なしかいつもよりも背徳感でスパイシーに感じますわね。誰だ。

次はキャラメルコーンと一緒にいってみよう、オシャレな音楽に合わせて一つを半分齧る。その際ぽろぽろと破片がスウェットに落ちているが、後で集めて食べるので気にしませんわうふふ。

口の中でつぶしてそれからハイボールを飲んで口内調理。これがビンゴ、甘味とハイボールの香りがかなり合う。これは良い組み合わせを見つけたものだと三歩は自分を褒める。

お菓子とお酒のループをしているうち、どちらも残りが半分くらいになったところで三歩はほわっとしてきた。量を飲めないわけじゃないが、酔いの初速は速い。雰囲気作りの為だけのジャズに飽きてしまい、三歩はYouTubeで芸人さんのネタ動画を漁ってへっへへと笑いながらハイボールを嗜《たしな》んだ。

お昼からお菓子食べてお笑い見ながら酒、ってなかなか間違ってる気がするな。三歩はそういうことも思ったが、ふわっとした頭で加えてこういうことも思った。そもそも酒より先に人間が生まれたのだろうしもっと言えば酒より先に時間が生まれたのだからどんな時間に酒を飲んでも人として間違いなんてないだろう……は？

ぽわっとした頭で三歩は自分の考えに笑う。まあいいのだ。体の健康と同様に心の健康も大事で、心の健康に大事なのはきっと解放と自己肯定。三歩も三歩なりに毎日自分を押し込め私なんてと思いながら生きているので、こういう時間大事。自分で思うのはともかく、もし誰かにダメ人間なんて言われたらぶっとばしてやれ。

言うてる間に一本目のハイボールがなくなった。酒も食らわば二本目も。冷蔵庫から今度はレモン酎ハイを持ってきて、今度はこなれた感じでカシュッと開けてぐびっといく。

頭がふえーになってきて、動画の内容というよりはじっと見てること自体に飽きてきて、三歩は友達からラインの返信がないものかとスマホを確認する。けれど送ったメッセージには既読すらついていない。きっと忙しいのだろう。こんな日くらい皆休めよと言うことは簡単に出来るけど、こんな時でも働いてくれる人がいるから他の人も生きていけるのだ。

酒飲んでる私のことは気にしないでくだせえ後回しでいいよ。遊んでるんだったら早く返信してくれ。

友人達からの返信を待ちつつ、じゃあ今は仕事をしていないと分かってる相手に連絡をしようと思い立つ。三歩が今日一緒に遊びに行く予定を作っていた相手。予定を延期にしようと決めた時、その日は元から休みにしてたから暇だと言ってた気がする。

いつもならその相手にこちらから用もなく連絡するのは緊張するし、遠慮して慎む三歩だけれど、暇だし雨だし酔ってるし、理由はたくさんあるのでよいでしょうとすることにした。自意識過剰な自分に渡す免罪符。

『暇ですか？』って送ろうとして、いやでもこれって寂しくて送ってるみたいに見えないかと思い、すぐ消す。とろけた頭で考えた末に『こんにちは。外は雨が強いですね。出かけることも出来ずひまなのでYouTubeを見ています。好きな曲のMVを見て改めていい曲だと思ったのでよかったら聴いてみてください。』というごりごりの自意識で飾られたメッセージにMV貼りつけて送信することになりました。あいなりました。

しかしこちらにも既読はなかなかつかない。はいはい忙しい大人ですものね分かる分かる。ちょいすね三歩でキャラメルコーンをむさぼる。この底の方に溜まったナッツが地味に嬉しい。まんべんなくいてほしいと思うこともあったが、最近では緩急つけて底の方にだけ味変的にいてくれることを嬉しいと感じるようになった。大雨で外に出られない日が人生にあるのもそういうことなのかもしれないね知らんけど。

がらがらがらっと最後に残った細かい破片まで口に流し込んで、三歩は真っ赤な袋をくしゃって丸めてゴミ箱へ向かって投擲《とうてき》。酔った三歩がコントロールを持つはずもないので、大人しく立ち上がってゴミを拾い、ゴミ箱に庶民シュート。ゴミ箱までの道のり、服にこぼした破片がパラパラと床に舞ったのを見た三歩は、これを機にと思ってクローゼットの中に収納されている掃除機を出した。コンセントにプラグを差し込んで掃除機を起動させ、重機を操縦する現場の職人さん気分で掃除する。重機にしちゃあ迫力がないので、自分の口で「どどどどどどど」と言って付け加える。

四角い部屋を丸く掃除して満足感を得ると、三歩は掃除機をしまう前にテーブルの上に取り残された缶酎ハイを手にした。ぐびっとあおる。いやー仕事後の一杯の為に生きてるよね。

職人ごっこもこれ以上特に思いつかなかったので、大人しく掃除機をクローゼットの中にしまって三歩は再び言う。「さて、どうしよ」。

特に何も考えなかった結果、三歩は韻を踏んでる言葉のストックを増やすことにした。暇な時にたまにやる。そのへんにある言葉を適当に選び、韻を踏んでる言葉を探してスマホにメモする。こうやって事前に準備しておけばいざという時も安心だ。三歩がこの話をすると、友達からいざという時はいつかって訊かれたことがある。「いや、路上で突然フリースタイルバトル仕掛けられた時とか……」。

えー、ハイボール、台東区、最上級、咲き誇る、ハイソックス、アイコス、蟹豆腐……そんなのあるのか？　出汁醤油で食べるのかな、へへ。

考えながらまた外を見る。マジ豪雨。

風に飛ばされて窓に雨達が激突している。

彼らを見ながら三歩は唐突に、やまなかったらどうするんだろう、そんなことを思った。今日は雨が降って暇だから酒でも飲んでようって感じで許されてる。でも、この雨や風が明日も明後日も続いたら自分達の生活はどうなるだろう。もちろん理屈に基づいてきちんと考えればそんなことはないかもしれないけれど、ひょっとしたらはなんにだってあると三歩は考える。前回雨がやんだからって次の雨もきちんとやむとは限らない。もちろん晴れた明日を信じてはいるが、やまない雨だってこの世界にはあるのかもしれない。それがこの雨じゃないとは限らない。

そうなったらいつまでもマイホーム（賃貸）に引きこもっているわけにもいかない。川の氾濫とか植物が育たなくなるとか大規模なことはさておいて、身近なところでカレーのストックがなくなる。買い置くのを忘れてて食材もないから、濡れるのは嫌だけど出かけなくちゃいけない。仕事だって最初の頃は休みになるかもしれないけれど、あまりに雨が続いたらこれはこういうものとして受け入れなきゃってことになり、出勤しなくちゃいけないだろう。出勤は天気関係なく億劫なんだけど。

テーブルに上半身をべちゃっとして、もしこれからずっと雨なら、その世界に生きるなりの楽しいことを発見しなければな、と、雨の世界で発展していく流行りの防水ファッションについて妄想していたところ、三歩のスマホの画面が視界の端で明るくなった。

おっと誰からの返信だ？　画面をチェックし、三歩は、ひゃっと背すじを伸ばす。

電話だ。

突然の事態が舞い込む。酒飲んだ状態で出てしまって大丈夫だろうかと考えたが無視するわけにはいかない。せめて電話をはきはき取ろうと、唇を開いてすぼめてを三回繰り返してるうちに切れてしまったので、職場から電話かかってきた時の倍速でこちらから再コール。

「もすもひっ」

はきはきと二種類の噛み方でご提供してしまった。

「あ、いぇ、すみません、もしもすぃ」

改めて甘噛み。恥ずかしくなって相手に酒を飲んでるせいだと言い訳すると、笑いながら『酒飲んでたんだ』と言われたので今度は背徳感のせいだと言い訳をした。

相手は三歩の暇だという言葉に反応して電話をかけてきてくれたようだった。三歩がMVを送ったthe pillowsは相手も聴いているみたいで、他の曲なら何を推すって話や、なんの酒を飲んでいたのかという話、互いのオフの過ごし方の話や、運動しないと体力が落ちちゃうって話もした。今日開催予定だったイベントを、次はいつ実行にうつすのかという話をしている最中、相手に仕事の電話が入ったのでお開きとなった。

電話を切って取り残された三歩は、一秒ほど硬直したかと思うと、体内で湧き起こる焦燥に突き動かされ、椅子から立ち上がって勢いよくベッドに飛び込んだ。

うつぶせになって右左右左と体重をかけ体を揺らし再びうにうにする。酒が入っていたことや、心の準備が出来ない状態での通話だったことで、いつもより余計に言い間違いが多かったし嚙み嚙みだった。相手は気にしてないかもしれないが若干失礼と取れなくもないことも言ってしまった気がする。内臓の最奥部に沈殿していく反省後悔をどこかに逃がす為のうにうにだった。

しかしまあそこは三歩なので、うにうにしているうち、まあ相手もそういう三歩をちょっとは知ってて電話をかけてきてくれたのだからよいでしょう一応関係は対等のはずだし嫌そうではない様子だったしサイボーグじゃないんだから失敗もあった方が可愛げもある多分、と、都合よく心を抱き起こすようになだめることが出来た。一人で騒いで一人でなだめるマッチポンプ。ベッドから立ち上がり、冷蔵庫から麦茶を取り出しコップに注いで飲んだら、ふた肺呼吸。

なんとなく今ならいけるぞ感が出てきた。サイコロ振ったみたいに三歩の気分はころころ変わる。だからこないだ図書館で借りてきた小説を開いたのだけれど、タイトルから想像していたよりも重い内容物だったので二十ページ目の改行部まで読んで閉じた。今はこういうんじゃない。本好きにももちろん気分はある。

三歩は閉じた本を大事によしよししてテーブルの上に置いておく。明日はこの本を読みたい気分になっているかもしれないし、そうじゃなくても明後日なってるかもしれない。

その時には仲良くしよう。

スマホをタップする。さっきまで電話していた相手から『また日程決めよう！』というメッセージ&狸が「よろしくお願いします」と手を合わせているスタンプが送られてきていた。

返信しようとして、三歩は突然ぶっと噴き出した。あることに気がつき思わず笑ってしまったのだが、そのあまりのはちゃめちゃな沸点の低さにちょっと恥ずかしくなる。

いや返信しようとした相手のライン登録名とハイボールで韻が踏めると気づいただけ。ただそれだけ。

まあいいや、部屋に一人きりだ笑っとけ笑っとけ。意気揚々と『ぜひぜひ！　次は晴れたらいいですねー（太陽の絵文字）』と送ろうとして、なんとなく、三歩はさっき考えていた雨がやまない世界のことを思い出し、下書きを消した。それで『ぜひぜひ！　雨が降ってたら降ってたで楽しいことしましょう（傘の絵文字）』と入力しなおしたのだが、なんかこれはちょっとどこか変な意味にも見える気がして再び消した。色々考えて、『ぜひお願いします（笑顔の絵文字）』という自意識ごりごりの返信をするに留まった。

これが三歩にとってのこの日の山場だった。

後は本当にただただひたすらにだらだら過ごした。

一日中ぼんやり外を見たりスマホを見たりもう何回目か分からぬ動画見たり酒飲んだり踊ってみたり（椅子の上）。時間が来たらカレーあっためてご飯食べてソシャゲやっていつもの音楽聴いて。気分でプレイリスト作ってみたりして。

ＴＳＵＴＡＹＡで借りた映画のことを思い出したのは、三歩のまぶたが重たくなってきた頃。まあ仕方がないかと諦め、風呂に入って歯を磨き電気を消した。

ベッドに移動中、暗闇の中で一回椅子に足の小指をぶつけ悶絶し、よろよろと布団にもぐる頃になっても雨は降り続いていた。ニュースによれば、明日にはやむらしい。

寝る直前、目を瞑って三歩はこんなぼんやりした一日でよかったのかなと、少し思った。よく聞く、お前が無駄に生きた一日はどうこう誰かのどうこうを思い出したりしていた。

有限な時間と人生、今後の展望についての諸々が頭をよぎり、呟いた。

「どうしよっかなー」

そんなもんだ。

名言も正論も馬耳東風。明日は今日よりもちょっと頑張れたらいい、もし出来なかったら明後日でいいや。明々後日も恐らくまだ生きてるから大丈夫。あ、ふふ、踏んでる。

誰にも見られぬ笑みを浮かべて、三歩は蟹豆腐のことを考える合間に届く雨の音を聞いていた。三歩はその音が好きだった。

麦本三歩の日常は続く。

麦本三歩役　モモコグミカンパニー(BiSH)
撮　影　外林健太(RIM)
ヘアメイク　大田葵(Mk.9)
スタイリスト　中根美和子
撮影協力　武蔵野プレイス　武蔵野市フィルムコミッション
協　力　株式会社WACK
装　丁　bookwall

初出一覧
「麦本三歩は焼売が好き」(「小説幻冬」2019年8月号)
「麦本三歩はプリンヘアが好き」(「小説幻冬」2020年3月号)
「麦本三歩は楽しい方が好き」(「小説幻冬」2020年4月号)
「麦本三歩は女の子が好き」(「小説幻冬」2020年5月号)

ほかはすべて書き下ろしです。

JASRAC 出 2100218-101

〈著者紹介〉
住野よる　高校時代より執筆活動を開始。デビュー作『君の膵臓をたべたい』がベストセラーとなり、2016年の本屋大賞第2位にランクイン。他の著書に『また、同じ夢を見ていた』『よるのばけもの』『か「」く「」し「」ご「」と「」』『青くて痛くて脆い』『この気持ちもいつか忘れる』がある。カニカマが好き。

GENTOSHA

麦本三歩の好きなもの　第二集
2021年2月25日　第1刷発行

著　者　住野よる
発行人　見城 徹
編集人　森下康樹
編集者　羽賀千恵

発行所　株式会社 幻冬舎
〒151-0051 東京都渋谷区千駄ヶ谷4-9-7

電話：03(5411)6211(編集)
03(5411)6222(営業)
振替：00120-8-767643
印刷・製本所：中央精版印刷株式会社

検印廃止

ISBN978-4-344-03756-4 C0093
幻冬舎ホームページアドレス　https://www.gentosha.co.jp/

この本に関するご意見・ご感想をメールでお寄せいただく場合は、comment@gentosha.co.jpまで。